Herr Oluf in Hunsum

CHRISTOPHER
ECKER

Herr Oluf in Hunsum

Roman

mitteldeutscher verlag

Du hättest nicht fahren dürfen! Und zwar nicht, weil du dich derart blamiert hast, dass man dich nie wieder zu einem Kongress einladen würde und du dir vermutlich eine neue Stelle suchen müsstest, sondern weil du Frau und Kind, beide krank, alleine zu Hause zurückgelassen hast. Für das Institut indessen ist deine Teilnahme von größter Wichtigkeit, geht es doch um das „Abstauben von Fördergeldern", ohne die, wie Professor Götzloff nie zu betonen müde wird, an ernsthaftes akademisches Arbeiten nicht zu denken ist. Diesmal hat man dich auserkoren (zum zweiten Mal in sieben Jahren), um in einem zehnminütigen Impulsvortrag das „gewohnt hohe Niveau der geförderten Forschungsarbeit zu demonstrieren", „eine reine Formalie" (auch wieder Götzloff), damit der Geldhahn weiterhin aufgedreht bleibt. Da dies nicht nur für deine berufliche Zukunft, sondern auch – und das macht es kaum besser! – für den Fortbestand des Instituts von größter Bedeutung ist, hat dich die Erkrankung von Frau und Kind, ausgerechnet am Vorabend der Abreise, in ein klassisches Dilemma gestürzt wie eine kegelförmige Spielfigur mit Murmelkopf, die vom Schicksal, dem launigen, dem Zufall, dem lustigen, oder mit voller Absicht angehoben und in eines dieser Fallbeispiele gesetzt wird, die in der Moralphilosophie ersonnen werden, um Oberschüler und Erstsemester zu tyrannisieren: Bleibst du daheim, ist das ein Fehler, fährst du zu dem Kongress, ist auch dies ein Fehler, und obwohl beide zur Wahl stehenden Optionen offenkundig falsch sind, musst du dich dennoch für eine von ihnen entscheiden.

Überholspur, Autobahn, helllichter Tag. Im linken Seitenspiegel des Wagens vor dir scharf umrissen und gleichsam aus sich selbst heraus leuchtend die Teilansicht eines Frauenantlitzes, überirdisch schön wie geschnitten aus einem Gemälde von Vermeer. Du bist den Tränen nahe. Neben dir auf dem Beifahrersitz des Mietwagens steht, eine plumpe Anklage, die lederne Reisetasche; obenauf liegt in einer Folienmappe die bescheuerte Rede. „Sehr geehrte Damen und Herren", sagst du leise, „es ist mir eine große Ehre, Ihnen heute einen kleinen Überblick …" *Große* müsstest du ein wenig übertrieben betonen. *Kleinen* müsstest du ebenfalls ein wenig übertrieben betonen. Jedoch *kleinen,* beschließt du, ein kleines wenig mehr als *große.* Das käme beim Auditorium sicherlich gut an, vermittelte diese offensive Witzelei doch den Eindruck sympathischer Bescheidenheit. „Es ist mir eine *große* Ehre", sagst du selbstsicherer und fädelst dich nach einem knapp missglückten Überholmanöver wieder in den Verkehr auf der rechten Fahrspur ein, „Ihnen heute einen *kleinen* Überblick darüber zu geben, was wir … ach, du lieber Gott!" Vielleicht wirst du erst übermorgen erfahren, was gerade daheim los ist, nämlich genau in dem Augenblick, wenn du die Tür aufsperrst, um mit schräg geneigtem Kopf ins Haus hineinzuhorchen, während du dich der Schuhe entledigst.

Du schaltetest das Radio ein und sofort wieder aus.

Auf einem würfelförmigen, grün gestrichenen Stromkasten am Straßenrand wartet ein Falke in lauernd geduckter Haltung auf die Autobahn kreuzendes Kleingetier: Kaum noch Vogel, fast die Jagd selbst.

Bei einem Becher Tee bist du gestern Abend das Skript der Rede durchgegangen. In aller Ruhe hast du Pausen markiert und stilisierte Augen an Stellen gemalt, an denen du bedeutungsvoll den Blick ins Auditorium heben willst, da hat sich hinter dir die Tür des Arbeitszimmers geöffnet.

Den Becherrand an der zugbrückenhaft gesenkten Unterlippe drehst du dich um. Im Türrahmen lehnt deine Frau. Ihre Augen glänzen.

Erst denkst du, Miriam hätte geweint, und überlegst, was du denn nun schon wieder falsch gemacht hast, aber schnell wird dir klar, dass sie Fieber hat. An ihren Schläfen kleben Haarsträhnen und sie trägt anstelle eines Nachthemds eine Jogginghose, die du nicht kennst, und den Wollpullover mit den Löchern an den Ellenbogen, den sie nur zur Gartenarbeit anzieht.

„Der Kleine“, sagt sie.

„Was ist mit dem Kleinen?“

„Er hat Fieber. Nicht schlimm. Ich hab ihm ein Zäpfchen gegeben.“

Das, was du als Nächstes sagst, muss sorgfältig abgewogen werden. Daher stellst du erst einmal den Becher auf den Schreibtisch. Sodann setzt du eine hoffentlich besorgt wirkende Miene auf und fragst: „Und wie geht es dir?“

„Fieber“, sagt Miriam und fixiert den Schirm der Deckenlampe.

„Du hast auch Fieber?“, fragst du, als zähltest du jedes Wort einzeln ab.

„39,3“, antwortet sie in bitterer Zufriedenheit.

Die Temperaturangabe stürzt dich in derart panische Konfusion, dass du, ohne nachzudenken, erschrocken ausrufst: „Kann ich morgen fahren?“

„Das musst du selber wissen!“, sagt sie und schlägt die Tür zu.

Wo ist sie bloß! Sie müsste doch bei der Geldbörse und dem Schlüssel in der Schale … nein, seltsam … in der Küche ist sie auch nicht … halt, du hast sie doch vorhin, ehe du ins Bad gegangen bist, um dir die Hände zu waschen … ah, richtig, da ist sie ja! Du legst das schuppige Lederarmband ums Handgelenk, fummelst den Dorn der Schließe ins Loch, bevor du einen Blick aufs Zifferblatt riskierst. Kurz nach elf. Viel zu spät, um noch Götzloff anzurufen. Und außerdem: Was willst du ihm

denn sagen? Etwa: „Ich kann morgen nicht zu dem Kongress fahren, meine Frau ist krank, das Baby ist krank, jemand muss sich doch um meine Frau kümmern und um das Baby muss ich mich doch auch kümmern, ich kann wirklich nicht zu dem Kongress, sie haben beide Fieber, hohes Fieber, könnten Sie vielleicht bitte fahren oder wäre es möglich, dass Frau Dr. Schauper hinfährt, ich könnte ihr auch meinen Vortrag leihen, nein geben, sie kann ihn gerne halten, meinen Vortrag, den … Impulsvortrag, sie kann ihn sehr gerne haben *und* halten, Frau Dr. Schauper müsste ihn sich allerdings bei mir zu Hause abholen, denn meine Frau und mein Kind sind ja beide krank, sehr krank, sie haben, aber das sagte ich bereits, Fieber, hohes Fieber, ich kann das Haus, das verstehen Sie doch sicherlich, Herr Götzloff, Sie haben doch selbst Kinder, nicht verlassen, auf gar keinen Fall kann ich weg, oder bessere Idee, hören Sie bitte: Ich könnte auch Ihnen meinen Vortrag …"
Nein, es ist undenkbar, absolut undenkbar, dass du nicht fährst!

Du legst das Gesicht in die erstaunlicherweise nach Waldboden riechenden Handflächen. In dieser Haltung verharrst du einige Minuten über den Schreibtisch gebeugt. Wieso Waldboden?, wunderst du dich nach geraumer Zeit, und doch riechen deine Handflächen eindeutig nach Kastanien, Walnüssen, Erde, Pilzen und vergammeltem Laub. Du hebst den Kopf und betrachtest, nachdem sich dein Blick geklärt hat, die Bücher. In offener Feindseligkeit haben sie sich von dir abgewandt: Die Arme grimmig vor der Brust verschränkt, stehen sie Rücken an Rücken in den Regalen. Sie können oder wollen dir nicht helfen. Früher hast du gerne gelesen, nun aber leidest du darunter, lesen zu müssen. Immerzu musst du lesen, Buch um Buch, um über das Gelesene oder Quergelesene schlaue Sachen zu sagen oder zu schreiben. Lesen, reden, lesen, schreiben, nie, aber auch wirklich niemals lesen, um zu lesen. Ich muss fahren, denkst du. Mir bleibt nichts anderes übrig.

Du gehst ins Bad, wäschst dir lange das Gesicht wie eine Figur in einem Spielfilm. Die Tür des Schlafzimmers ist geschlossen. Miriam hat das Baby bei sich. Du klopfst leise an. Im Zimmer bleibt es still. Behutsam öffnest du die Tür, verharrst auf der Schwelle, lehnst dich unbeholfen, was dich an Jasper denken lässt, an den Türrahmen, schluckst laut, beginnst zu reden. „Ich muss fahren", sagst du. „Es tut mir so leid, aber ich muss fahren."

Miriam gibt keine Antwort, hat dir den Rücken zugekehrt. Das Baby liegt neben ihr und schläft. Es schnarcht leise und hat rote Wangen.

„Ich verliere sonst den Job."

Keine Antwort.

„Wäre das irgendein x-beliebiger Vortrag, würde ich ihn sofort absagen. Aber das ist eine Sache, die ich einfach nicht canceln kann." Canceln, denkst du, ich habe eben „canceln" gesagt, was ist bloß los mit mir? „Mir sind die Hände gebunden", hörst du dich stockend und mit stark bebender Stimme weitersprechen, hättest auch diese Phrase gerne ungesagt gemacht, denn mit einem Schwung, der dich erschreckt, wirft Miriam sich aus dem Ehebett, kommt schwankend auf dem Vorleger zu stehen und zeigt auf dich. Doch sie schreit dich nicht an. „Fahr!", sagt sie tonlos, was viel schlimmer als Gebrüll oder Vorwürfe ist, und lässt in dramatischer Langsamkeit oder schierer Kraftlosigkeit den Arm mit dem anklagend ausgestreckten Zeigefinger sinken. Da sie aussieht, als hätte sie sich gerne an etwas festgehalten, bietest du ihr impulsiv deinen angewinkelten Arm an. Sie bedenkt dich mit einem mitleidigen Blick und legt sich wieder hin.

„Miriam", sagst du.
Sie schüttelt den Kopf.
„Miriam, du kannst doch nicht …"
Sie schließt die Augen. Unter ihren Lidern bewegen sich die Augäpfel, als rollten sie von elektrischen Impulsen getrieben hin und her.

Um wieder halbwegs klar denken zu können, flüchtest du dich in deinen allabendlichen Kontrollgang durch die Wohnung. Die Küche ist in Ordnung. Das ist gut. Im Arbeitszimmer ist auch alles in Ordnung. Gut. Du trinkst den Tee aus, trägst den Becher in die Küche, wo noch immer alles in Ordnung ist, und räumst ihn in die Spülmaschine. Im Wohnzimmer läuft der Fernseher. Das ist nicht gut. Du suchst nach der Fernbedienung, findest sie schließlich unter einer aufgeschlagenen Zeitschrift auf dem Sofa, schaltest ihn aus. Jaspers Zimmer ist aufgeräumt. Gut. Jaspers Zimmer ist jedoch leer und aufgeräumt und das, das ist nicht gut, das ist gar nicht gut!
Dein ältester Sohn, fällt dir nämlich wieder ein, ist auf Klassenfahrt und muss morgen am Bahnhof abgeholt werden. Mit einem animalischen Wimmern sinkst du auf sein gemachtes Bett. Miriam kann ihn nicht abholen. Sie hat Fieber. Aber irgendjemand muss ihn doch morgen am Bahnhof abholen! Vielleicht, überlegst du, ist es ja doch machbar. „Miriam", würdest du aufmunternd sagen, „das ist bloß eine kurze Fahrt. Das schaffst du! Du packst das Baby in den Maxi-Cosi, und wenn ihr wieder zu Hause seid, hilft dir Jasper sicher beim Reintragen. Er kann dir ja auch eine Kleinigkeit zum Abendessen einkaufen. Irgendein Fertiggericht. Suppe, Tiefkühlpizza. Oder noch besser, du bestellst Pizza beim Lieferdienst. Für dich und Jasper. Das Baby kriegt Brei und die Großen essen Pizza."
Da springt eine nächste Erkenntnis aus dem Nichts in den Box-

ring und schlägt direkt zu: Womit soll Miriam den Jungen denn abholen? Du fährst doch mit eurem Auto zu dem beschissenen Kongress.
Kein Auto. Miriam hat kein Auto, um Jasper abzuholen.
„Mietwagen", murmelst du, „Mietwagen, Mietwagen …"
Nähmst du einen Mietwagen, könnte Miriam den Jungen bequem mit dem Auto abholen. Vorausgesetzt, sie wäre in der körperlichen Verfassung dazu. Aber mit dem Baby muss sie morgen ohnehin zum Kinderarzt. Gleich um acht Uhr ab in die Praxis. „Mein Kind, mein Kind …" – „Ihrem Kind geht es gut. Es braucht nur Ruhe und frische Luft." Pause, Erholung, Wecker stellen, kleines Schläfchen mit dem Baby. Und nachmittags sind sie beide dann fit genug, um Jasper am Bahnhof abzuholen. „Hast du geraucht?" – „Nein." – „Du hast wohl geraucht!" – „Ich doch nicht!" – „Und wieso riechen deine ganzen Kleider nach Zigarettenrauch?" – „Das waren die anderen. Jannis und Moritz. Die haben im Zimmer geraucht, ich nicht." Würde sie ihm glauben? Du würdest es vielleicht. Jasper ist vernünftig. Jedenfalls meistens. Er kann ihr auf jeden Fall beim Reintragen helfen. Ist ja nicht viel zu schleppen. Bloß der Maxi-Cosi, in dem das Baby keucht, und die Wickeltasche. Den Rucksack mit den nach Tabak stinkenden Klamotten hat Jasper auf dem Rücken. Und wenn Miriam auch zum Arzt muss? 39,3 Grad sind kein Pappenstiel. Im Mund gemessen? Das Baby röchelt besorgniserregend und sagt, als Jasper es eine Spur zu ruppig aus der Plastikschale nimmt, leise und vorwurfsvoll etwas, das wie „Ökre?" klingt. Stopp! Das bringt alles nichts! Stopp!
Du atmest tief ein und aus.
Jetzt muss erst einmal der Mietwagen her!

Laptop suchen, finden, hochfahren. Kaum hast du den Wagen bestellt, nimmt ein durchaus brauchbarer Plan Konturen an: Um fünf Uhr in der Frühe willst du aufstehen, gegen halb sechs ein Taxi anfordern, um Punkt sechs dann den Wagen bei der Autovermietung abzuholen. Frühstücken wirst du unterwegs an einer Autobahnraststätte. Rührei, Brötchen, was es da so gibt. Blick auf die Uhr: Zum Schlafen bleiben dir noch vier Stunden.

Vorsichtig klopfst du an die Schlafzimmertür.
Keine Antwort.
Du öffnest sie dennoch.
Miriam scheint nicht zu schlafen. Das Baby liegt zu ihrer Rechten wie ein Semikolon. Wenigstens es schläft.
„Miriam?“
Keine Antwort.
„Wie geht es dir?“
Keine Antwort.
„Kann ich morgen fahren?“
Keine Antwort.
„Zu dem Kongress … Kann ich morgen bitte fahren? Kann ich morgen zu dem Kongress fahren? Hast du noch Fieber?“ Du fasst an Miriams Stirn, die sich heiß und nass anfühlt wie ein frisch gespülter Porzellanteller. „Ich will ja nicht rumnerven. Äh, weißt du noch, dass Jasper …“
„Lass mich!“, sagt sie.
„Ich wollte nur …“
„Lass mich in Ruhe!“
„Ich … ich schlaf in Jaspers Zimmer“, sagst du schnell und ziehst die Tür zu. Kurz bevor sie ins Schloss fällt, hältst du inne und hörst dich hysterisch plappern: „Soll ich bei dem Kleinen mal Fieber messen? Oder lassen wir ihn besser schlafen? Sobald er wach ist, musst du aber sofort Fieber bei ihm messen. Ich könnte mir den Wecker stellen und dann komme ich in

zwei Stunden noch mal nach euch kucken. Ich kann ja danach noch zwei Stunden schlafen. Das Taxi kommt so gegen viertel vor sechs. Und falls er Fieber hat, dann könnten wir … Hast du eigentlich noch mal Fieber gemessen? 39,3 Grad ist eine Hausnummer. Bei dir, meine ich. Fieber …"
„Tür zu!", zischt Miriam.

Was hast du diesmal bloß falsch gemacht? Am liebsten hättest du sofort wieder angeklopft und dich entschuldigt. Aber wofür? Das ist immer das große Rätsel. Und störst du Miriam jetzt wieder, bringt sie das bestimmt vollends zum Ausrasten. Das liegt am Fieber, sagst du dir, denn so hast du sie noch nie zuvor erlebt. 39,3 Grad. Vielleicht jetzt 40? Solltest du ihr kalte Wadenwickel machen? Besser nicht. Auch deine Stirn ist inzwischen feucht und heiß. Fühlt sich allerdings mehr wie nasse Pappe als heißes Porzellan an. Das Thermometer liegt auf dem Rand des Waschbeckens. Du hältst es kurz unter fließendes Wasser, steckst es in den Mund: 36,8 Grad. Und doch schwitzt du wie ein Weltmeister.
In Jaspers Bett schwitzt du noch stärker. Viel zu heiß! Decke weg! Außerdem dreht sich alles, als hättest du zu viel getrunken. Was erwartet sie von dir? Dass du zu Hause bleibst? Oder braucht sie zum Genesen nur ihre Ruhe und morgen sieht alles ganz anders aus?

In Jaspers Zimmer riecht es nach Turnbeutel, faulem Apfel und Käsefuß. Auf dem Nachttisch türmen sich Comics und Musikzeitschriften. Über dem Bett, in Kopfhöhe, hängt ein Poster, das einen schwarzen Typen zeigt, dem man Anne Frank ins Gesicht tätowiert hat. Genau genommen hat der Typ kein Anne-Frank-Porträt im Gesicht, sondern dessen rechte Hälfte wird komplett von einem unbeholfenen, aber bemüht realistischen

Porträt von Anne Frank eingenommen. Wann, fragst du dich, habe ich Jasper verloren? Der Junge weiß sicherlich nicht, wen sich der Typ da ins Gesicht hat tätowieren lassen. Woher auch? Seine Lehrer wissen sowas doch auch nicht! Kretins, bescheuerte! Anne Franks Vater hat auch alles falsch gemacht. Vielleicht nicht alles, aber ihr Tagebuch hätte er nicht zensieren dürfen. Selbst er hat also sein Kind nicht verstanden. Totale Zensur im Hinterhaus. Oder hat er Anne nicht verstehen wollen? Können? Ab welchem Alter versteht man seine Kinder eigentlich nicht mehr? Ab zwölf? Ab dreizehn?
Über derartigen Gedanken schläfst du ein und sofort klingelt der Wecker.

Duschen kannst du in Norddeutschland.

„Bist du wach?"
Keine Antwort.
„Kann ich fahren?"
Keine Antwort.
„Wie geht es dem Baby?"
Du trittst näher ans Bett. Sie atmet. Das Baby atmet auch.
Im Schlafzimmer riecht es nach Schweiß und nassem Hund.
„Soll ich mal kurz stoßlüften?"
Keine Antwort.
Du tust es trotzdem, sagst dabei „So!" wie ein Lehrer, lüftest, schließt das Fenster wieder. „Ich melde mich nachher bei dir … Ich … soll ich bleiben? Sag doch bitte was! Ich kann gerne bleiben, wenn du willst."
Keine Antwort.
Du lässt die Tür einen Spalt breit geöffnet, damit die beiden nicht im eigenen Mief ersticken, rufst ein Taxi und verzichtest darauf, Miriam eine Nachricht zu hinterlassen. Nachher wirst

du sie mit dem Handy anrufen. Noch vor der Frühstückspause. „Mir geht es viel besser!“, wird sie dann sagen. „Es tut mir leid, dass ich dich gestern Abend angeschrien habe.“ – „Nicht der Rede wert“, wirst du ihr heiter entgegnen. „Du hattest Fieber. Ich habe euch übrigens das Auto dagelassen und einen Wagen gemietet. Dann kannst du heute Nachmittag Jasper am Bahnhof abholen.“ – „Das ist aber lieb von dir. Ich freue mich auf Jasper. Er hat bestimmt viel von der Klassenfahrt zu erzählen. Wann bist du wieder da?“ – „Übermorgen. Ihr fehlt mir jetzt schon. Halt die Ohren steif!“ – „Hör mal, Oluf! Dem Baby geht es inzwischen auch schon viel besser.“

Nicht in den Kofferraum. Das ist zu umständlich, denkst du und sagst, während du es bereits tust: „Ich stelle die Tasche auf den Rücksitz.“

„Nur zu!“ Der Taxifahrer riecht, als wäre er die ganze Nacht um sein Leben gefahren. „Wo soll's denn hingehen? Wieder zum Bahnhof?“

Wieso „wieder zum Bahnhof“? Du beäugst ihn misstrauisch. Er sieht gelangweilt zur Seite, ein junger Kerl mit glänzendem Gesicht und absurd vorgewölbter Stirn. Ein ehemaliger Student? Du blickst leicht ratlos zum Haus zurück. Zwei Krähen schreiten im Vorgarten umher, als suchten sie etwas auf dem Boden, das sie verloren haben. Ihre Körperhaltung erweckt den Eindruck, als hätten sie die Hände hinter dem Rücken verschränkt.

„Und nun? Geht's jetzt wieder zum Bahnhof?“

„Nein“, sagst du, verkneifst dir die Frage, wieso er zu wissen meint, dass du zum Bahnhof willst – und das „wieder“ – und nennst stattdessen Namen und Straße der Autovermietung.

„Die Hausnummer“, schließt du heiter, „weiß ich leider nicht.“

„Das ist im Industriegebiet.“

„Mag sein“, sagst du.

„Aha!“, sagt der Taxifahrer.
Wieso „Aha!“, fragst du dich.
„Ich hab ja ein Navi“, sagt der Fahrer.
„Wie bitte?“
„Ein Navi“, wiederholt der Fahrer unwirsch und fährt los.

Obwohl du viel lieber hinten säßest, nimmst du im Taxi stets auf dem Beifahrersitz Platz, um nicht herablassend zu wirken. Redet man mit Taxifahrern?, fragst du dich nicht zum ersten Mal. Und wenn ja – worüber? Außer dem Wetter fällt dir nichts ein, worüber du mit dem jungen Mann, vermutlich einem Studienabbrecher, sprechen könntest. Es überrascht dich, wie viele Menschen zu dieser frühen Uhrzeit bereits unterwegs sind. Das Taxi fährt die Gellertstraße hinunter in die Innenstadt, biegt kurz vorm düsteren Quader des Bahnhofs scharf rechts ab und folgt einige Minuten einem comichaft hell erleuchteten, voll besetzten Omnibus. Selbst im Mittelgang stehen die Menschen dicht gedrängt. Die anderen, denkst du.

„Wenn ich Bauchweh hab, trink ich immer ne Tasse heißen Tee“, offenbart der Fahrer unvermittelt. „Am besten hilft mir da immer Hagebuttentee.“
„Im Mittelalter galt die Hagebutte als Symbol für die Jungfrau Maria“, hörst du dich flüssig dozieren, „was sich erstaunlicherweise in der populistischen Traumdeutung in ein Symbol für Ehelosigkeit verwandelte. Die Wurzeln der Hundsrose, wie man die Hagebutte auch oft nennt, wurden ehemals gegen Bisse von tollwütigen Tieren verwendet. Bemerkenswert finde ich, dass diese Frucht in der albernen Deutungswut der Traumwühler zum Symbol für den Hagestolz wurde.“ Du lachst. Zu lange und zu laut. „Als Kinder pflegten wir Hagebutten aufzupulen und sie uns gegenseitig in die Kragen zu stopfen. Im Dorf, aus dem ich

komme, nannte man Hagebutten daher ‚Arschkratzer'. Das funktioniert wie Juckpulver. Ist nur billiger."
Der Rest der Fahrt verläuft in peinigendem Schweigen.
Du hättest besser eine kluge Bemerkung über das Wetter gemacht.

Aus unerfindlichen Gründen lehnte der Taxifahrer das großzügig bemessene Trinkgeld ab. Oder: *Im Büro der Autovermietung war es noch dunkel und Sattler musste eine gute Viertelstunde warten, bis eine junge Frau im dunkelblauen Hosenanzug angeradelt kam und aufsperrte.* Oder: *Inzwischen war er bereits viel zu weit von zu Hause entfernt, um noch umzukehren.* Wie viel lieber hättest du über all das in einem Roman gelesen! Du schaltest das Radio ein und sofort wieder aus.
Schon zum zweiten Mal an diesem Vormittag erinnert dich etwas an Vermeer. Dieses Mal ist es der morgendliche Himmel über der Autobahn, genauer gesagt, eine gewisse scherenförmige Wolkenkonstellation, die pinselgenau aus Vermeers *Ansicht von Delft* zu stammen scheint.
Vor Jahren, als du noch ambitioniert und vor allem interessiert gewesen bist, hast du mal erwogen, einen Aufsatz über Prousts Vermeer-Rezeption zu schreiben. Der Text ist nie fertig geworden und du bist dir auf einmal gar nicht mehr sicher, überhaupt jemals ein Wort davon zu Papier gebracht zu haben. In einem der letzten Bände der *Recherche* stirbt der Schriftsteller Bergotte, während oder nachdem er (du erinnerst dich nur undeutlich) im *Jeu de Paume* Vermeers *Ansicht von Delft* sieht oder gesehen hat. Bergotte stirbt, weil ihm auf dem Gemälde etwas derart Perfektes aufgefallen ist, das ihm in seiner makellosen Absolutheit blitzartig sein eigenes Unvermögen bewusst macht und in aller Grausamkeit aufzeigt, wie vergebens sein lebenslanges Mühen war, Kunst von Bestand zu schaffen.

Bei dieser Winzigkeit, die zu Bergottes Tod führt, handelt es sich ironischerweise um ein kleines gelbes Mauerstück mit einem Vordach. Und dieses „petit pan de mur jaune avec un auvent", von der Sonne beleuchtet, ja, beinahe scheinwerferhaft angestrahlt wie vorhin das Frauenantlitz im Seitenspiegel, ist trotz seiner Schlichtheit eine gewaltige Epiphanie, das Hineingreifen einer Gottheit in ihre ureigene Schöpfung, jedoch, was für Bergotte schmerzhaft und tödlich zugleich ist, der metaphysische Griff einer irdischen, rein menschlichen Gottheit, deren heilige Insignien Staffelei, Pinsel, Camera obscura sowie diverse Spiegel und Linsen sind.
Problematisch macht die ganze Sache allerdings der Umstand, dass sich auf Vermeers Gemälde kein kleines gelbes Stück Mauer mit einem Vordach oder Dachvorsprung befindet. Ein Irrtum Prousts ist ausgeschlossen. Im Mai 1921, kurz vor seinem Tod, rafft er sich nämlich auf (zuvor hat der Sterbenskranke, heißt es, drei in ungesalzenem Wasser gekochte Kartoffeln verzehrt), um Vermeers Gemälde in der *Galerie nationale du Jeu de Paume* ein zweites und letztes Mal in seinem Leben zu bewundern.
Wenn du dich recht entsinnst, hast du in dem Aufsatz ausführen wollen, dass sich das gelbe Mauerstück nicht auf dem Gemälde befindet, weil es als Prousts eigene Schöpfung eine persönlich an Bergotte adressierte Epiphanie ist, die kein anderer sehen kann und darf. Und all jene Exegeten, die glauben, das Mauerstück in dem Gemälde lokalisieren zu können, hast du in geschickt terminologisch verborgener Frechheit mit dem jubelnden Volk in *Des Kaisers neue Kleider* gleichsetzen wollen, denn natürlich beansprucht derjenige, der das Mauerstück gefunden zu haben vorgibt, Teilhabe an Bergottes Erleuchtung und ist somit ebenfalls ein Erleuchteter.
Am Ende des Aufsatzes hast du in kryptischer Ironie über *Trap Towns* auf Landkarten schreiben wollen. Nicht selten las-

sen Hersteller von Karten darauf falsche Orte als Plagiatsfallen einzeichnen, um später gegen Kopisten juristisch vorgehen zu können. *Trap Towns, Trap Streets, Trap Mountains, Little Yellow Trap Walls*. Plötzlich fällt dir wieder ein, weshalb du den Aufsatz weder fertiggeschrieben noch überhaupt begonnen hast: Du kennst Vermeers Bild nur von Reproduktionen. Vielleicht gibt es darauf wirklich das kleine gelbe Mauerstück mit dem Vordach. Außerdem hast du Prousts *Recherche* nicht gelesen – wieso auch immer! – und die Lektüre bis heute erfolgreich aufgeschoben. Über die *Recherche* – wie du sie selbst in Gedanken wichtigtuerisch nennst – hast du lediglich Aufsätze gelesen und auch die Kenntnis über alles, was mit dem kleinen gelben Mauerstück zu tun hat, stammt nur aus zweiter oder dritter Hand.

Dieses ganze Reden und Schreiben über Texte und Bilder, die man nur aus Texten oder von Abbildungen kennt, die alle Farben und Formate rücksichtslos nivellieren, ist symptomatisch, denkst du, als du (diesmal erfolgreich) einen Kleinbus voller aufgedrehter, auf der Rückbank tobender Kleinkinder überholst, für die Sackgasse, in die dich die Lehre getrieben hat: Das Original verschwindet wie Gott Vater im Dunst der Aufklärung. Und, überlegst du weiter, als hieltest du eine Brandrede vor deinen Eltern, die du so bitter enttäuscht hast, weil du die Schlosserei nicht übernehmen wolltest: Spätestens seit Kants unseligem „Sapere aude!“ ist nichts einfach nur da und nur da als es selbst. Das ist der Preis der Vernünftelei, den wir moderne Menschen zahlen, und wir begleichen die Schuld in eselhafter Bereitwilligkeit, ohne zu wissen, dass wir etwas bezahlen, und ohne auch nur annähernd zu ahnen, was wir dadurch verlieren: Nichts, wirklich nichts, geschieht mehr unmittelbar. Man schreibt Texte über Texte, über die man nur in Texten gelesen hat. Man schreibt Texte über Texte über

Texte über Bilder, von denen man – wenn überhaupt – nur Abbildungen gesehen, meist jedoch nur tendenziöse Beschreibungen in Texten über Texte gelesen hat. Alles geschieht über Umwege. Nur dein eigenes Leben, das musst du ganz alleine leben.

Mit einem Anflug tiefer Zufriedenheit stellst du fest (und setzt zu einem gewagten Überholmanöver an), dass dies die ersten brauchbaren, einem roten Faden folgenden Gedanken seit Monaten sind. In letzter Zeit funktioniert dein Intellekt fast nur noch auf Autopilot. Für die Seminare und Vorlesungen reicht es dicke, auch für Gespräche im Flur oder in der Mensa, aber darüber hinaus macht sich in deinem Denkorgan immer mehr eine Leere breit wie in einem Theater nach der Vorstellung: Das Publikum ist gegangen, eine Handvoll Bühnenarbeiter räumt verschlafen die Kulissen weg, während die nicht minder verschlafen wirkende Putzkolonne einrückt, um Bonbonpapierchen aufzulesen und vollgerotzte Papiertaschentücher aus den Sitzritzen zu klauben. Nachdem die Limousine überholt ist, bleibst du auf der linken Spur, lässt einige daherzockelnde Kleinwagen sowie einen nach Schweinestall stinkenden Viehtransporter hinter dir zurück und hättest in deiner Euphorie fast das Schild mit dem gekreuzten Essbesteck übersehen.

Noch vier Kilometer, denkst du erfreut, dann gibt es endlich Frühstück! Es ist kurz nach halb elf. Unbestritten zu spät! Eigentlich hast du Miriam erheblich früher anrufen wollen. Nun ist sie bestimmt längst mit dem Bus zum Kinderarzt gefahren. Oder kann sie möglicherweise das Haus gar nicht verlassen, weil sie zu geschwächt dazu ist? Ärgerlich, das Ganze! Aber immerhin könnte sie Jasper heute Nachmittag noch immer mit dem Auto abholen. Oder er nimmt den Bus. Das ist doch nicht zu viel verlangt! Und was kannst du denn dafür, dass sie gestern keine Absprachen mit dir hat treffen wollen? Hoffentlich ist sie nicht allzu sauer auf dich. Neues Hinweisschild: In drei Kilometern gibt es endlich Frühstück!

Trotz nagender Sorgen bist du, was dich in ernsthaftes Erstaunen versetzt, gerne unterwegs. Das Fahren auf der Autobahn lullt ein, betäubt alle Nöte und sogar die aktuellsten und gehässigsten Zumutungen des Alltags wie in Telefonwarteschleifen dudelnde Muzak oder ein Hörbuch von Derrida.

Erfreulich auch dies: Der Streckenverlauf ist so simpel, wie er nur sein kann. Seit du nach einigem Gefrickel rund um Frankfurt auf der A 7 bist, geht es nur noch nach oben, quer durch Deutschland, nach Norden.

Weil der Tank laut Anzeige (und diese wird wohl kaum defekt sein) noch mehr als dreiviertel voll ist, steuerst du hart links an der ins Megalomane aufgeblasenen Tankstelle vorbei, gerätst leider zu weit links und findest dich plötzlich auf dem Stellplatz für Lkws und Busse wieder. Da nur wenige der jachtgroßen Parkplätze besetzt sind, glaubst du, das Wagnis eingehen zu können, neben einem weiß-grauen Sattelzug zu halten. Kaum hast du den Schlüssel aus dem Zündschloss gezogen, öffnet sich die Beifahrertür und den teigigen Hintern voran klettert eine Frau aus der hoch über dem Mietwagen schwebenden Führerkabine. Sie hat monroeblond gefärbtes Haar, trägt mattrote Strumpfhosen, knallrote Pumps, einen schwarzen Lederminirock und eine ärmellose kanariengelbe Bluse, die den Blick auf leichenhaft bleiche Puttenarme preisgibt. Schlingernd hält die Frau auf die Raststätte zu. Ob sie betrunken oder nicht gut mit den hochhackigen Schuhen zu Fuß ist, vermagst du nicht zu beurteilen.

Inzwischen bist du aus dem Wagen gestiegen und siehst ihr mit leicht geöffnetem Mund nach, ein schlaksiger großer Mann mit schmalem Schnurrbart und schütter werdendem Haar, der wie viele dünne großgewachsene Männer gerne in eine leicht gebeugte Körperhaltung verfällt. Eine Bewegung im Augenwinkel lässt dich den Kopf eulenhaft zur Seite drehen, wo sich soeben mit affenartiger Anmut ein massiger Typ aus dem Führerhaus des Sattelzugs schwingt. Dass er ebenfalls die Beifahrertür zum Aussteigen nutzt, stört dich auf indifferente Art. Der Typ, etwa in deinem Alter, hat eine graue Meckifrisur und ein Gesicht wie ein freundlicher Oger in einem Bilderbuch für Leseanfänger. An Kleidung trägt er lediglich eine kurze Sporthose (ohne Innenslip) und verkündet nicht ohne Stolz, indem er mit dem Daumen auf die davonschwankende Dame im Minirock zeigt:
„Ob Sie's glauben oder nicht: Die hab ich eben gefickt!"
Was entgegnet man auf eine solche Offenbarung?, fragst du dich.
Ihr seht der Frau nach, die mit einem Mal, als wüsste sie, dass man sie beobachtet, kokett das Handtäschchen zu schlenkern beginnt.
Kunstleder, denkst du. Kein echtes Leder würde so glänzen.

Der Lkw-Fahrer ist schwer tätowiert, jedoch nicht mit so befremdlichen Motiven wie Anne Franks Gesicht, sondern mit blassblauen, beinahe grünlichen Beliebigkeiten, die dich an lange Haftstrafen denken lassen.
„Tut das nicht weh?", fragst du.
Der Lkw-Fahrer grunzt überrascht.
„Wenn man tätowiert wird, meine ich?", sagst du schnell.
„Ja, schon, aber was muss, das muss!" Der Lkw-Fahrer grinst frech. „Sie wissen schon, Herr Doktor, dass Sie grad nem Kollegen den Parkplatz wegnehmen?" Ohne deine Antwort abzu-

warten, schickt er sich an, ein dreibeiniges, hüfthohes Gestell aufzubauen, krönt es mit einer flachen Metallschüssel, gießt dampfendes Wasser aus einer überdimensionalen Thermosflasche hinein und beginnt sich ohne Hemmungen den Oberkörper zu waschen. Er hat Hängebrüste wie eine Halbweltvettel auf einem Gemälde von Dix. Auf einmal hält er mitten beim Einschäumen inne, starrt dich an. „Ham wohl noch nie sich nen Mann waschen sehn?"
Du entschuldigst dich stammelnd und gehst, ergebnislos über die Grammatikprobleme des Anwurfs nachdenkend, quer über den Parkplatz hinüber zur Raststätte, einer architektonischen Totalkatastrophe aus den Neunzigern, deren Inneres aufgrund von an Ketten baumelnden Schildern mit Aufschriften wie „Selbstbedienung", „Kaffee" oder „Schnitzelstraße" mehr als nur selbsterklärend ist. Für dich jedenfalls, der du dich im Inneren der Raststätte mit einer Gründlichkeit umsiehst, als analysiertest du eine vom Kunstbetrieb gefeierte Rauminstallation eines Außenseiterkünstlers. Der Terminus „bildungsferne Schichten" kommt dir in den Sinn. Professor Kornbluth, dein Doktorvater, selig, hat ihn gerne gebraucht und in diesem Zusammenhang stets vom „marche des imbéciles" gesprochen: Ließe man alle Vollidioten der Welt in Viererreihen am Eiffelturm vorbeimarschieren, endete diese Parade niemals, da die marschierenden Vollidioten unterwegs unentwegt Kinder zeugten und bekämen und diese wiederum unentwegt weitere Kinder zeugten und bekämen und so weiter und so fort.

Schlaffes Mischbrötchen mit großzügig Butter, durchgehend hellgrauem, jedoch an mehreren Stellen blau-grün, fast seifenblasenartig schillerndem, zu salzigem Kochschinken und einer hauchdünnen, wässrig schmeckenden, eiskalten Gurkenscheibe. Schlaffes Roggenbrötchen mit großzügig Butter, winzige klare Tröpfchen ausschwitzender Käsescheibe und einem eiskalten fingerdicken Stück unreifer Tomate. Rührei (hellgelb, lauwarm) mit beachtlicher Pfefferpigmentierung sowie ein tadelloser Schokopudding (hellbraun, von der Struktur sämig-glatt, eiskalt), den du, da du verabsäumt hast, einen Dessertlöffel aus der Besteckwanne neben der Kasse zu nehmen, mit der Gabel verzehrst, was sich leichter als befürchtet erweist.

Nun ist es aber höchste Zeit, zu Hause anzurufen! Als Erstes – sofort nach den Mitleidsbekundungen und Entschuldigungen – müsstest du Miriam sagen, dass du einen Mietwagen genommen hast. Oh je, schon fast elf! „Und", würdest du danach beiläufig oder, besser gesagt, in gespielter Beiläufigkeit anmerken, „du weißt schon, dass Jasper heute Nachmittag am Bahnhof abgeholt werden muss. Er kommt ja von der Klassenfahrt zurück."

Der tätowierte Lkw-Fahrer trägt sein Tablett an dir vorbei. Micha hat einen Hintern wie ein Liliputaner, denkst du. Etwas, das du nicht denken oder – noch schlimmer – jemals sagen oder schreiben dürftest. Woher weißt du überhaupt, dass der Kerl Micha heißt? Dein Wissen befremdet dich, bis dir das Schild in Nummernschildoptik mit den fünf Großbuchstaben hinter der stirnhaft gewölbten Windschutzscheibe des Lkws einfällt, das du vorhin unbewusst zur Kenntnis genommen haben musst. Micha trägt noch immer die Sporthose ohne Innenslip, hat sich hingegen mit einer grauen Kapuzenjacke der Marke *University of Irgendwo* und braunen Alpargatas, deren Hanfsohlen an den Rändern tabakhaft ausfransen, halbwegs den Gepflogenheiten eines Restaurantbesuchs angepasst.
Und dann in Viererreihen am Eiffelturm vorbei.

Drei Minuten nach elf. Auf Michas Tablett bewachen zwei klobige Schornsteine qualmenden Kaffees einen quadratischen Teller mit hummerpanzerrotem, extrem salzig aussehendem Kassler zwischen Bratkartoffel-Trümmerfeld und Mount Sauerkraut. Nach einem heiter-verschwörerischen Nicken, das dir gilt, setzt sich der Mensch mit dem Ogergesicht und dem Liliputanerhintern gegenüber von dir an einen Tisch direkt bei dem würfelförmigen Kirmesautomaten mit Glasaufsatz, worin man mit einer dreizinkigen Greifzange nach Plüschtieren angeln kann.

Du nickst geistesabwesend, aber nicht unfreundlich zurück und nimmst das Handy aus der Jackentasche. Nach fünfmaligem Klingeln meldet sich der heimische Anrufbeantworter. Du unterbrichst die Verbindung, siehst, wie dein Spiegelbild in der Frontscheibe des Plüschtierautomaten langsam das Handy sinken lässt. Dahinter: blaue Hasen, grüne Kätzchen, gelbe Piepmätze mit orangefarbenen Plastikschnäbeln und als König der Menagerie – rosa und riesig wie ein ausgewachsener Hund – Barbapapa.

Du bist wohl der Einzige in der ganzen Raststätte, der weiß, wie Barbapapa entstanden ist (in der Erde gewachsen) und wie Annette Tison und Talus Taylor auf den Namen des freundlichen Gestaltwandlers gekommen sind (*barbe à papa*, frz., *Zuckerwatte*). Seit Jahren verrottet im Keller ein Karton mit VHS-Kassetten, die dir früher mal wichtig waren. Wieso denke ich jetzt daran?, überlegst du, doch da erinnerst du dich, dass auf einer der Kassetten *Barbarella* aufgezeichnet sein müsste, ein Spielfilm, den du, obwohl du ihn aus ästhetischen Gründen verachten solltest und willst, stets gemocht hast. Im Gegensatz zu Miriam. Dabei hätte sie ihn, da sie ihr Studium nicht beendet hat, durchaus mögen dürfen. Dein Spiegelbild macht sich erneut am Mobiltelefon zu schaffen … Kontakte … Miriam …

Handynummer … verflucht, sie geht nicht dran! Wieso geht sie nicht an ihr gottverdammtes Handy? Micha fixiert dich die ganze Zeit und kaut dabei sein salziges Essen. Du siehst auf und ihn fragend an. Langer Augenkontakt. Wie in Zeitlupe streckt er auf einmal den Zeigefinger der rechten Hand aus und schiebt ihn immer noch peinigend langsam – und dabei den Mund zum Kuss gespitzt – im Daumen-Zeigefinger-Rund der linken Hand vor und zurück.

Du machst eine ungehaltene Gebärde, die eher in südlichere Länder gepasst hätte, und tippst einfingrig, jedoch nicht unflott: *Wie geht es Dir? Ich bin unterwegs. Im Mietwagen. Das Auto habe ich Dir dagelassen, damit Du mit dem Baby zum Arzt und nachmittags Jasper am Bahnhof abholen kannst. Das Auto …* Wo hast du es gestern nach dem Einkaufen geparkt? Verdammt noch eins! Du löschst die letzten beiden Wörter, denkst kurz nach, schickst die SMS trotzdem ab.

Miriam mag zwar nicht ans Handy gehen, weil sie sauer auf dich ist, aber ihre SMS wird sie ja wohl lesen. In einem schlechten Buch hättest du dir jetzt die Haare gerauft. Kontakte … Miriams Handynummer … sie geht immer noch nicht dran … das sieht ihr gar nicht ähnlich … du wartest auf die Ansage ihres Anrufbeantworters, atmest tief ein und sprichst nach dem Signalton: „Hallo. Ich wieder. Oluf. Ich bin mit einem Mietwagen unterwegs. Weißt du, dass du Jasper heute am Bahnhof abholen musst? Das wäre gut. Der Brief seiner Klassenlehrerin mit der genauen Uhrzeit hängt am Kühlschrank oder liegt auf meinem Schreibtisch. Das Auto habe ich vermutlich in der Nähe geparkt. Oder Bus. Nimm den Bus! Nein, besser. Nimm ein Taxi!“ Ihr wohnt jetzt schon seit fast acht Jahren in der Stadt und noch immer kennt ihr niemanden, den man Jasper abholen lassen könnte. Freunde habt ihr leider noch keine gefunden. Nicht einmal gute Bekannte habt ihr. Wie auch? Neue Stelle,

Umzug, Paartherapie, Hüftoperation, zweite Schwangerschaft, Hausbau, Geburt, Umzug und jeden zweiten Nachmittag Anrufe vom Mittelstufenleiter oder ständig wechselnden, jedoch allesamt mit den drei komplizierten Kasus auf Kriegsfuß stehenden Schulsozialarbeiterinnen. „Du hast was?“ – „Du weißt, was ich gemacht habe. Sie haben es dir doch gesagt.“ – „Wieso hast du ihm in den Schenkel gebissen?“ Du unterbrichst die Verbindung. Wühlen in der Hosentasche (Frage), leises Klimpern (Antwort), auch das noch! Der Autoschlüssel hängt an deinem Schlüsselbund. Du hättest ihn … nein … dafür gibt es doch den … aber wo mag er denn sein, der Ersatzschlüssel? In der Schale, wo er hingehört? Wohl kaum! Wieder rufst du Miriam auf dem Handy an, wartest geduldig, hinterlässt eine weitere Nachricht: „Ich wieder. Tut mir leid. Ich hätte das alles gerne ausführlich mit dir besprochen. Das soll jetzt kein Vorwurf sein. Sorry. Du warst ja krank. Hoffentlich geht es dir besser! Der Autoschlüssel. Es geht um den Autoschlüssel. Deshalb rufe ich schon wieder an. Der Schlüssel liegt bestimmt in der Schale im Flur, wo er hingehört. Hoffe ich. Wie geht's dir? Sehr wahrscheinlich liegt der Schlüssel da. Nein, ich meinte natürlich: Wie geht's *euch*? Ich hoffe, dass du nicht mit dem Bus zum Kinderarzt gefahren bist. Ich komme leider jetzt erst dazu, mich bei euch zu melden … Entschuldigung! Ruf mich bitte mal zurück! Wie geht es euch? Ich frühstücke gerade in einer Raststätte.“

Mittlerweile sitzt du jedoch nicht mehr am Tisch der Raststätte, sondern trabst fluchend über den Lkw-Parkplatz, den eine im Smalteblau beharrlich auf der Stelle vibrierende Augustsonne jodorowskyhaft beleuchtet. Eine derart gnadenlose Ausleuchtung verleiht selbst dem kleinsten Bodenritz tiefste Bedeutung. Und sie bewirkt auch dies: Wie Quecksilber gleißt eine Pfütze neben dem Mietwagen. Das Indiz für Michas Waschritual ist

von amöbenförmiger Gestalt, wirkt blasser an den dunstenden Rändern als im sich scheinbar wölbenden Zentrum, duckt sich auf den rissigen Asphalt wie ein schmelzender Spiegel, Symbol alles Verrinnenden: die verstrichene Zeit (wir jagen ihr vergeblich nach), der Leib (im Traum schon starb ich), die Bedeutungslosigkeit allen Denkens, denn immer marschiert die unendliche Prozession in Viererreihen am Eiffelturm vorbei.
Etwas von der Sonne so – beinahe vorsätzlich – Beleuchtetes ist, überlegst du, wie ein mit Textmarker hervorgehobener Passus in einem unverständlichen Text. Natürlicher Index, nicht intendiertes Zeichen: Kein Schatten zerstört den Wasserglanz am Boden.
Denn: Der Lkw steht nicht mehr da.
Was geht in diesen Menschen vor?

Du setzt dich auf die Rückbank des Mietwagens. Bilder verstehst du, Texte über Bilder auch, Texte über Texte über Bilder ebenfalls, aber nicht die Beweggründe von Menschen, die mit einem Lkw tagtäglich Waren von hier nach dort transportieren und auf Raststätten Frauen in ihr Führerhaus locken, um mit ihnen Unsägliches zu treiben. Da entdeckst du an der Rückseite des Fahrersitzes eine kleine Tasche. Mit Scherenfingern spreizt du das nach Neuwagen riechende Kunstleder. Das Täschchen erweist sich als leer, doch sein Inneres fühlt sich angenehm kühl an. Als du kurz darauf beide Hände aus dem waagerechten Schlitz ziehst, schiebt sich sogleich, als gäbe es einen Kausalzusammenhang, die Seitenwand eines Kühlsattelschleppers neben den Mietwagen, auf dessen Rückbank du nach wie vor benommen hockst wie ein Kirschkern, und verwandelt (echter kausaler Zusammenhang) das Quecksilber der Pfütze in schwarzen öligen Samt.
Die Bremsen des Kolosses zischen auf wie der unterdrückte Rülpser eines Gottes, unmittelbar wird die Beifahrertür von

innen aufgestoßen und die dickliche Frau im Lederminirock klettert flink hinauf und hinein.
Aus deiner Perspektive erkennst du, dass sie keinen oder einen fleischfarbenen Slip trägt, der vaginale Fältchen wirft.
So schlampig sie auch aussehen, rasiert sind sie immer.

Bei einer Damien-Hirst-Retrospektive in der Nähe von Kopenhagen bist du einmal zwischen zwei riesigen Behältern durchspaziert, die jeweils eine aufrecht stehende, in Formaldehyd eingelegte oder in Plastik eingegossene Kuhhälfte enthielten. Hirst hat eine ausgewachsene Milchkuh säuberlich an der Hüfte durchgesägt oder – wahrscheinlicher – von seinen Mitarbeitern durchsägen lassen, damit der Betrachter, also du selbst, zwischen dem halbierten Vieh hindurchgehen und/oder dazwischen sinnierend innehalten kann. Gefühlt hast du dabei nichts. Noch nicht einmal Ratlosigkeit. Und was fühlst du jetzt? Kannst du deine Gefühle greifen? Konntest du es je? Das Einzige, was du weißt, ist, dass du zu schwitzen beginnst, sobald du an Miriam und das Baby denkst. Schuld, denkst du, Schuld fühlt sich so an, und das denkst du, weil du genau weißt, wie sich Schuld anfühlt.

Wenig später treibt es dich zurück in die Raststätte. König Barbapapa feixt in seinem Aquarium: Man hat dein Tablett abgeräumt. Der Tisch, an dem du gesessen hast, ist frisch gewischt und riecht nach ungewaschenem Lappen. Micha ist natürlich nicht mehr da. Bringt Dosenfraß nach Aldi. Und wenn sie gestorben ist? Tot im Bett liegt und das Baby drängt sich wimmernd an ihren kalt werdenden Leib und sucht die nährende Brust?
Produziert eine tote Frau überhaupt noch Milch?
Entsetzt von diesem Gedanken, zapfst du dir einen weiteren Becher Kaffee am Automaten, stehst jedoch kurz darauf wieder

neben dem Wagen, ohne dich erinnern zu können, den Kaffee bezahlt oder getrunken zu haben.
Du hältst das Handy in der Hand und wählst die heimische Festnetznummer. Es klingelt fünf Mal, dann hörst du dich gestelzt sagen: „Guten Tag, Sie sprechen mit dem Anrufbeantworter der Familie Professor Sattler. Hinterlassen Sie bitte eine Nachricht nach dem Pfeifton! Vergessen Sie Ihre Nummer nicht! Wir rufen zurück."
Pfeifton und du, der echte Sattler: „Ich wieder. Also ich …" Du brichst ab, sie schlafen sicher noch, schlafen sich gesund. „Gute Besserung", sagst du tonlos. Und danach in atemloser Hast: „Raststätte. Bin unterwegs. Viel Verkehr auf der Autobahn. Ich melde mich später wieder bei dir."

Längst ist die quecksilbrige Pfütze verdunstet. Rissiger, warmgrauer Asphalt zwischen dir und … das Führerhaus des Sattelschleppers ein miefendes Séparée mit geschlossenen Vorhängen … Schottenmuster … nein, das ist dein eigener Schlüsselbund … Schale, Flur, sicherlich liegt da der Ersatzschlüssel … du greifst in die andere Hosentasche: Fehlanzeige … Jackentasche: Da ist er ja, der Mietwagenschlüssel, uff! Du setzt dich hinters Steuer, Puff, Schottenmuster, du wärst besser nicht gefahren.

Jasper kommt nach Hause. Sperrt die Tür auf. Ruft: „Mama?" Nie ruft er: „Papa?" Aber das ist eine andere Geschichte. Also Jasper kommt nach Hause. Er sperrt die Tür auf und zieht empört die Schuhe aus. Sogleich riecht es bis in die letzten Winkel der Wohnung nach Schweißfuß. Niemand hat ihn abgeholt. Er sperrt auf, zieht empört die Schuhe aus, ruft: „Mama?" Stille. In Socken und sehr feuchte Fußspuren hinterlassend geht er zum Schlafzimmer. Klopft an. Stille. Klopft wieder an. Stille. Öffnet die Tür. Tot liegt sie im Bett, die Mama. Und neben ihr tot … sie sind beide tot!

Du überholst denselben nach Schweinescheiße und Todesangst riechenden Viehtransporter, den du vorhin schon einmal überholt hast (ein Irrtum ist ausgeschlossen), schaltest das Radio ein und sofort wieder aus. Noch drei Stunden Fahrt, wenn keine Baustelle dazwischenkommt. Micha fährt auch gen Norden. Leergefickt und vollgefressen. Hört Musik und singt mit. Falsch und laut. Oh-ladi-ladi-ho! Bekloppterweise findet der Kongress in Hunsum statt. In Hunsum! Nicht in Husum, der, wie Götzloff sicher gewusst und in dröhnendem Pathos verkündet hätte, grauen Stadt am Meer, sondern in Hunsum. In Hunsum! Liegt auch an der Nordsee wie Husum. Was für ein Blödsinn!, denkst du. Und was zu Hause los ist, weiß kein Mensch!

Ich hätte nicht … Licht von links … du erinnerst dich an das Frauenantlitz im Seitenspiegel und schämst dich … und dennoch Vermeer … man muss ehrlich zu sich sein … denke ich, fragst du dich, an ihr Gesicht, weil es mich an Vermeer erinnert, oder weil es das Gesicht einer schönen, jungen Frau … ablenken, ich muss mich, muss mich … bitte … klappt nicht, denn plötzlich ist Jane Fonda da. Sie hat, denkst du, die Rolle der Barbarella nur angenommen, weil sie Roger Vadim, den sie abgöttisch liebte, keinen Wunsch abschlagen konnte oder wollte. Er war es, der sie dazu zwang, diesen durchsichtigen Plastik-BH zu tragen. Erst von Durand-Durand in die Lustmaschine gesperrt, dann als Hanoi Jane unterwegs in Nord-Vietnam. Doch dieser durchsichtige BH … um auf andere Gedanken zu kommen, formulierst du im Geiste die Eingangssätze eines Aufsatzes über Barbapapa: *Aus der Erde, der mütterlich bewahrenden, segnenden, in aller Unschuld gewachsen wie eine Pflanze, die das*

Böse nicht kennt, allein, da sie das Böse nicht zu kennen fähig ist, verkörpert dieser freundliche, in seiner Urform amöbenhaft anmutende Gestaltwandler auch wegen der Heiter- und Friedlichkeit suggerierenden Rosafarbenheit seines Leibes ...

Vielleicht publizierst du kaum noch etwas Substanzielles, weil du zu nichts mehr klar Stellung beziehen kannst. Meinungen jeglicher Art bereiten dir zunehmend Unbehagen. Hast du ausnahmsweise mal eine feste Meinung, so irritiert dich das wie eine Wunde im Mund, die man immerzu mit der Zungenspitze betasten muss. Oft denkst du, wenn du zu etwas eine Meinung hast, diese äußerst oder sie sogar argumentativ in der Öffentlichkeit vertrittst, dass du genauso gut für das Gegenteil hättest einstehen können. Leute wie Götzloff oder Frau Dr. Schauper haben natürlich immer und zu allem eine Meinung. Am schlimmsten in dieser Hinsicht ist jedoch Frau Schirra-Wiedemann, die saublöde Institutssekretärin, die ihre eigenen saublöden Meinungen stets in den Status eines allgemeingültigen Gesetzes erhebt. Saublöd sagt sie: „Morgens muss man Kaffee trinken. Mindestens zwei Tassen. Ohne zwei Tassen verlässt man das Haus nicht als Mensch." Saublöd sagt sie: „Den Film kann niemand ankucken. Will auch keiner. Die Farben sind viel zu düster." Saublöd sagt sie: „Wer jeden Tag einen Apfel ist, bekommt nie eine Erkältung." Die dumme Sau! „Man darf keinen Kaffee trinken", sagt sie saublöd, „wenn man ein Wurstbrot isst. Käsebrot und Kaffee geht, aber am besten sind", sagt sie saublöd, „Kaffee und Marmeladenbrot oder Kaffee und Kuchen – allein dafür haben die Türken den Kaffee erfunden!"

Unumstößliche Meinungen zu haben oder zu äußern, findest du, ist ein Zeichen von Dummheit oder wie im Falle von Götzloff von berechnender Schläue, um die Dummen einzuseifen, damit man selbst als der Oberschlaue dasteht. Aber auch das ist, denkst du weiter, bloß eine Meinung … zwar meine eigene Meinung, aber nichtsdestotrotz eine Meinung … also saublöd … ich bin Frau Schirra-Wiedemann … morgens dusche ich immer erst heiß und am Schluss eiskalt, das ist gut fürs Herz … wenn ich erkältet bin, versuche ich immer den Niesreiz zu unterdrücken, denn beim Niesen platzen Adern im Gehirn, und schmiere mir fingerdick Nivea unter die Nase … früher waren die Filme besser … heute geht es in der Kunst nur noch um Nackte. Wie schön wäre es, und das sind jetzt wieder deine eigenen Gedanken (wenn es so etwas überhaupt gibt), nichts mehr bewerten zu müssen, sondern einfach sein restliches Leben abzuleben, meinungslos und ohne den Zwang, immerzu alles und auch sich selbst zu zergrübeln bis auf die Knochen, also so zu leben, wie man vorm Einschlafen einen Taschenbuchkrimi liest, den man sich verschämt in der Bahnhofsbuchhandlung gekauft hat und bei der Abreise im Hotelzimmernachttisch unter dem NT liegen lässt. Bei der nächsten Rast, nimmst du dir vor, darfst du auf gar keinen Fall vergessen, dir einen Krimi – das Handy piept in der Brusttasche der Anzugsjacke.

Du brichst das Überholmanöver ab, ignorierst die Lichthupe des gelben Audis, mit dem du dich schon seit einigen Kilometern kabbelst, und scherst hinter dem Viehtransporter ein. Verstörenderweise ist es wieder derselbe wie vorhin, ein zweietagiges Monstrum mit kiemenartigen Luftschlitzen an den Seiten, oder vielmehr, präzisierst du die Assoziation, sind es Schlitze, die an altmodische Klappfensterläden aus Holz gemahnen, schmale Spalten zwischen schräg stehenden Lamellen, und dahinter wabert ein körniges Dunkel, aus dem dann und wann das feuchte, mit schneller Bewegung verbundene Aufglänzen todgeweihter

Rüsselnasen auftaucht. Du setzt den Blinker und kommst auf dem Seitenstreifen zu stehen.
Deine Knöchel sind weißer als sonst.

Du löst die Hände vom Lenkrad, bewegst prüfend die Finger, schaltest die Warnblinkanlage ein, nimmst das Handy aus der Tasche.
Nein, Miriam hat nicht geantwortet.
Fassungslos starrst du auf einen Hinweis, der dich darüber in Kenntnis setzt, dass dein Handy Probleme beim Versenden von Textnachrichten hat. Du tippst mit schweißnasser Fingerkuppe, durchsuchst alle Nachrichten: Keine einzige SMS ist an Miriam gesendet worden.
Micha fährt vorbei und hupt. Zweimal kurz, einmal lang. Beim langen Hupen kommst du in den vollen Genuss des Dopplereffekts, etwas, wovon Leute wie Micha wohl nie gehört haben, aber jetzt mal ganz ehrlich: Was nützt dir all deine Bildung? Wozu brauchst du dieses ganze wie ein Drachenschatz aufgehäufte Wissen? Und wieso hast du nicht auf Jasper gehört und dir ein neues Handy gekauft, als deins zu mucken begann?

Du blickst in den Rückspiegel, löst zeitgleich den Gurt, als würdest du ein Schwert ziehen, wartest eine ausreichend große Lücke ab und läufst vor innerer Erregung heftig gestikulierend um den Wagen herum. Nach einem guten halben Meter geht die rissige Elefantenhaut des Seitenstreifens in eine bröckelnde Asphaltböschung über. Und dort, jenseits der Leitplanke, wo verdrehter und offenkundig kränklicher Bewuchs den Straßenbelag sprengt und in Schuppen ablöst, da liegt er: ein handplatter, von der Sonne gedörrter Froschkadaver. Wie mumifiziert sieht er aus. Ist wohl beim Queren der Autobahn erwischt worden. Und dann hat ihn die Sonne getrocknet. *Denkt euch nur, der Frosch ist krank* … Dein Kopf. Wollen wir nun über deinen Kopf sprechen? – Warum? Na, weil es an dieser Stelle nötig ist. – Danke! Also los: Längst ist das Innere deines Schädels kein Theatersaal nach der Vorstellung mehr, sondern ein vor Leere hallendes gotisches Gewölbe voller Bretterstapel, Schutthaufen, Kübel, umgestoßener Truhen, Kisten, Fässer, Koffer und Schränke, aus deren herausgezogenen Schubladen sich Papiergirlanden ergießen oder faustgroße Kugeln quellen, die wie – Doppelsonorant! – zerknülltes – jetzt: vier Plosive! – Krepppapier – „ich wasch mir die Hände, *bevor* ich aufs Klo geh, alles andere ist abseitig" (Frau Schirra-Wiedemann) – aussehen.

Wieder auf der Überholspur empfindest du es als Wohltat, zu beschleunigen und von Gang zu Gang hochzuschalten. Je schneller du fährst und je mehr Wagen du überholst, desto verwaschener werden die Gedanken, ja, das Denken insgesamt wird watteweich eingepackt, beinahe barmherzig gebettet, und wie Blasen aus einem urzeitlichen Sumpf steigen Erinnerungen auf. Bei einer Tagung in Norditalien beschwerten sich einige Kollegen über Skorpione im Gästehaus und ein russischer Professor hat allen erzählt, wie man sich erfolgreich vor Skorpionen schützt. „Man muss nur", hat er laut lachend gesagt, „einen Kreis aus Benzin rund ums Bett gießen. Die Viecher hassen Benzin!" Und dann hat er nach einem finster-gutturalen Ausruf in seiner Landessprache etwas hinzugefügt, was dir jetzt auf der A 7 ein unangenehm kribbelndes Gefühl im Nacken beschert: „Gießt man einen Kreis aus Benzin rund um einen einzelnen Skorpion, so sticht er sich mit seinem Stachel und stirbt."
Das Klassenfahrt-ABC: Alkohol und Busengrapschen. Cannabis und Dauerwurst. Ekelspiel mit Furzgerüchen. Gewalt gegen Streber, Heimweh und Innenschau. Jägermeister, Kotzexzesse … Jasper kommt nach Hause, schleudert den Rucksack in den Flur, ruft laut:

„Mama?“ Stille. Niemand da. Egal. Er geht in sein Zimmer, schaltet die Anlage an. *Bitte mach mir nicht auf Westcoast (Westcoast) / Ich grüße all meine Ex-Hoes (häh) / Nutte, du kennst meinen Dresscode (Dresscode) / Ich steh' auf Bitches und Frenchtoast (ja).* Stunden später, Hunger, zur Abendessenszeit, großer Hunger, ruft er wieder: „Mama?“ – und schließlich findet er die Leichen im Ehebett, Mama ein zerbrochenes Ausrufezeichen, das Baby, ein verkrampftes Semikolon, neben der milchprallen, entblößten Brust.

Alkohol und Busengrapschen. Cannabis und Dauerwurst. Dauerwurst? Sagt heute noch jemand „Dauerwurst“? Besser die Dauerwurst als Salami unter S oder als Minisalami unter M verwenden. Ob sie heute noch BiFi essen? Du weißt es nicht. Von BiFi gab es mal eine „mexikanische“ Variante, die dich in deiner Jugend in helle Aufregung versetzt hat. Irgendwie scharf und mit Bohnenmus. Im Teigmantel. Aber vielleicht täuschen dich da deine Erinnerungen. Klassenfahrten waren dir jedenfalls immer ein Graus. Also keine Dauerwurst. Und beim Jägermeister bist du dir auch nicht sicher, obwohl Jasper mal kennerisch über „Jägermeister-Shots“ gesprochen hat, wobei du wissend genickt hast, kenn ich doch, aber spät abends, als alle geschlafen haben, Google. Es ist dir sowieso ein Rätsel, wie du früher ohne Internet hast arbeiten können. Die Digitalanzeige am Armaturenbrett zählt Minute um Minute ab (Zeit, Max Weber, protestantische Erwerbsethik), während sich im Gewölbe etwas öffnet, das weder Truhe noch Schrank ist, und dieses etwas befreit (Freud? Jung?) auf einmal flatternde Ängste, die sich schattig ausdehnen und allmählich anfangen, deutbar zu werden.

Barbapapa ist mit Barbamama verheiratet. Sie haben zahlreiche Kinder: die Mädchen Barbaletta (nicht Barbarella), Barbalala (auch nicht Barbarella) und Barbabella (fast, aber schon wieder nicht Barbarella) sowie die Jungs Barbarix, Barbabum (Barbawum?), Barbabo und Barbakus. Barbabo (frz. *Barbouille*) ist schwarz, ungepflegt, zottig behaart – und ausgerechnet er fungiert als Künstler der Familie. Schwarz. Ungepflegt. Zottig behaart. Was bedeutet das? Was genau wollen Annette Tison und Talus Taylor von dir?

Mit einem Mal lullt das Fahren dich nicht mehr ein, sondern gebärt, eine aufplatzende Wunde, Nachtgedanken. Du kennst sie aus jenen Stunden, in denen der Schlaf vor dir flieht und alles ist sinnlos … alles ist sinnlos und unbewältigbar … ist sinnlos und unbewältigbar und zehrende Pein. Solche Nächte plagen dich seit Lacanau-Océan, Leimrutennächte, in denen sich dein Leben in einen nicht lösbaren Test verwandelt, vor dem du ratlos und zitternd sitzt, ehe die Tränen kommen wie bei Studenten, die in der Abschlussklausur feststellen, dass sie fürs falsche Thema gelernt haben oder doch besser etwas anderes studiert hätten. Man (du) lieg(s)t im Bett und spür(s)t den Alpdruck des Versagens in der Magenkuhle, hör(s)t das Singen der Heizung, das Rauschen des Blutes in den Ohren und dahinter die brutale Stille der anklagenden Nacht. Bei Rilke ist es die Kunst, also Barbabos ureigene Domäne (schwarz, ungepflegt, zottig behaart), die den Menschen (dich, mein Freund) dazu treibt, umzukehren, sein Leben zu ändern, wir kannten nicht sein unerhörtes Haupt, doch für dich, Oluf Sattler, ist die Kunst, die vielgeliebte, schaumgeborene deiner späten Kindheit und Jugend längst eine Arznei, deren Verfallsdatum überschritten ist und die daher keinerlei Wirkung mehr auf deinen Metabolismus hat.
Dabei habt ihr nichts getan. Sie ist einfach ertrunken.

Weiter nordwärts fährst du, immerzu nach Norden, du brauchst weder Navi noch Karte, es geht einfach weiter gen Norden, dem

Kongress entgegen, und so wie jetzt auf der A 7 schleppen sich in jenen hellen Nächten, wo du ganz Kreatur bist, atmest und dich maschinenhaft atmen spürst, verwest und dich wie ein Tier verwesen weißt, unbedeutend bist und die wie glühendes Erz gleißende Leere des Alls als Brandzeichen empfindest, als Kainsmal, ein doppelter Espresso, gekippt in den Trichter deiner Panik, uff, also so wie jetzt auf der A 7 schleppen sich in jenen hellsichtigen Nächten, wo du der Wahrheit zu nah bist und das Wachs der Flügel zu schmelzen beginnt, ächz, so schleppen sich auch jetzt deine Gedanken von einem Trümmerfeld zum nächsten, durch zerbombte Städte kriechen sie, über Schutthalden, durch brachliegende Wüstungen, seufz, du bist ein Wanderer im Niemandsland zwischen verfeindeten Staaten.

Ein Jahr nach der Unwetterkatastrophe sahst du im Hafenbecken von Rapallo eine havarierte Jacht auftauchen: Man hatte unter Wasser Ballons am Rumpf befestigt, diese mit Pressluft befüllt und mit einem Mal (du lehntest weißclownleeren Geistes auf dem Balkongeländer des *Excelsior Palace Hotels*) zerriss den kobaltgrünen Wasserspiegel des Mittelmeers ein emporstrudelndes schmutzig-weißes Schiffswrack in einer umbra-schwarzen Wolke von Schlamm und öligem Transzendentalgefunkel. Zwei Stunden später hast du eine selbst für deine Verhältnisse mittelmäßige Rede über Bourdieu gehalten. *Das unreflektierte Objektivierungsverhältnis* (du kennst den Anfang der Rede auswendig, weil du sie inzwischen ein halbes Dutzendmal bei den verschiedensten Anlässen wieder ausgekramt hast) *des Theoretikers verführt diesen dazu, das Konstruierte als Grundlage zu sehen, die bedenkenlos auf die Praxis zu projizieren ist. Oder aber der Theoretiker interpretiert die Praxis so (z.B. einen Mythos oder ein Gemälde oder eine Installation aus bunten Schäumen), als hätte sie dasselbe Anliegen, das auch er hat, wenn er sie als Konstrukt verstehen will, nämlich das Anliegen, die Wirklichkeit zu interpretieren …*

Bei der nächsten Raststätte gelingt es dir mit Leichtigkeit, den Pkw-Parkplatz zu erreichen, da du die Tankstelle großzügig rechts umschiffst. Behutsam drosselst du das Tempo und kaum ist der Mietwagen vor einer riesigen, sockelartigen Mülltonne mit einem hellbraunen, bananenförmigen Schwingdeckel aus Plastik zum Stehen gekommen, tippst du, um auf keinen Fall ein weiteres Risiko einzugehen, per Finger die heimische Festnetznummer ein. Nach fünfmaligem Klingeln hörst du dich selbst sagen: „Guten Tag, Sie sprechen mit dem Anrufbeantworter der Familie Professor Sattler. Hinterlassen Sie bitte eine Nachricht nach dem Pfeifton! Vergessen Sie Ihre Nummer nicht! Wir rufen zurück." Du hast natürlich keine Ahnung mehr, welche Informationen du als SMS auf die Reise ins Nirgendwo geschickt hast, also geht es diesmal ums Ganze.

„Ich", sagst du und seufzt tief, „ich bin's, Oluf. Jasper ist auf Klassenfahrt. Er muss heute Nachmittag am Bahnhof abgeholt werden." Wie? Scharf nachdenken! Miriam weiß ja nicht, dass du einen Wagen gemietet hast. Unfassbar, dass keine einzige SMS gesendet wurde! Bockiges Handy, denkst du, unfähiger Benutzer oder eine Kombination aus beidem. Du hast sie so satt, diese fest im System verankerte Abhängigkeit des Konsumenten von technischen Gerätschaften, die niemals das tun, was sie tun sollen, nämlich funktionieren. Miriam, wird dir bewusst, hat nun schon seit Stunden nichts von dir gehört. Sie kann ja nicht riechen, dass du ihr wie ein Dussel Nachricht um Nachricht geschickt hast! Wieso ruft *sie* nicht an? Macht sie sich keine Sorgen? Du könntest dich doch bisher nicht zu Hause gemeldet haben, weil du einen Unfall gehabt hast. Oder interessiert sie das nicht, weil ihr Ärger darüber, dass du gefahren bist, so groß

ist? Oder kann sie gar nichts mehr tun, weil sie längst neben dem Baby im Bett verwest?
Nach einem trockenen Schlucken: „Geh zum Arzt! Nimm das Auto! Oder falls du es nicht findest, äh, das Auto nicht findest oder den Schlüssel nicht findest, den Autoschlüssel, meine ich, Schale, Flur, da müsste er liegen … da liegt er immer … Nimm den Bus! Oder ein Taxi. Spielt keine Rolle. Und denk bitte an Jasper! Und ruf mich mal zurück! Bald bitte. Irgendwie spinnt mein Handy. Ich habe dir schon vor Stunden einige Nachrichten geschrieben. Ehrlich. Der Zettel, genau, der Zettel hängt am Kühlschrank. Auf dem draufsteht, wann Jasper am Bahnhof abgeholt werden muss. Der Schlüssel … Autoschlüssel … Schale im Flur … ich, äh, ich …" Dir kommt ein grässlicher Verdacht: Sendet dein Handy keine SMS mehr, weil es total im Eimer ist, und zeichnet der Anrufbeantworter statt deines Gestammels womöglich nur knisternde Stille auf? „Ich bin … unterwegs und habe die Befürchtung, dass mein Handy kaputt ist. Rufst du mich bitte zurück?" Blödsinn! Wieso sollte sie dich zurückrufen, wenn sie nicht weiß, dass du sie unentwegt zu erreichen versuchst? Kann sie sich, fragst du dich, das nicht denken? Oder bist du ihr inzwischen schnurz? Für Heidegger ist das Sein des Daseins identisch mit Sorge. „Bitte ruf mich kurz an, auch wenn du sauer auf mich bist! Ich möchte bloß wissen, wie es euch geht."
Vielleicht liegen sie beide auf der Intensivstation. Mit Schläuchen gespickt. An zischende Maschinen angeschlossen. Und hat Jasper überhaupt seinen Schlüssel mit? Wieso (diese Frage stellst du dir überraschend spät) bin ich Idiot nicht mit dem Zug gefahren? Schlüssel, fehlende: Einmal bist du von der Arbeit nach Hause gekommen und die ganze Familie hat im Vorgarten auf dich gewartet – mit Gesichtern wie Chaplin in *Goldrausch*, wenn er vergegenwärtigt, dass die Gäste nicht zu spät, sondern gar nicht kommen, doch bei ihm gibt es dann

den Brötchentanz, diesen tapferen und dennoch erschütternd bitteren Triumph über das Sein des Daseins, die Sorge.
So – oder zumindest ähnlich – muss es sich anfühlen, wenn man den Verstand verliert: Du merkst, dass du schon seit geraumer Zeit hinter dem Wagen stehst und in den geöffneten Kofferraum starrst. Kaffee, denkst du. Großer Becher Kaffee. Jetzt sofort! Schilder an der Decke, bildungsferne Schichten unterwegs, in Viererreihen am Eiffelturm vorbei, doch kein Barbapapa im Glaskasten, sondern gar kein Glaskasten, aber stattdessen ein Spielautomat mit rotierenden Früchten in Dreierreihen. Idee! Du zückst das Handy, kommst mühelos ins Internet, erst zu Google, dann zu deinem Mailportal. Erleichtert gibst du deine Mailadresse ein, das Passwort, drückst optimistisch auf *Weiter*, doch es geht nicht weiter.
Wichtige Mitteilung, liest du. *Zum besseren Schutz Ihres Kontos geben Sie bitte nochmals Ihr Passwort ein, und geben Sie dann die Zeichen ein, die in der Abbildung unten gezeigt werden.*
Besagte Abbildung zeigt oder ist eine irrwitzige Kombination aus Zahlen und Buchstaben: *86f2b7*. Bis auf die Ziffer 7 ist alles mit einer Krakellinie durchgestrichen, die wie ein Riss auf dem Display aussieht. Unter der so genannten Abbildung gibt es ein klar formuliertes Angebot und eines, das eher eine Frage ist: *Anderes Bild anzeigen* und *Probleme oder unleserliches Bild?*
Keine Probleme, entscheidest du; die Kombination aus Zahlen und Buchstaben ist keineswegs unleserlich, obwohl sie durchgestrichen ist, ganz abgesehen davon, dass ein Bild nicht unleserlich sein kann, sondern nur das, was es abbildet, wenn denn *86f2b7* überhaupt als „Bild“ oder „Abbildung“ tituliert werden darf. Korrekt, ärgerst du dich, wäre hier die Bezeichnung „Captcha“, ein in diesem Fall textbasierter Voight-Kampff-Test, mit dessen Bestehen du dein Menschsein beweisen musst, um zweifelsfrei klarzustellen, kein feindseliges Programm zu sein.

Leider bist du wieder einmal abhängig von Leuten, die kein Sprachgefühl haben und vermutlich nicht ansatzweise geradeaus denken können. Und weil diese Leute weder präzises Deutsch noch kausales Denken beherrschen, ist gänzlich unklar, was sie von dir erwarten. Wollen sie (die Irren), dass du (ein Mensch) nur eine 7 eingibst (der Rest ist durchgestrichen), oder erwarten sie (die Irren), dass du (ein Mensch) alles eingibst, weil der Strich ein reines Täuschungsmanöver ist, um Roboter (oder wie die Irren sagen würden: „Bots") auszuknocken, die nichts Durchgestrichenes als „Bild" erkennen können? Was würde denn so ein Bot denken, wenn man ihm *La persistencia de la memoria* vorsetzte und beiläufig fragte: *Wie viele Uhren erkennen Sie auf der Abbildung?*

Du denkst kurz nach und tippst, nachdem du das Passwort eingegeben hast, kurzentschlossen *86f2b7* ein. Danach versuchst du dich erneut anzumelden und liest: *Ein Problem ist aufgetreten. Geben Sie Ihr Passwort ein.*

Du leistest dem Befehl Folge und sofort purzeln die bekannten Worte in die Manege wie aus einem *Clown Car*: *Wichtige Mitteilung. Zum besseren Schutz Ihres Kontos geben Sie bitte nochmals Ihr Passwort ein, und geben Sie dann die Zeichen ein, die in der Abbildung unten gezeigt werden.* Irrerweise ist es dieselbe Kombination wie eben. Dieses Mal probierst du es nur mit der 7, erfolglos, danach probierst du es mit allem außer der 7, erfolglos, und dann kommen die echten Bilder: *Auf welchem dieser Fotos sehen Sie Autos?*

Es handelt sich jedoch um keine Fotografien im eigentlichen Sinne, sondern um sechs quadratische Fotoausschnitte, die, in zwei übereinanderliegenden Dreierreihen angeordnet, ein einziges großes Foto ergeben, vergleichbar einer Straßenansicht in sechs Panels aus einem Comic der 1950er Jahre. Auf dem ersten Panel ist der Teil eines Autos zu sehen (Heck), auf dem zweiten und dritten ein Omnibus; nur auf dem vierten sieht man ein parkendes Auto – also ein komplettes Auto? Was ist nun richtig? Gilt der Teil eines Autos als Auto? Gilt nur ein komplettes Auto als Auto?

Du liest dir die Frage noch einmal gründlich durch. *Auf welchem dieser Fotos sehen Sie Autos?* Gilt ein Omnibus als Auto? Nein. Natürlich nicht. Aber ist ein Omnibus für die Entwickler der Aufgabe (die Irren) ein Auto? Verwenden sie den Begriff „Auto" synonym zum Begriff „Fahrzeug"? Bist du zu schlau für diesen Idiotentest? Bist du eine Maschine?

Langsam … nicht aufregen … nachdenken … Wie würde der sprichwörtliche „Mann von der Straße" diese Aufgabe lösen? Der würde sich wohl kaum damit aufhalten, dass ein Teil eines Autos kaum als Auto bezeichnet werden kann, und zum anderen würde er einen Bus als Auto bezeichnen (fährt auf der Straße), also setzt du Häkchen auf vier der sechs Fotos. Natürlich ist das falsch. Aber wieso, wieso?

Sofort erscheint ein neues Bildergefüge, eine ähnliche Straßenansicht wie eben in sechs quadratischen Panels. Und wieder wirst du von den Irren gefragt: *Auf welchem dieser Fotos sehen Sie Autos?* Zum Glück ist diesmal kein Omnibus im Spiel. Allerdings ein Lkw. Auf dem vierten und fünften Panel siehst du – uff, das ist leicht! – ein am Straßenrand parkendes komplettes Auto. Zu leicht? Eine Falle? Der parkende Wagen hat ein erkennbares Nummernschild, ist also kein stillgelegtes Auto? Obwohl auch ein stillgelegtes Auto immer noch ein Auto ist. Oder etwa nicht?

Trotz deiner Bedenken setzt du Häkchen bei den Fotoausschnitten 4 und 5 und auch, ohne groß nachzudenken, bei 6, dem Ausschnitt, wo das Heck eines fahrenden Autos zu sehen ist, kannst dich aber danach lange nicht entscheiden, ob der Lkw auf dem ersten Panel … natürlich gilt der als Auto (fährt auf der

Straße) … wer entwickelt solche idiotischen … du setzt grunzend ein Häkchen auf dem ersten Panel, ach, verflucht noch eins, ich hätte es besser wissen sollen! *Zum besseren Schutz Ihres Kontos geben Sie bitte nochmals Ihr Passwort ein, und geben Sie dann die Zeichen ein, die in der Abbildung unten gezeigt werden.* Diesmal ist die Zahlen-und-Buchstaben-Kombination verzerrt wie der Schriftzug auf dem Cover eines psychodelischen Rockalbums. Skeptisch tippst du auf *Probleme oder unleserliches Bild?*, doch das, was nun folgt, scheint einem außerirdischen Grimoire entnommen. Erneut tippst du auf *Probleme oder unleserliches Bild* und es öffnen sich knarzend die Pforten der Hölle und auf steigt aus dem Abgrund die Alogik, die Allpein und die massive Backsteinwand, die sich stets dem Denkenden ins Gesicht wirft, der mehr will, als er darf oder kann oder als SIE ihn können lassen wollen oder dürfen. Lovecraft, den du gerne den „wahren und einzigen Houllebecq" nennst, um deine Gesprächspartner zu ärgern, versucht in seinen besseren Texten etwas heraufzubeschwören, das er den „kosmischen Schrecken" nennt, doch die massive Backsteinwand ist ein rein irdischer Schrecken, ein unangenehm banaler zudem, eine Arschbombe ins Gesicht jedweder denkender Kreatur (Ebene 1), die in der Lage ist, über ihr Denken nachzudenken (Ebene 2) – und auch darüber (Ebene 3) nachzudenken vermag. Et voilà – schon wird es kosmisch: Ebene 4.

Den Straßenansichten, bei denen du Fotoausschnitte, die Autos zeigen, mit Häkchen hast versehen müssen, folgen „Lebewesen im Wald" (Problem: der Steinpilz), dann „Nudelgerichte" (Problem: die Gnocchi) – nach einer halben Stunde gibst du auf. Lösung: Es ist keine einzige Uhr auf dem Scheißbild zu sehen! Was tun?, fragst du dich, während du mit dem Jackenzipfel die Rillenmuster fettiger Fingerabdrücke vom Display des ausgeschalteten Handys wischst. Du wirst sie vom Hotel aus anrufen, beschließt du. Dir bleibt nichts anderes übrig! Unter T könnte man im Klassenfahrt-ABC „Tadel“ anführen, unter S „Shampoo vergessen“ oder „Salmonellen“ (dies nur für die „Menschen von der Straße“, für alle anderen, die so wie du sind: „Selbstverlust“). Muss an dieser Stelle betont werden, dass es keinen qualitativen Unterschied zwischen Klassenfahrten ... geschenkt! Und weiter geht es mit dem Mietwagen gen Norden.

Ehrlich gesagt hast du dich auf die Langstreckenfahrt gefreut (auch auf die ungestörte Nacht im Hotel). Im Alltag fährst du selten Auto, nimmst meist das Rad zur Uni oder, falls es regnet, den Bus. Und schon wieder lullt dich die Geschwindigkeit ein, Böschungen schmieren links und rechts an dir vorbei, Lärmschutzwände, flechtenbewachsen oder mit Flechtenmotiven bemalt, doch zunehmend querst du flaches Land, Felder, Weiden. Daher richtet sich dein Augenmerk in zunehmendem Maß auf den Palimpsest des Straßenbelags: Da gibt es helle Flächen, da gibt es dunkle Flächen, da gibt es ausgebesserte Stellen, etwa diese schwarz glänzende Narbe auf dem sommergrauen Asphalt, die dich fast einen halben Kilometer in hypnotisch bedächtiger Schlängelbewegung begleitet. Braune Schilder weisen auf Sehenswürdigkeiten hin, die wie ausgedacht anmuten. Das hat es früher nicht gegeben. Aber sehr wohl die überfahrenen Igel und Marder am Straßenrand sowie die rot-weiß geringelten Windhosen vor den Brücken. „Unsichtbaren Elefant gefangen. Haben ihn angeleint, Herr General, und Rüssel rot-weiß geringelt angemalt!“ – einer von Vaters wenigen, dafür bis zum Erbrechen überstrapazierten Witzen. Dazu Boney M. aus dem Kassettenrekorder: *She was the meanest cat / In old Chicago town. / The speedometer / Bannt digital den Raum.* Zum vierten Mal überholst du denselben Viehtransporter: Ist dies das

Tao der Autobahn? Wo hat sie überhaupt Fieber gemessen? Sie misst immer im Mund. Da muss man 0,4 Grad draufschlagen! Und so, im Geiste die Hände erhoben, fährst du weiter dem Kongress entgegen: *Freeze, I'm Ma Baker, / Put your hands in the air.*

Wider besseres Wissen bleibst du nach dem Elbtunnel auf der A 7. Das liegt dir, einem ungeübten Langstreckenfahrer, mehr, als hinter Hamburg auf die A 23 zu wechseln. Und so fährst du weiter gen Norden, nach Hunsum, dem Kongress entgegen, *put your hands in the air*. Schließlich verlässt du die Autobahn bei einem Ort namens Schleswig-Schuby, was unangenehm kindertümelnd klingt und Erinnerungen an Hui Buh, das Schlossgespenst, weckt, und fährst auf der B 201 weiter, langsamer als zuvor. Das Land ist weit und flach und überwölbt von einer prachtvoll blauen Himmelskuppel.

Hunsum ist wie Husum, beziehungsweise exakt so, wie du dir Husum vorgestellt hast: pittoresk, doch zugleich elend kleinstädtisch. Im Binnenhafen liegen einige malerische Kutter zu, argwöhnst du, Dekorationszwecken, Möwen, Lastkräne als Kulisse, Möwen, die Tische der Restaurants sind vollbesetzt, aus den Fenstern der Garküchen strömen zwieblige Butterdünste hinein in die gepflasterten, ärgerlich steilen Seitenstraßen, Möwen, die Speichergebäude prahlen mit Treppengiebeln, zwischen zwei Pflastersteinen klemmt ein geschälter Krabbenschwanz, groß wie der kleine Finger eines Babys, wohl vom Brötchen gefallen, eine Möwe schnappt ihn sich, die ganze Innenstadt ist voller Touristen („Touris“ denkst du und schämst dich vor dir selbst) und Möwen, ganz Hunsum ist voller Möwen: Sie hocken auf den Bänken, den Dächern, den Ampeln, du magst sie nicht, die Möwen, weil sie alles verlachen und von oben jeden, der nicht damit rechnet, mit ihrer ätzenden Kacke bombardieren. So zornig wie gestern hast du Miriam nie zuvor erlebt. Halt, das stimmt nicht! Kürzlich ist sie ähnlich pissig gewesen: Wegen dieser bescheuerten Gartenparty.

„Ich habe nichts gegen eine Gartenparty", hast du gesagt.
„Es wird aber keine alltägliche Gartenparty."
„Auch damit habe ich keine Probleme. Werden Clowns auftreten?"
„Bleib bitte ernst, Oluf! Die Sache ist mir wichtig. Sehr wichtig. Ich will zu der Party, und deshalb ist es eine besondere Gartenparty, all die Leute einladen, mit denen wir tagtäglich zu tun haben."
Du bekommst es mit der Angst zu tun und fragst: „Welche Leute meinst du?"
„Deine Friseuse zum Beispiel, meinen Friseur. Den netten Metzger von *EXPLUS*. Den Gemüsemann vom Markt, der dem Baby immer eine Banane schenken will, aber das Baby darf ja noch keine." Sie lacht und du weißt nicht so recht, weshalb sie lacht, willst es auch gar nicht so genau wissen, denn nun hast du keine Angst mehr, sondern die Panik beginnt bereits zu flöten. „Den Briefträger", fährt sie fort, „will ich auch einladen und den Mann vom *Hermes*-Versand. Aber ich will auch Leute einladen, die auf den ersten Blick nicht so nett sind, aber mit denen wir Tag für Tag etwas zu tun haben. Den Mann am Postschalter zum Beispiel. Oder die Frau im Bioladen mit der Schuppenflechte. Und auch die Gründlinger von nebenan. Oder die Scheukels mit ihrem Agro-Hund. Verstehst du? Mir kommt alles absurd vor. Wir haben so viel mit diesen Leuten zu tun – es wäre doch nur rechtens, sie alle einzuladen, um sie richtig kennenzulernen."
„Kennenzulernen? Der Köter der Scheukels gehört totgespritzt!"

„Du verstehst mich nicht!"
„Ich fürchte, dass ich dich nur zu gut verstehe."
„Du bist immer so verkrampft!"
„Nein, das hat mit Verkrampftheit nichts zu tun", hast du gesagt und dabei überlegt, wie weit du in der Bewertung ihres Plans gehen darfst. Nicht weit genug, aber so weit, dass sie versteht … Du hast ihr die Party schließlich ausgeredet, aber zu welchem Preis? Tränen, Vorwürfe, drei Tage kaltes Abendessen … Hätte sie die verfickte Party doch feiern sollen …

Was wirst du tun, wenn sie beide gestorben sind? Jasper wird dir das nie verzeihen. Du siehst dich in langen Gesprächen mit ihm in der stillen Wohnung. Dann werden die Babysachen in Kisten gepackt und der Wickeltisch abgebaut und im Keller endgelagert. Miriams Kleiderschrank wird ausgeräumt und der Inhalt zum Sozialladen gekarrt. Weiterhin gehst du brav zur Arbeit, vögelst ab und zu mit Fräulein Kloppel, streitest zu Hause mit Jasper, bis er mit achtzehn auszieht, und dann? Das Haus ist nicht einmal zur Hälfte abbezahlt! Und die Kloppel sieht zwar ganz gut aus für ihr Alter, ist aber eine entsetzliche Nervensäge. Vielleicht will sie ja gar nicht mit dir vögeln? Und doch, denkst du, habe ich fahren müssen.
Mir blieb keine Wahl!
Erneut zückst du das Handy: Wieder keine SMS von Miriam.
Du rufst den heimischen Anrufbeantworter an und stammelst Entschuldigungen. Danach probierst du aus, ob mit deinem kaputten Handy überhaupt Anrufe möglich sind.
Weil du blöd bist, wählst du die Nummer des Institut-Sekretariats.
Frau Schirra-Wiedemann meldet sich, die dumme Sau.
„Hallo, Frau Schirra-Wiedemann, hören Sie mich?"
„Natürlich." Und dann heimtückisch: „Von wo rufen Sie an?"

„Aus Hunsum. Ich wollte nur …"
Entgeistert: „Von *wo* rufen Sie an?"
„Ich wollte nur …"
Lauernd: „Ja? Von *wo* rufen Sie an?"
„Hunsum", sagst du. „Nichts von Belang. Es ist alles in bester Ordnung. Geben Sie mir nur noch mal schnell die Adresse des Hotels durch …"
Sie tut es, du machst dir Notizen, unterbrichst die Verbindung.

Telefonieren klappt noch. Das ist gut. Deine Nachrichten sind demnach auf dem Anrufbeantworter. Und wieso meldet Miriam sich nicht? Zurückfahren ist keine Option. Götzloff würde dich schlachten. Ich stehe das jetzt durch, nimmst du dir vor, du hast schon Schlimmeres bewältigt.

In der Nähe des Parkhauses, wo der Mietwagen steht, kaufst du in einer Apotheke Schmerztabletten und fragst unter Zuhilfenahme deiner Notizen nach dem Hotel.
Man lacht dir dreist ins Gesicht.
„Habe ich etwas Falsches gesagt?", fragst du.
Der Apotheker, ein bis zum roten Haarschopf an Beaker aus der *Muppet Show* erinnernder Mittdreißiger, beschwichtigt deinen Zorn mit einer dämpfenden Handbewegung. „Entschuldigen Sie, dass ich lachen musste, aber Sie sind heute nicht der Erste, der nach diesem Hotel fragt. Eigentlich fragt alle paar Tage jemand danach. Das liegt vermutlich daran, dass die Apotheke neben dem Parkhaus liegt. Aber heute geht fast halbstündlich – *dingdong*! – die Tür auf und jemand ist völlig verkehrt hier."
„Zeichnen Sie mir den Weg auf?"
„Das mache ich immer, aber bei jemandem, der die Höflichkeit besitzt, vor seiner Frage etwas käuflich zu erwerben, wird der Plan ausnahmsweise mal stimmen." Lachend nimmt Beaker

Block und Stift aus der Kitteltasche und beginnt, die Zungenspitze zuckend im Mundwinkel, zu zeichnen. Während er dies akribisch tut, von gelegentlichem Aufkichern unterbrochen, presst du eine Tablette aus dem Blisterstreifen und schluckst sie trocken.

Das Land ist plan, fast schon konkav wie eine flache Schale. Dunkelgrüne, saftstrotzende Felder, in Grüppchen herumstehende Windkraftanlagen mit Dreiblattrotoren auf unten fingerfarbengrün gestrichenen, gen Himmel hin nadelspitz zulaufenden Betontürmen, wenige reetgedeckte Häuser, ein Campingplatz. Natürlich befindet sich das Hotel nicht in der Innenstadt, sondern weit außerhalb, ein alleinstehender, mehrstöckiger Klotz am Deich, einem grasbewachsenen Bollwerk, wo schläfrige Schafe weiden. Du parkst auf mit den Zähnen knirschendem Kies. Das Hotel sieht aus wie alle Tagungshotels, ähnelt aber besonders diesem einen in Bad Raubach, wo Götzloff auf dich aufmerksam geworden ist. Vermutlich gibt es in ganz Deutschland nur einen Architekten, den man diese Hotels bauen lässt, beziehungsweise einer hat damit angefangen und nun bauen es alle nach: Denn nur ein Tagungshotel, das wie ein Tagungshotel aussieht, ist ein echtes Tagungshotel. Du nimmst Tasche und Rede vom Beifahrersitz.

Draußen riecht es nach Nordsee, im Foyer nach alten Polstermöbeln und Holzpolitur. Du stellst dich an eine für Hünen gefertigte Rezeption, schlägst mit der flachen Hand zweimal kurz hintereinander auf die verchromte Tischklingel. Sofort setzt im Raum hinter dem Tresen ein geschäftiges Wursteln ein, dann erscheint der Portier, nicht in Uniform, sondern angetan mit einer tiefsitzenden Hüftschürze und einem Schälmesser in der Hand. Er erinnert dich an einen prominenten Fernsehkoch: Schüttere, hellblonde Augenbrauen wie ein Mastschwein und bläulich-violett geäderte Wangen, die wie ausgestopft wirken. „Moin", sagt er und versteht es, den Gruß wie eine Mischung aus Drohung und ungläubiger Frage klingen zu lassen.

„Moin", antwortest du fröhlich, ein kleiner Westentaschenmalinowski.

Der Portier legt das Schälmesser beiseite und zieht erwartungsvoll einen Kugelschreiber aus der Brusttasche seines blau-weiß gestreiften Hemdes. „Herzlich willkommen!", sagt er geschäftsmäßig. „Wie war die Fahrt?"

„Danke, gut."

„Hat Sie der Apotheker zum Mond geschickt?"

„Nein, alles bestens, da gibt es wohl einen Trick."

„Einen Trick?"

„Ich habe Schmerztabletten bei ihm gekauft."

„Aha?"

„Wenn man nichts bei ihm kauft …"

„Haben Sie reserviert?", unterbricht dich der Portier.

„Nicht *ich*, aber *für mich* ist reserviert."

„Und Sie *sind*?"

Indigniert nennst du deinen Titel, deinen Nachnamen und erhältst mit einer unkomplizierten Promptheit, die dein Menschenbild Lügen straft, den Zimmerschlüssel, eine abgegriffene rechteckige Plastikkarte. Der Portier wühlt, tonlos das Alphabet memorierend, in einem Kasten. Du greifst dir eine Broschüre mit dem Titel *Fauna und Flora des Wattenmeers* und steckst oder vielmehr stopfst sie in die Jackentasche. „Hier. Das ist für Sie!" Während dir ein schmerbäuchiger Din-A4-Umschlag ausgehändigt wird, auf dem dein Nachname in Großbuchstaben steht, rattert der Portier Frühstücks-, Mittagessens- und Abendessenszeiten runter. „Der Pool", schließt er, „hat noch bis zehn geöffnet, die Sauna nur noch bis acht. Bademantel und Puschen sind im Zimmer; Handtücher finden Sie im Wellnessbereich. Schuhe zum Putzen in den Flur. Die Haustür ist immer offen, hier kommt keiner her, um was zu klauen. Vegetarier?“

Du verneinst, schiebst Umschlag und Schlüsselkarte in die Folienmappe zu deiner idiotischen Rede, bedankst dich und merkst, während du dich nach deiner Tasche bückst, dass du heute früh besser geduscht hättest.

„Brauchen Sie Hilfe beim Gepäck?“

Mit einem ironischen Gesichtsausdruck hebst du die Tasche hoch. „Das ist alles. Ich will hier keinen Urlaub machen. Ich bin zum Arbeiten hier.“

Offenbar hast du etwas Falsches gesagt, denn die Miene des Portiers wird zu Stein; es ist ein prozessuales Steinwerden in mehreren Etappen, das einem das wahre Wesen des Versteinerns deutlich vors Auge führt.

„Vierter Stock“, sagt er grimmig. „Aufzug ist da – Treppe ist da.“

Du bedankst dich, gehst – vierter Stock! – hinüber zum Aufzug, den zwei Blumenkübel mit künstlich aussehenden Sukkulenten einrahmen, und drückst den Rufknopf. Immerhin funktioniere ich noch im Alltag, denkst du, obwohl du dir wie ein Schauspieler vorkommst, der spielt, wie Professor Oluf Sattler in einem norddeutschen Tagungshotel eincheckt, während zu Hause der Tod seine Sense im Schlafzimmer schwenkt, ein blau-grünlich lumineszierendes Gerippe in zerfetztem Talar, zwei Punkte aus Nacht als Augen und mit einem Knochengrinsen unter der obszönen Nasenlosigkeit. Und doch, denkst du, bin ich in der Lage, in einem Hotel einzuchecken. Und doch weiß ich, wie man einen Aufzug herbeiordert. Und doch kenne ich Hotelschlüsselkarten aus Plastik und frage nicht weltfremd, was ich damit anfangen soll. Irgendwie vermisst du jedoch diese klobigen, absurd schweren Schlüsselanhänger von früher: lange Miniaturmonolithen aus abgewetztem Metall mit einem kegelkopfförmig-plumpen, von einem schwarzen Gummiring gepolsterten Ende. Trotz allem funktioniere ich, denkst du, ohne aufzufallen. Ich tue dies, ich tue jenes, ich kann mich, denkst du, während es dich in ruckartigen Intervallen in die Höhe trägt, sogar an fremde Redegepflogenheiten anpassen („Moin") und weiß sogar, denkst du weiterhin, weshalb die Schlüsselanhänger meiner Jugend Rettungsringe aus Gummi hatten: Damit sie nicht die Türen verkratzten.

Es ist der Alltag, der uns erlöst.

Das Zimmer ist klein, aber sauber und aufgeräumt. Die Leselampe auf dem Nachttisch ist tadellos. Du schaltest sie wieder aus, schließt das auf Kippe stehende Fenster. Die Aussicht zeigt leider nicht den Seedeich, sondern den gekiesten Parkplatz. Leicht schräg steht der Mietwagen in seiner Parkbucht, Windschutzscheibe und Dach bereits verschissen von den Möwen. Auch viele der anderen wesentlich heftiger zugepollockten Autos haben Hamburger Kennzeichen. Du bist also nicht der Einzige, der mit dem Mietwagen angereist ist, oder die anderen Kongressteilnehmer kommen, was du dir kaum vorstellen kannst, allesamt aus Hamburg.

Du entkleidest dich wie unter einem hypnotischen Bann, duschst ausgiebig, hüllst dich in den Hotelbademantel, fällst aufs Doppelbett, widmest dich erst der Broschüre über Fauna und Flora des Wattenmeers, dann – mutiger geworden – dem Inhalt des Umschlags: ein selbstbewusster Hotelprospekt, das Kongressprogramm (du schaust lediglich nach, wann du mit deiner Rede dran bist, elf Uhr morgen früh, der dritte Vortrag von fünf vor dem Mittagessen), ein halbes Dutzend kopierte, an

der rechten oberen Ecke zusammengetackerte Aufsätze, einer davon von Götzloff, das hätte er dir ruhig sagen können, verdammt noch mal, zwanzig Seiten, terminologisch verquast, über Charmineaux, den du nicht magst, ein Irrweg, vergleichbar mit Derrida und Bourdieu, hochgeblasener Bockmist auf den Schultern des Poststrukturalismus, dennoch einer dieser französischen Modedenker, die man stets voller Ehrfurcht nur mit dem Nachnamen nennt.
Außerdem findest du in der Kongresswundertüte ein Leporello, das fragwürdige nordfriesische Sehenswürdigkeiten anpreist, ein laminiertes Kärtchen, das in Form einer schwer verständlichen Tabelle die Zeiten für Ebbe und Flut verzeichnet, einen hochwertigen Schreibblock, unliniert, einen Kugelschreiber einer Marke, die du dir niemals leisten würdest, sowie ein Namensschild in einer Hartplastikhülle zum Anstecken.

„Ich finde es bemerkenswert, dass Sie keine Möwen mögen."
„Inwiefern?"
„Sie brauchen nur einen Buchstaben zu ersetzen …"
„Das ist doch nicht Ihr Ernst!"
In letzter Zeit stellst du dir häufig vor, lange Gespräche mit Doktor Felke zu führen, in denen du ehrlich deine Meinung kundtust. Bei Felke mit seiner leisen, schwul-sanften Art zu reden macht ihr derzeit die zweite Paartherapie eurer Ehe, sofern es dir nicht gelingt, mit einer glaubwürdigen Ausrede die bevorstehende Sitzung zu verschieben. Die Paartherapie ausgerechnet bei Felke zu machen ist hirnrissig! Da er der verlängerte Arm Miriams ist, wird jede Sitzung zur Gerichtsverhandlung. Es war ihre Idee, erneut zur Therapie zu gehen, nicht deine, sie hat Felke ausgewählt, weil er mit einer Bekannten verheiratet ist, die du nicht kennst oder die es nicht gibt, und Miriam hat sich einige Male, was du höchst unprofessionell von Felke findest, alleine mit ihm

getroffen, ehe sie dich zur Schlachtbank einer tendenziösen und listigen Befragung geführt hat, in der alles, was du ehrlich äußern würdest, die Sache nur noch schlimmer machte, als sie ohnehin schon ist. Also wiegelst du in den Therapiesitzungen ab oder gibst dich nichtsahnend oder entschuldigst dich oder gelobst Besserung, was von Mal zu Mal immer weniger gut ankommt, und würdest am liebsten mit dem Arsch voran in das geheuchelt verständnisvolle Gesicht des Komplizen deiner Frau springen.

Da du Doktor Felke misstraust und, man kann fast sagen, Abneigung und Abscheu dir gegenüber witterst, verstehst du selbst nicht so recht, wieso tief in dir das Verlangen gewachsen ist, dich ihm völlig zu offenbaren.

„Ich hätte nicht fahren dürfen."

„Weshalb sind Sie dann dennoch gefahren?"

„Ich hatte keine Wahl."

„Das sagten Sie bereits zu Beginn unseres Gespräches. Aber wissen Sie, zum Menschsein gehört es zwingend dazu, immer eine Wahl zu haben."

„Das mag in Ihren Lehrbüchern stehen, hat aber nichts mit dem wirklichen Leben zu tun. Ich musste fahren. Begreifen Sie das nicht? Ich würde heute gerne über etwas anderes mit Ihnen reden. Seit langer Zeit fühle ich mich wie eine Puppe, die gespielt wird. Eine Gliederpuppe aus Holz, eine Marionette, sowas in der Art. Ich sehe mich handeln und bin nicht der, der handelt. Ich sage Dinge und es sind nicht die Dinge, die ich sagen will. Es ist, als würde ich von jemandem oder etwas ferngesteuert, damit ich mich nicht selbst sabotiere."

„Was meinen Sie damit?"

„Ich muss funktionieren, ich weiß, wie Funktionieren geht, ich will funktionieren und also funktioniere ich, bin es aber nicht selbst, der funktioniert, sondern mein Ich sieht sich staunend beim Funktionieren zu."

„Können Sie das konkretisieren?“
„Am besten mit einem Beispiel: Ich fahre mit dem Mietwagen zu einem Kongress, ich checke im Hotel ein, ich öffne die Zimmertür mit einer Schlüsselkarte, ich nehme ein Duschbad, ich liege im Bett und betrachte ein Namensschild, auf dem *mein* Name steht. Doch bei all diesen Verrichtungen fehlt mir zu dem handelnden Ich jeglicher Bezug; ich könnte einen Film über mein Leben sehen, in dem ein Schauspieler mich selbst verkörpert, der nach einem Drehbuch agiert, das ich nicht kennen darf, und auch die Anweisungen des Regisseurs sind für mich unhörbar.“
„Wie beurteilt denn Ihre Frau diese Einschätzung Ihrer Lebenspraxis?“
Und schon wieder hat dich Felke in die Ecke gedrängt.

Nie wieder!, nimmst du dir nicht zum ersten Mal vor. Da gehe ich nie wieder hin! Selbst der fiktive Felke steckt mit Miriam unter einer Decke. Du siehst dich behutsam die Schlafzimmertür zuziehen, um Miriam und das Baby – als du erwachst, nimmst du zwei Schmerztabletten. Du schluckst sie trocken und packst die Reisetasche aus. Den schlaffen Kulturbeutel trägst du ins Badezimmer, entnimmst ihm Rasierer, Zahnbürste und -pasta (somit den kompletten Inhalt) und steckst alles in den Plastikbecher, der umgestülpt auf dem Glasregal über dem Waschbecken gestanden hat. Die Unterwäsche kommt in den Schrank. Frische Socken hast du vergessen. Unter deinem Pyjama, den du gerade aufs Bett pfeffern willst, stößt du auf eine Tafel Schokolade. Deine Lieblingssorte. Vollmilch mit Mandelsplittern.
Eine Überraschung, begreifst du erschüttert, von Miriam.
Vor einigen Jahren hast du einmal die Frau eines verstorbenen Freundes anrufen wollen, um ihr zu kondolieren, doch der

Anrufbeantworter hat sich mit der Stimme des Toten gemeldet. Tote, die reden, Tote, die Geschenke machen, das Handeln der Toten verliert sich in unser Leben hinein; und der Deich birst. Die Tafel Schokolade in der Hand stehst du weinend am Bett, den Pyjama wie ein Atombombenopfer vor dir auf dem Vorleger, den man im Dummsprech „flauschig weich" nennen würde.

Immer noch weinend versuchst du, Miriam zu erreichen.

Sie geht nicht ans Handy, nicht ans Telefon.

Tot. Sie sind alle beide tot.

Der Anrufbeantworter meldet sich nach dem fünften Klingeln: „Guten Tag, Sie sprechen mit dem Anrufbeantworter der Familie Professor Sattler. Hinterlassen Sie bitte eine Nachricht nach dem Pfeifton! Vergessen Sie Ihre Nummer nicht! Wir rufen zurück."

„Ich bin's", sagst du. „Ich habe deine Überraschung in der Reisetasche – wieso meldest du dich nicht bei mir? Wieso rufst du nicht zurück? Du kannst dir nicht vorstellen, wie große Sorgen ich mir um dich und das Baby mache." Fehler! Sie hasst es, wenn du das Baby „das Baby" nennst, aber für dich ist es noch immer „das Baby". Miriams Idee, es nach ihrem Vater zu benennen, war schiere Idiotie. Da hast du einmal „kooperativ und zugewandt" sein wollen (Paartherapie) und nun ist der Junge für dich für immer namenlos: „das Baby". „Ich weiß, dass ich nicht hätte fahren sollen", fährst du sprachlich strauchelnd fort, „aber du musst mich bitte verstehen, es geht um meinen Job, unsere Zukunft! Bitte, ruf mich zurück oder schick mir eine SMS, ich mache mir solche Sorgen. Bitte!"

Du unterbrichst die Verbindung, weinst noch ein wenig, betrachtest dich dabei nicht ohne Faszination im Badezimmerspiegel, was deinem Leid eine widerwärtige Note gibt, wäschst dir waschbärenflink das Gesicht.

Ob du ihren Bruder anrufen solltest? Aber der weiß in Spanien auch nicht, was los ist. Die Polizei? Und wenn ich, fragst du dich, telefonisch in den drei Krankenhäusern der Stadt nachfrage, ob eine Frau und ein Baby – Unsinn, die dürfen dir am Telefon doch gar keine Auskunft geben!

Die Schokolade ist aufgegessen, das Stanniolpapier auf der Fensterbank zur kleinen Kugel gerollt, da kommt dir die Idee, Jasper auf seinem Handy anzurufen. Doch auch der geht nicht dran. Wieso auch? Weitere Einträge im Klassenfahrt-ABC (unsortiert): Flaschendrehen, Remmidemmi, Handy verloren. Und wenn ich, überlegst du, ihr aus der Hotellobby … du kleidest dich überstürzt an, steckst das Namensschild ans Revers, fährst nach unten, setzt dich an das Shabby-Chic-Tischlein (Miriam hätte es gemocht) mit dem Laptop, kommst ins Internet, erste Hürde, kommst zu Google, zweite Hürde, und kommst, dritte Hürde, zu deinem Mailportal. Erleichtert gibst du die Mailadresse ein, das Passwort, drückst optimistisch auf *Weiter*, doch es geht nicht weiter. Déjà-lu: *Wichtige Mitteilung. Zum besseren Schutz Ihres Kontos geben Sie bitte nochmals Ihr Passwort ein, und geben Sie dann die Zeichen ein, die in der Abbildung unten gezeigt werden.*

Es liegt also nicht am Handy. Vielleicht bist du gehackt worden? Komplett gehackt? So fühlt es sich also an, wenn SIE die Kontrolle übernehmen. Oder Miriam hat alle deine Passwörter geändert. Oder ein Einbrecher, der den Zettel gefunden hat. Miriam und der Einbrecher … du kannst kaum noch klar denken … der Einbrecher kommt dir bekannt vor … Matisse schneidet Vogelsilhouetten aus … Miele, Miele, sagte Tante, die alle Waschmaschinen kannte … *Azzurro / Il pomeriggio è troppo azzurro / E lungo per me. / Mi accorgo / Di non avere più risorse / Senza di te.*

Um nicht völlig durchzudrehen, gehst du ins Freie, verschnaufst einige Minuten am Mietwagen, machst danach einen Spaziergang. Der Norden noldet dich an: das Licht, die Luft, das Bollwerk des Seedeichs. Du öffnest ein hüfthohes Türchen, das die Schafe am Fliehen hindern soll, besteigst federnden Schrittes den Deich, smaragdgrün begrast auf der Landseite und beeindruckend mit Schafskötteln bedeckt: mal trocken zerfallend, mal frisch glänzend wie abgeleckt. Auf dem Gipfel ein schmaler, ausgetretener Pfad (braunocker), auf der Seeseite hingegen viel weniger Gras (lichtgrün), sondern Pflanzen, die du nicht benennen kannst, irgendwelches niedriges, heideähnliches Buschwerk. Du erkennst lediglich die rosafarbenen Blüten der Besenheide und Krähenbeerensträucher, da deren weiche Zweige wie dunkelneongrüne Glasreiniger in einem Kneipenspülbecken aussehen.
Ruckartig erheben sich die Schafe, wenn du ihnen zu nahe kommst, und trotten gelangweilt davon. Die Nordsee ist nicht zu erreichen. Bizarr, denkst du, am Meer zu sein und nicht hingelangen zu können. Wieso, fragst du dich, sollte man hier Urlaub machen? Man kann die See nur riechen, kaum sehen, eine dunkle Platte hinter morastigen Feldern, schlammigen Flächen mit Wellenmuster, alles dem, wie man hier oben sagen würde, „Blanken Hans“ abgetrotzt, und du, der melancholischen Blicks am Ufer hast stehen wollen, stapfst mit ungeeignetem Schuhwerk zwischen züngelnden Prielen durch kotweichen Grund, springst über Gezeitenrinnen, senkst deine Sohlen auf Flächen, wo an Grünen Spargel erinnernder Queller wuchert, denn setzt du deine Schritte woanders hin, versinkst du knöcheltief im Schlamm.
Bald sind deine Füße nass. Die Socken, denkst du, wasche ich in der Badewanne mit Duschgel aus und trockne sie über dem Heizkörper. Die Schuhe stelle ich heute Nacht vor die Tür.

Möwen allerorten, „ich mag sie einfach nicht, Herr Felke“, Austernfischer stochern im Watt (du kennst sie aus der Broschüre), Säbelschnäbler (ebd.), „die sind mir sympathisch“.

Endlich gibst du auf und setzt deinen Spaziergang auf der Landseite des Deiches fort, wo eine einspurige Straße zum Campingplatz führt. Doch wie sich allmählich herausstellt, führt sie eher davon weg. Dennoch wird der Campingplatz alle paar Meter mit Hinweisschildern angekündigt. Du hast weder die Lust noch die Kraft, das zu verstehen. Stattdessen setzen dich immer wieder surrealistische Ansammlungen von jeder Menge Geröll und Schrott am Straßenrand in Erstaunen. Steinhaufen. Autoreifen. Drahtgeflechte. Ein aufgespannter Regenschirm, auf der einen Seite plattgedrückt, aber auf der anderen durchstoßen die Rippen fast prahlerisch die Fledermaushaut und künden Tod und Verwesung.
Eine auf der Seite liegende Nähmaschine.

Eindrücke, Bilder, die Wirklichkeit. Das Gefühl, angekommen zu sein (wo auch immer) und doch umkehren zu müssen (Kongress). Die Rückseite des Hotels sieht schäbig aus: Anbauten, Schuppen, der zungenartig aus dem Gebäude ragende Küchentrakt, aus dessen Fenstern es kinderbuchmäßig dampft und qualmt, und dicht daneben ein erbsenförmiger Teich mit Seerosen. Bei der Küchentür hocken zwei Typen in weißer Kochmontur und hoch aufragenden Mützen auf umgedrehten Senfeimern und rauchen. Drei Stockenten rennen die Böschung zum Teich hinab wie Armamputierte auf der Flucht. Vier Möwen sitzen auf einer großen, mit einem Vorhängeschloss gesicherten Kiste. Und auf einmal weißt du, was du fühlst: Schuld. „Es ist Schuld, Herr Felke; so fühlt sich echte Schuld an.“

Du bist derart angefüllt mit echter Schuld (der saftigen Sorte, die einen nachts hellwach im Bett liegen lässt und einem tagsüber unvermittelte Schweißausbrüche und Atemnot beschert) wie ein übervoll eingeschenktes Glas, das seinen Inhalt nur aufgrund der Oberflächenspannung in sich behält. Du weißt, wie sich echte Schuld anfühlt und kannst damit leben; seit Jahren schon. Seit 1991. Um ganz genau zu sein: seit dem Sommer 1991.

Damals hattest du (knapp einundzwanzigjährig, ohne feste Freundin und daher intellektuell stark überambitioniert) zur Überraschung deiner Eltern das erste Semester des Magisterstudiums (Kunstgeschichte, Philosophie und Vergleichende Literaturwissenschaft) nicht nur problemlos, sondern äußerst erfolgreich bewältigt und fasstest spontan den Entschluss, mit Mark die französische Atlantikküste zu bereisen, einem Kommilitonen, mit dem du dich bereits in der Einführungsveranstaltung des AStA für Erstsemester angefreundet hattest. Zum Glück war einige Wochen vor Semesterende Marks Oma gestorben, und da ihr Auto noch einige Monate TÜV hatte, erlaubten ihm seine Eltern, es „aufzufahren“, wie er gerne sagte, „bis es auseinanderfällt“. Der hellblaue R4 war jedoch beileibe nicht schrottreif, und sollte er in Frankreich den Geist aufgeben (ein durchsichtiger Motorblock mit Flügeln hebt sich wolkenwärts), wolltet ihr mit deinem Schweizer Offizierstaschenmesser die Nummernschilder abschrauben und ihn am Straßenrand stehen lassen. „Beute“, sagte Mark, „für die Geier.“

Mark besaß ein unbekümmertes Naturell, um das du ihn beneidetest. Er war zwar pummelig und kleidete sich albern dandyhaft, kam bei den Mädchen jedoch besser an als du, was dir ein Rätsel war, hatte allerdings, was dich beruhigte, auch noch keine feste Freundin. Heute leitet Dr. Mark Seitlinger, weißt du

dank Google, dem Großen und Schrecklichen, die Kunsthalle von Bad Naubruch, Eifel, ein fettleibiger, unzufrieden wirkender Griesgram, der einen guten Namen im Betrieb hat, da es ihm immer wieder gelingt, „mit ungewöhnlichen und pfiffigen Ausstellungskonzepten“ (FAZ) Furore zu machen. Der Haken an der Sache ist, dass Mark damals, im Sommer 1991, keineswegs Museumsdirektor, sondern Maler werden wollte. Du erinnerst dich noch gut an die Miene, mit der er unentwegt diesen kleinen Spiralblock zückte, an dessen bloßliegenden weißen Rippenbögen sich äffchengleich ein BIC-Kugelschreiber klammerte, eine seherische – meinetwegen auch „pfiffige“ – Miene, die Mark auch beibehielt, während er sich „diverse Dinge“ notierte, die er irgendwann einmal malen wollte.
„Wieso machst du keine Skizzen von dem ganzen Klimbim, den du mal malen willst?“, spottetest du oft und er ignorierte dich. Doch einmal, ein einziges Mal bloß, antwortete er dir: „Der schlechte Maler malt nach der Natur. Die Malerei, die mir vorschwebt, malt nach Notizen die Natur nach. Und im Idealfall wird das, was ich male, echter sein als die Natur. Verstehst du? Es wird wirklicher sein als die Wirklichkeit!“
„Wenn du meinst“, sagtest du und ihr musstet beide lachen. Mark wusste, dass er bei weitem nicht so schlau war wie du, ein Wissen, mit dem ihr beide gut leben konntet und das, so seltsam es klingt, die Basis eurer kurzen Freundschaft war, die den Sommer 1991 nicht überlebte.

Mark (Steckbrief von 1991): Eltern Mediziner, dennoch keine Bücher im Wohnzimmer des Bungalows (also ganz wie bei dir zu Hause), fast so groß wie du, kurze Haare wie ein Sträfling, mit dem väterlichen Bartschneider selbst getrimmt, blaue Augen, wacher Blick, spinnenhaft behaart an Armen und Beinen, Gelegenheitsjogger (du auch), Monty-Python-Fan (du nicht), moderater Biertrinker und Gelegenheitskiffer (so in etwa wie du), gute Allgemeinbildung (Schule), nur durchschnittliche Kenntnisse in Bildender Kunst und Literatur, jedoch extrem begeisterungsfähig für alles, was dich damals umtrieb: Max Ernsts Collagen, Goyas düstere Graphik, Tinguelys kinetische Skulpturen, die per Pedaltritt ihr abstruses Wesen entfalten.

Euer erster und nach jenem Abend am Strand von Lacanau-Océan letzter gemeinsamer Urlaub ist untrennbar mit der ersten und, was Recherchen idiotisch erschwert, „bandnamenbetitelten" Platte der Dire Straits verknüpft (sie hätten das Album *Sultans of Swing* nennen sollen), da ihr immer wieder, obwohl ihr eine ganze Tüte Musikkassetten dabeihattet, dieselbe Kassette in die todessternartige Andockbucht des Rekorders schobt: *Sweet surrender on the quayside / You remember we used to run and hide …* Eure Lieblingslieder wechselten täglich, aber meistens konntet ihr euch auf *In the Gallery* einigen, der Geschichte von Harry, dem erfolglosen Künstler, dessen Schicksal mit Knopflers Songzeile *He could not be in the gallery* erschöpfend behandelt ist. Im, wie du dieser Tage in einem Aufsatz oder einer semi-wissenschaftlichen Rezension schreiben würdest, „pubertär-projektiven Kosmos des Songs" wird besagter Harry übrigens nach seinem Tod berühmt, kommt schließlich posthum „in the gallery", bestimmt mit Bildern wie *Money for Nothing*, doch Mark, der damals immer malen wollte, *Chicks for Free*, leitet heute stattdessen eine Galerie – Kunst auf den Brettern durch k.o. in der ersten Runde. Und du? In dir drängt und drängte keine Kunst und das war nie schmerzhaft, kein Mangel, und dass du heute unentwegt über Kunst reden und schreiben musst, wäre weiterhin nicht schlimm, wenn alles andere (das Leben, du selbst, die Welt, was auch immer das sein mag) stimmte. Ob es Mark, fragst du dich oft, heutzutage schlechter als dir geht, weil er Kunst machen wollte und es nie konnte, oder hat Sich-scheiße-Fühlen niemals derart simple biografische Ursachen?

Vielleicht ist es sogar ein Segen, denkst du gerne, dass dein Dasein nicht zusätzlich zu dem ganzen anderen Krempel mit dem Verlangen, Kunst zu schaffen, beschwert worden ist, mit all den Mühen, der Plackerei, den Enttäuschungen, dem Spott und Hohn der anderen – damit hat man doch im normalen Leben genug zu tun! Weshalb die ganze Kacke mit Kunstmachen noch verschlimmern? Weshalb sich nicht in der Ecke zusammenrollen?

High and dry in the long hot day / Lost and lonely every way: Vier Wochen Frankreich im Sommer. Normandie, Bretagne, Pays de la Loire, Nouvelle-Aquitaine. Namen, die euch klangen wie gläserne Glocken. Zuerst – laut Plan – einige Tage Paris. Dann rüber an die Küste zum Mont-Saint-Michel. Von dort aus runter nach Biarritz. Proviant: Dosenravioli, Gewürzketchup aus der Plastikflasche, H-Sahne zum Verfeinern, Tütenparmesan.

All you wanted was a piece of the action / Now you talk about another man: „No way", sagte Mark und klappte vehement den Block zu. „Keinen vierten Tag der Hure Babylon!" Also blieb es bei drei Tagen Paris. Denn: „Hier schwindet das Geld zu rapide!" Den letzten verbrachtet ihr fast komplett (deine Idee) im Centre Pompidou. Über der Stadt, im Wind, standet ihr – geschnorrte Zigaretten rauchend – andächtig vor der Capricorn-Familie, der Vater ein sitzender Stier, Mutters Kopf durchbohrt von einem Fischtraum, und das Kind auf Vaters Schoß noch hornlos, aber schon fischgeschwänzt. In der ersten Nacht, die ihr, um Geld zu sparen, im Auto schlieft, klopfte euch ein Penner wach, in der zweiten eine Nutte, in der dritten teiltet ihr euch eine Flasche Rotwein und fuhrt irgendwann los.

It is not worth the bother of killing yourself / Since you always kill yourself too late: Und ihr kamt, den Kofferraum voller Dosenravioli, zum Mont-Saint-Michel, wo der Parkplatz, wie Mark einfältig bemerkte, „größer als die Sehenswürdigkeit selbst ist". Damals lachtest du Mark offen aus, aber in letzter Zeit denkst du oft an den riesigen Parkplatz zu Füßen des Mont-Saint-Michel. Etwas vom Menschen Geschaffenes, etwas Künstliches, zieht weitere Menschen an, und dies macht eine neue Logistik, also wiederum etwas Künstliches, erforderlich. Kunst kann niemals antikapitalistisch sein, weißt du heute, denn in dem Moment, in dem sie erfolgreich ist, wird sie zum Bestandteil des Systems und arbeitet ihm zu. Und auch das Arbeiten über Kunst nährt das System. Sogar, wenn dieses Arbeiten systemkritisch ist. Denn längst hat sich das System von allem Menschlichen abgenabelt: Es regiert sich selbst und ist sich selbst genug. Innersystemische Gegnerschaft kann es sehr gut ertragen, braucht sie vielleicht sogar, damit es noch stärker und autarker wird. So viel zu engagierter Kunst.

Southbound again last night I felt like crying: Und weiter südwärts steuertet ihr den R4 von Marks toter Oma, von Campingplatz zu Campingplatz ging es die Atlantikküste hinab, Richtung Spanien. Heller wurde der Sand an den Stränden, immer feiner, pudriger. Nach dem Baden im Meer machtet ihr Sandadler, konntet die kitzelnde Weichheit nicht fassen, während ihr eure Körper paniertet. „Das ist die Art Sand", sagte Mark einmal, „den man im Mittelalter gut für Sanduhren hätte verwenden können." – „Falsch! Darin war nie normaler Sand", belehrtest du ihn (ein Schemen), „sondern meist fein gemahlene Eierschalen. In Sanduhren blablabla Marmorstaub blablabla Zinnsand blablabla Bleisand." Alles ist in deinen Erinnerungen klar, scharf umrissen, manchmal sogar überdeutlich ausgeleuchtet, nur du selbst, der Hauptakteur, bleibt stets ein unscharfes Gebilde, langgliedrig wie eine Gottesanbeterin und wichtigtuerisch, wie man es nur mit einundzwanzig sein kann. Verfilmte man dein Leben, so wäre es ein oscarverdächtiger Kunstgriff, dich selbst in deinem heutigen Erscheinungsbild (zweifacher Vater, sich in Zeitlupe zum Fragezeichen krümmende Wirbelsäule, gen Zenit emporwachsende Stirnglatze) die erinnerten Szenen nachspielen zu lassen. Mutter hat ihre letzte Chemotherapie und du sitzt neben ihr am Krankenhausbett, nicht als Endzwanziger, sondern als dasjenige, was in den donnerstagnachmittäglichen Sprechstunden die Studenten erträgt.

And the Sultans played Creole: Und jetzt – Achtung! Aufgepasst! – nehmen wir flink die Kassette aus dem Rekorder des R4, hier, genau hier, machen wir das, hier in Mimizan-Plage, einem Örtchen ohne historische Bedeutung zwischen Biscarrosse und Bayonne. Ihr liegt nachts im Zweimannzelt, da erwachst du hustend und neben dir ächzt Mark in seinem Schlafsack.
„Giftgasangriff!", würgt er und ihr krabbelt raus ins Freie.
Der Campingplatz ist nächtlich dunkel, der Himmel strahlt jedoch tiefblau, zwar nicht Smalteblau und taghell, dennoch musst du an die Gemälde Magrittes aus der Reihe *L' empire des lumières* denken; damals hat Kunst dein Leben noch *durchwirkt* (Kursivierung nach Art französischer Modephilosophen). Ihr beide seid nicht die Einzigen, die der Gestank aus den Zelten getrieben hat. Hier und dort wird gekotzt. Ihr gesellt euch zu einer Gruppe bei den Toiletten.
„Was ist hier los?", fragst du in deinem Schulfranzösisch.
„Der Wind hat gedreht", sagt ein junger Mann in eurem Alter. Und dann fügt er nach einem abschätzenden Blick auf Deutsch hinzu: „Landwind."
„Und das bedeutet?", fragst du nun auch auf Deutsch.

„Papierfabrik", erklärt der Franzose fast akzentfrei. „Normalerweise drückt der Seewind den Gestank ins Landesinnere, wo er sich rasch verflüchtigt, aber bei Landwind wird ganz Mimizan-Plage verpestet, vor allem der Campingplatz." Der junge Mann streckt die Hand aus: „Charles."
Du ergreifst die Hand: „Oluf. Und das ist Mark."
„Habt ihr was zu rauchen?", fragt Charles.
„Wieso kannst du so gut Deutsch?", fragt Mark.
„Hegel", sagt Charles. „Und ganz besonders Heidegger."

Charles (Steckbrief von 1991): Schwarze dichte Locken, ungekämmt, hübsche, fast feminin wirkende Gesichtszüge, die im Kontrast zu einer prächtigen Frank-Zappa-Nase stehen, drahtig, braungebrannt, tagsüber ausgewaschene Jeans und bloßer Oberkörper (was ihr euch nicht traut), abends olivgrünes, ärmelloses Shirt über der Jeans, meist barfuß, selten in Jesuslatschen, um den Hals immer eine Kette aus mattweißen, appetitlich glatten Kaurischneckenhäusern, an den Handgelenken Bänder aus Leder und Schnur, studiert im dritten Semester Philosophie an der Sorbonne.

„Hab ich das richtig verstanden", fragst du wenig später, „du hast nur Deutsch gelernt, um Hegel und Heidegger im Original lesen zu können?"
„Wir haben Dosenbier im Auto", sagt Mark.
„Dosenbier?"
„Bier, das in Dosen wohnt. Ist zwar pisswarm, macht aber auch besoffen. Ich geh mal die Palette holen. Bei dem Gestank schlaf ich nicht. Lasst uns heute Nacht ein Fass aufmachen! Magst du die Dire Straits?"
„Ein Fass aufmachen? Die was?", fragt Charles.
„Ich geh erst mal das Bier holen", sagt Mark augenrollend.

Als der Wind dreht, schwindet der Brechreiz und es entwickelt sich eine der üblichen Reisefreundschaften, man redet, man trinkt, und am nächsten Tag schlägt man die Zelte ab und fährt weiter, weiter südwärts, adieu!

Doch der Süden war auf Krawall gebürstet, der Süden mit seiner trockenen Hitze, *last night I felt like crying*. Biarritz kam über euch wie ein Guss aus einer Fritteuse. Der Campingplatz war baum- und daher schattenlos und lag an einem unverschämt steilen Abhang. Morgens kamt ihr benommen aus dem Zelt gekrochen, an Kaffee war kaum zu denken: 40 Grad schon um acht in der Frühe. Ansonsten sind dir bloß wenige Erinnerungen an Biarritz geblieben: Eine dösende Schönheit auf einem Mäuerchen am Casino, die kein Höschen unter ihrem kurzen Kleid trägt (seltsamerweise kannst du dich heute noch an dessen Farbe erinnern: strohgelb), ein in die Irre führender Spaziergang über Klippen, Promenaden, Molen, Stiegen und rostige Metalltreppen sowie eine Art Restaurant am Hafen, wo nur drei Grillgerichte auf Papptellern serviert wurden: drei Spieße mit jeweils drei Langustinen, drei Spieße mit jeweils drei Babytintenfischen, drei Spieße mit jeweils drei Sardinen. Das Mobiliar bestand aus einer Handvoll Klappbänken und tischdeckenlosen Biertischen mit Limonadenflaschen, die selbst angesetztes Würzöl enthielten, in dessen gelbem Präteritum die Stücke gehackter Chilischoten, Knoblauchzehen und Rosmarinnadeln trieben. Du hast nie wieder besser gegessen! Ockerhäutige, erschreckend virile Kerle mit jeder Menge Schnurrbart und großen Piratenohrringen brachten die eisbedeckten Waren in geschulterten Styroporboxen vom Hafen, an einem umfunktionierten Schreibtisch wurden sie aus den Boxen gefischt, von flinken Omahänden auf Hölzchen gespießt und von Meister Obelix höchstpersönlich auf den Kohlegrill gepackt. Außen neben der Brettertür des Stehklos, *an' when you go ka-ka / they make you stand up*, war ein winziges Waschbecken an der Wand befestigt. Daneben hing, ebenfalls unvergessen, nach unten gekrümmt und vor Glitsch triefend, ein Seifenhalter mit frei rotierend befestigter Seife, *down in France*.

Später, als ihr Charles und Orianne von dem Restaurant vorschwärmtet und auf den Seifenhalter zu sprechen kamt, meinte Charles knapp: „Typisch französisch. Savon rotatif." Und Ori warf den Kopf in den Nacken und lachte lauthals, fast war es, als bellte sie den Mond an, und keiner von euch wusste, weshalb, und dennoch lachtet ihr alle drei mit ihr mit.

Da euch die trockene Hitze mürbe machte (außerdem rollte Mark, der oben am Hang schlief, nachts immer auf dich drauf), fuhrt ihr nach drei Tagen wieder nach Norden, zurück in kühlere Gefilde, wo der Wind vom Atlantik erfrischend über die Dünen bläst, ihr fuhrt – das Ziel war innerhalb von Sekunden beschlossene Sache – dorthin, wo es euch bisher am besten gefallen hatte, erschreckenderweise ein Badeort: Lacanau-Océan.

„Drauf geschissen!", sagtet ihr und bliebt tagelang. Ihr faulenztet, badetet, döstet, redetet Unsinn oder last am Strand Flashman und Brautigan, und allabendlich saßt ihr dann auf euren Klappstühlen vorm Zelt und löffeltet Dosenravioli aus dem Campingkochtopf. Knackte es hölzern über euch, hobt ihr bald schon reflexartig die Hände in die Höhe, um nicht von einem herabsausenden Pinienzapfen erschlagen zu werden. – Woran erinnerst du dich noch? – An den rosmarinähnlichen Harzgeruch der Pinien, ihre schrundigen, klebrigen Stämme, das weiche unter den Füßen federnde Nadelbett und die Schattenspiele des Zweigwerks auf der nach Fahrradreifen riechenden Zeltwand. – Woran noch, Oluf? – Mmh, an das Campingkochset. Es bestand aus irritierend leichtem Aluminium und war ineinander stapelbar wie eine Matrjoschka-Puppe für kleine Roboter. Pfanne, kleiner Topf, kleinerer Topf, winziger Kessel. Die Töpfe und die Pfanne hatten keine Griffe, stattdessen gab es eine so genannte Griffzange, mit der man sie von der Flamme des Gaskochers nehmen konnte. – Aha, nicht wichtig. Woran erinnerst du dich noch, Oluf? Denk nach! – Nun … verließ man den Campingplatz, säumten hüfthohe Stechginsterhecken den Weg zu den Dünen, über die Holzstege und -treppen führten, und stieg man dann auf der Seeseite hinab, trennte uns von der dröhnend anrollenden Unermesslichkeit lediglich ein Strand mit Eierschalensand, gemahlene Zeit.

Let's go down to the waterline: Eines Tages (die Bücher waren ausgelesen, Brautigans *Träume von Babylon* sogar zweimal, doch viel schlimmer: die Ravioli gingen zur Neige) machtet ihr, wie um wieder in einen geordneten Alltag hineinzufinden, einen Ausflug zur Großen Düne von Pilat, auf der die Franzosen in den Siebzigern ihre Wüstenfilme gedreht haben. Horden von Statisten in Uniform der Fremdenlegion marschieren durch die Sahara und der Kameramann kreischt vor Zorn trillerpfeifenschrill auf, wenn am Horizont, knapp über den *képis blancs* der Legionäre, kobaltblau und wie glänzendes Samt das Bassin d'Arcachon aufzuleuchten beginnt. – Weiter, Oluf! – Es sagt verräterisch viel über das Wesen eines Menschen aus, wie er eine mächtige Düne hinabgeht: Ich sprang und fühlte mich wie ein Astronaut auf dem Mond, Mark hingegen rastete völlig aus, er sprang nicht, er hopste, machte Purzelbäume, jauchzte, schrie, blökte, schließlich schoss er bäuchlings wie ein schwimmender Frosch auf dem heißen Sand in die Tiefe, direkt neben der steilen Holztreppe, auf der schwitzende Touristen nach oben stiegen.

FELKE Beneideten Sie Ihren Freund, weil er … äh … loslassen konnte?
DU Schon damals hatte ich das Gefühl, mir beim Leben zuzusehen.
FELKE Aber das alles klingt für mich nach einem gelungenen Urlaub.
DU *seufzend:* Sie kennen den Rest nicht.
FELKE Kennt Ihre Frau den Rest?
DU Nein. Niemand kennt den Rest außer Mark, mir und Charles.
FELKE Ihr seid ihm, also diesem Charles, demzufolge wieder begegnet?
DU *gepresst:* Ihm und Ori.
FELKE *auf dem Stuhl vorschnellend:* Sollen wir eine Pause machen?
DU *nach einem Ächzen:* Das ist nicht nötig. Ich kann weitermachen. Sollte weitermachen. Ich muss nur rasch – *Du trinkst einen Schluck Wasser aus dem Glas, räusperst dich, beginnst zögernd, dann zunehmend rascher zu sprechen.* Auf der Rückfahrt von Arcachon gerieten wir in ein Unwetter. Von einer Sekunde auf die nächste befanden wir uns mitten in einem fürchterlichen Gewitter. Man konnte, bisher hatte ich diese Formulierung für hyperbolisch gehalten, die Hand nicht mehr vor Augen sehen. Stellen Sie sich vor: Wir mussten mitten auf der Straße anhalten, weil man nichts mehr sah. Mark saß am Steuer und ich stieg aus, um das Auto sicher an den Straßenrand zu lotsen. Ich war auf meine Füße angewiesen. Tastet man mit den Füßen? Kann man das so sagen? Ich tastete jedenfalls mit bloßen Füßen den überfluteten Asphalt ab, damit wir nicht im Straßengraben landeten. (…) Als wir nach dem Gewitter zurück zum Campingplatz kamen, bot sich uns ein apokalyptisches Bild: Zerfetzte Zelte (Häute an krummen Gräten), umgestürzte Wohnwagen

(aus den Heckfenstern schaute leider kein bedrömelt schielender Ben Turpin), Kinder heulten, Erwachsene wrangen alles Mögliche aus, ein Trupp gutgelaunter Arbeiter in Latzhosen war mit Kopflampen, Leiter und Motorsäge unterwegs. (…) Unser Zelt hatte dem Sturm standgehalten, doch alles darin war patschnass: Die Schlafsäcke, die Kopfkissen, die Bücher. In einer der Schutzhütten, offenbar sind derartige Wolkenbrüche in Lacanau-Océan keine Seltenheit, feierten einige junge Leute, deren Zelte ebenfalls nass oder kaputt waren, eine Party. In dieser Nacht würden wir sowieso nicht schlafen. Das Bettzeug musste am nächsten Tag erst mal in der Sonne trocknen … Also packten wir einige Dosen Bier in die Tüte zu den Musikkassetten …

FELKE Und in der Schutzhütte trafen Sie Charles wieder.

DU Ja.

FELKE Und diese Ori.

DU *nickend:* Genau. *Nach einer langen Pause:* Erst dachten wir, die beiden wären ein Paar. Aber an den darauffolgenden Tagen stellten wir fest, dass dem nicht so war. Am nächsten Morgen trockneten wir unsere Sachen notdürftig und die beiden schlugen ihr Zelt neben dem unsrigen auf.

Orianne (Steckbrief von 1991): „Nennt mich Ori, alle nennen mich so, es gibt keinen, der mich Orianne nennt", achtzehn, ausgesprochen hübsch auf eine kecke, leicht schlampige Art, schwarze Haare, mittellang, klein, knabenhaft schlank, immer barfuß, pausenlos redend wie eine Figur aus einem Film von Rohmer, zu großes ärmelloses T-Shirt im Military-Style, darunter mal ein schwarzes, mal ein graues Unterhemd, löchrige Jeans-Shorts, selbstgemacht, mit weißzüngig an den gebräunten Schenkeln leckenden Hosentaschen. Abends, wenn es abkühlt, hüllt sie sich in ein zeltartiges Herrenhemd aus Flanell, das sie, wie sie oft erzählt, ihrem Vater geklaut hat. Ori ist immer in Bewegung, kann nicht stillsitzen, riecht nach Tabak, Meer, Sonne, Ginster, leiht oder nimmt sich vielmehr eines eurer Handtücher von der Wäscheleine, wenn sie duschen geht. In ihrem kleinen Rucksack (Vorgriff): Zahnbürste, Tube Zahnpasta, Slips, einige Tampons und ein Stück in Zeitung gewickelte Kernseife.

„Wie lange bist du schon unterwegs?“, fragte Mark sie einmal.
„Lange“, sagte sie, räkelte sich, streckte gähnend die Arme in die Höhe und wusste dabei genau, dass wir alle starrten und es uns nicht anmerken lassen wollten: Sie trug ihr Achselhaar mit aufreizender Unbekümmertheit.
„Und wieso ohne Gepäck?“, fragtest du heiser.
„Wer aussieht wie Ori, braucht kein Gepäck“, sagte Charles.
„Ich hab doch Gepäck“, protestierte sie und zeigte irgendwohin, wo vermutlich ihr kleiner Rucksack lag, dann nach einem entwaffnenden Lachen woandershin.
Bald wart ihr alle drei in sie verliebt.

Erinnerungen an Ori. Eins: Fröstelnd im vollklimatisierten Supermarkt, benagt sie selbstvergessen ihre Unterlippe, reibt den Rücken des rechten Fußes an der linken Wade, betrachtet dabei die blaue UV-Lampe über dem Fleisch- und Käsetresen. „Mal ehrlich, Jungs, das hilft doch nicht wirklich.“ In der Tat krabbeln unter dem Glastresen überall Wespen. Zwei: Sie sitzt auf einem eurer Campingstühle, die Beine angezogen, die Fersen auf der Sitzfläche. Schattenflecke der Pinien auf den Schenkeln, dreht sie sich eine Zigarette, hochkonzentriert, die Zungenspitze schon leicht zwischen den aufgesprungenen Lippen sichtbar, um gleich die Gummierung des Blättchens zu befeuchten. Drei: Bäuchlings am Strand, den Kopf in die Hände gestützt, die Ellenbogen im Sand, liest sie ein Taschenbuch von Charles. In der Mulde zwischen den Schulterblättern pellt sich die Haut, winzige pergamentartige Fetzen bewegen sich im Wind. „Ich weiß nicht, was das soll?“ Sie bläst die Wangen auf, stößt zischend Luft aus, typisch französisch: „Bof! Warum sich über solche Sachen Gedanken machen? Diese Philosophen haben doch alle dasselbe Problem. Wir hatten mal einen Lehrer an der Schule, der erzählte uns immer usw. usw. usw.“

Gleichförmige Tage, keine Unwetter mehr, Oris ansteckend gute Laune, das unfassbare Glück der Wiederkehr des Ewiggleichen: Wachwerden ohne Wecker. Frühstück. Strand. Mittagsschlaf. Strand. Abendessen. Lange Gespräche am Feuerkorb über Gott und die Welt. Ori hatte zwei seltene Gaben: Man fühlte sich wohl in ihrer Gesellschaft und sie verstand es zu schnorren. Mal kam sie mit einem Kuchen an, mal mit zwei Flaschen Cidre, mal mit einer Pfanne Bratkartoffeln, mal mit einem Kätzchen, das in der Nacht davonlief. Jeder von euch wollte mit ihr allein sein, doch dazu kam es selten. Gerecht verteilte sie ihre Gunst. Mal saß sie auf diesem Schoß, mal auf jenem, fast wie das Kätzchen, das sie angeschleppt hatte, doch im Unterschied zu diesem war sie morgens, wenn ihr erwachtet, noch da, saß rauchend im Schneidersitz vor dem Zelt und begann ohne Punkt und Komma zu reden, sobald ihr den Reißverschluss öffnetet. Charles war dann meist auch schon wach und hatte Kaffee gekocht (*They got some coffee / Eatin' right through the cup*) und ging direkt in die Vollen: „An Tagen wie heute muss ich dem alten Hume einfach recht geben …“

DU Durch Charles habe ich begriffen, was Philosophie ist.
FELKE Und zwar?
DU Alles.
FELKE, *ein Vollidiot und Trickbetrüger:* Alles? Wie meinen Sie das?

DU *beiseit:* Ha! Das ist etwas, das ich Felke nie erklären würde. Und auch nicht, dass ich heute, wenn ich ehrlich zu mir bin, nicht mehr „Alles" antworten würde, wie ich es früher ohne nachzudenken getan hätte, sondern eher „Fast alles" antworten würde – Wieso erreiche ich sie nicht? Wieso erreiche ich sie nicht? – oder sogar: „Seit einiger Zeit weiß ich es nicht mehr". *Seufzend:* Aber hätte mich Felke im Sommer 1991 gefragt … im Schatten der Pinien … Atlantiksalz auf den Lippen … Dosenbier …

Charles pflegte zu sagen: „Hegel schreibt", dann kam ein Zitat, oder er sagte: „Heidegger schreibt", dann kam ein Zitat, aber einmal sagte er und setzte sich im Campingstuhl kerzengerade auf: „Heidegger schreibt: *In das, was Denken heißt, gelangen wir, wenn wir selber denken. Damit ein solcher Versuch glückt, müssen wir bereit sein, das Denken zu lernen.*"
„Das ist sowas von hohl!", entfuhr es Mark und er spottete: „In das, was Reisen heißt, gelangen wir, wenn wir selber reisen. Damit ein solcher Versuch glückt, müssen wir bereit sein, das Reisen zu lernen."
Und du knüpftest – ebenfalls in spöttischer Stimmung – an: „In das, was Biertrinken heißt, gelangen wir, wenn wir selber Bier trinken. Damit ein solcher Versuch glückt, müssen wir bereit sein, das Biertrinken zu lernen."
Charles nickte bedeutsam und sagte fast ehrfürchtig: „Und genau aus diesem Grund ist Heidegger so groß. Man kann alles einsetzen, seine Sätze sind offen für alles andere, sogar für das, um das es nicht zu gehen scheint, und auch, wenn wir die Wörter in seinen Sätzen ersetzen, bleibt das, was seine Sätze aussagen, wahr. Versteht ihr mich?" Er dachte kurz nach und sagte in ehrfürchtiger Ernsthaftigkeit, ehe er seinerseits zu lachen begann: „In das, was lachen heißt, gelangen wir, wenn wir selber

lachen. Damit ein solcher Versuch glückt, müssen wir bereit sein, das Lachen zu lernen."
„Wer will noch ein Bier?", fragte Mark, aber dich hatte durch Charles' pädagogische Permutation eine Form des Begreifens ergriffen wie die aus dem Nichts auftauchende an den Rändern verschwommene Nase, die man nur beim Schielen oder bei einem plötzlichen Blick nach unten erhascht.
Ori, die auch begriffen hatte, hörte zu lachen auf.
Ihr Mund stand offen.
Eure Blicke trafen sich.
Es war, als hätte sich eine Tür geöffnet, hinter der etwas …
„Ich hol einfach noch vier Bier aus dem Auto", sagte Mark. „In das, was Bierholen heißt, gelangen wir, wenn wir selber Bier holen. Damit ein solcher Versuch glückt, müssen wir bereit sein, das Bierholen zu lernen."
„Chut, Kretin!", sagte Ori und warf lachend den Kopf in den Nacken.
„Indes will der Mensch vielleicht denken und kann es doch nicht", zitierte Charles mit melancholischer Bitterkeit. *„Am Ende will er bei diesem Denkenwollen zu viel und kann deshalb zu wenig.* Zu wenig! Heidegger! Genau, Freunde, so geht Heidegger! *In das, was Denken heißt, gelangen wir, wenn wir selber denken. Damit ein solcher Versuch glückt, müssen wir bereit sein, das Denken zu lernen.* Und das ist das Einzige, was zählt! Aber absolut nichts spricht gegen Biernachschub, mein lieber Mark!"

Gleichförmige Tage, einer verschwistert mit dem vorherigen, das Unwetter etwas Anekdotisches, das anderen Menschen in einem fernen Leben widerfahren ist, das unfassbare Glück der Wiederkehr des Ewiggleichen. „Hier könnten wir für immer bleiben." (Du) – „Also müssen wir weiter." (Charles). – „Wieso?" (Du) – „So weit darf man es im Leben nie kommen lassen.

Morgen packen wir zusammen und fahren nach Hourtin-Plage. Ihr nehmt uns doch mit? Unterwegs kaufen wir mal so richtig ein.“ (Charles) – „Jippieh!“ (Ori) – „Ihr stellt das Auto, ich sorge für den Reiseproviant.“ (Charles) – „Wieso nicht?“ (Mark) – „Dass ihr Typen nichts zum Rauchen dabeihabt, ist echt total beknackt!“ (Ori) – „Die Zeiten sind hart.“ (Du) – „Herr Oluf, du widersprichst dir von Satz zu Satz.“ (Charles) – „Du hast also doch Knete dabei?“ (Ori)

Abblende/Nacht (das insgeheime Rollen der Gestirne). Aufblende/Tag (die Pinien im Seewind). Du kommst vom Auschecken aus der kleinen Hütte, die sich großspurig „Bureau“ nennt, hantierst hektisch mit dem rechten Arm hinterm Rücken, bis der Geldbeutel in deine Arschtasche flutscht.

Doch da stockt dein Gang, wird zögerlich, etwas stimmt nicht. Mark und Charles stehen betreten am gepackten R4.

„Was ist los?“, fragst du. „Gibt es irgendwelche Probleme?“

Mark deutet mit dem Kinn auf eine Gruppe junger Rucksackreisender, drei langhaarige Typen mit Fusselbärten und Sandalen. Sie lachen, wie Männer nur lachen, wenn sie einer Frau gefallen wollen.

Bei ihnen steht Ori. Auch sie ist bester Dinge.

„Fährt sie nicht mit nach Hourtin-Plage?“, fragst du düster.

Charles zuckt die Achseln: Hier kann ihm selbst Heidegger nicht helfen.

„Sic transit gloria mundi“, sagt Mark und rettet für dich eine Sentenz aus dem Lateinunterricht vor dem Vergessen, vor dem Abtrudeln ins Nichts.

„Ach, halt doch die Klappe!“, sagst du. Du fühlst dich wie beim Völkerball in der Schule, wenn man auf der Bank sitzt und in keine Mannschaft gewählt wird. Einer nach dem anderen wird ausgewählt, nur man selbst …

Plötzlich steht Ori vor euch. „Habt ihr mal Geld?"
„Fährst du nicht mit?", fragst du.
„Idiot", schnauzt sie dich an. „Du verstehst ja gar nichts! Ihr Kerle seid ja sowas von dumm. Das sag ich immer. Dumm seid ihr, dumm! Passiert mal was Wichtiges, steht ihr immerzu auf der langen Leitung. Regt euch ab! Niemand ist gestorben. Natürlich fahren wir zu viert weiter! Was denkt *ihr* denn? Ich hab uns gerade was zum Rauchen organisiert. Capisce? Also was ist los mit euch, ihr Spastis? Habt ihr mal ein bisschen Geld?"
„Ich übernehme das", sagt Mark und geht mit ihr rüber zu den Typen.
Du bleibst mit Charles verlegen zurück. In einer Übersprungshandlung zeigt er neben das Kassenhäuschen. „Wie nennt man das auf Deutsch?"
„Was?"
„Das, was da am Boden liegt. Kleine Steine, größere Steine …"
„Geröll", sagst du geistesabwesend. „Kein Bauschutt. Weder Schrott noch Müll. Geröll, würde ich sagen. Ja, Geröll. Eindeutig. Das ist irgendwelches Geröll, das sie mit Rechen aus dem Gelände geklaubt haben."
„Ge-röll", sagt Charles und kostet die Silben nachdenklich aus. „Zu Steinen in ausgetrockneten Flussbetten sagt man auch Geröll."
„Er hat eben unsauber zitiert."
„Wer? Was?"
„Mark. Es heißt: O quam cito transit gloria mundi."
„Mir scheißegal, was er macht oder sagt, solange Ori bei uns bleibt."
„Das ist mir auch nicht egal."
„Keinem von uns ist das egal. Sie … sie …"
„Oluf?" Schneidend: „Was willst du damit andeuten?"

„Geröll“, sagst du und merkst dabei, dass du deine Mimik überhaupt nicht mehr im Griff hast. „Das ist eindeutig Geröll.“

FELKE *atmet kurz durch die Nase aus:* Geröll! Nun schweifen Sie ab!
DU *empört*: Ganz im Gegenteil! Charles war beschämt, weil er sich in Ori getäuscht hatte. Wir alle hatten uns getäuscht. Wir dachten, sie zieht mit den Hippies ab, dabei hat sie uns bloß was zum Rauchen organisiert.
FELKE *sieht von seinen Aufzeichnungen auf:* Das sagten Sie bereits.
DU Es war nicht viel und es war zu teuer, aber für zwei oder drei Joints würde es reichen, also beschlossen wir, im Supermarkt Wein zu kaufen, die Nacht am Strand zu verbringen und erst am nächsten Tag nach Hourtin-Plage weiterzufahren. Wir kamen uns mutig und verwegen vor!
FELKE Und dann ist etwas passiert …
DU *monoton:* Wir machten ein Feuer mit Treibholz, rauchten, tranken …

Wohl dem, der jung ist und für den die Zikaden singen! Wohl dem, der jung ist und die Nacht noch nicht zu fürchten gelernt hat! Wohl dem, der jung ist und dem verheißungsvoll ein Feuer brennt! Schwankend wie ein Matrose auf Landgang tauchte Charles im flackernden Lichtschein auf. Er hatte die ausgestreckten Unterarme fast bis zum Kinn beladen und schmetterte das gesammelte Treibholz neben dem Feuer in den Sand, ähnlich triumphierend wie Vercingetorix nach der Niederlage von Alesia seine Waffen auf Cäsars Füße. Ori lag mit dem Kopf in deinem Schoß, ihre bloßen Waden lagen auf Marks Oberschenkeln. Du strichst ihr sanft durchs Haar, Mark streichelte ihre Schienbeine, so vorsichtig, wie man eine wilde

Katze streichelt. „Das müsste für die nächsten Stunden reichen“, sagte Charles, ohne Eifersucht zu zeigen, aber er schlief ja auch mit Ori Nacht für Nacht im selben Zelt und teilte sich mit ihr, wie ihr argwöhntet, seinen Schlafsack), *it's a beggars life, said the Queen of Spain, / But don't tell it to a poor man* … „Schaut mal!“ Stolz zog Charles ein dickes Stück Holz, etwas Klobiges, Massives, bestimmt ein Überbleibsel eines gekenterten Dreimasters, aus dem angeschleppten Haufen, legte es quer ins lodernde Feuer, indem er davor im Schneidersitz Platz nahm, ein kluger Schachzug, um sich sodann mit dem Rücken an Oris Hüften zu lehnen. In einträchtigem Schweigen saht ihr zu, wie die Flammen orangefarben und grellgelb an dem Holzstück emporzüngelten, es fließend umspielten, bis es an einigen Stellen leicht zu glimmen begann. Erst wuchsen satt qualmende Flecken auf der Oberfläche, glühten bald rötlich in rechteckigen, deutlich voneinander segmentierten Strukturen, dann schlugen aus ihnen bläuliche Flammen und das Holz brannte lichterloh, wurde ein Teil des knackenden Feuers – und jenseits des Loderns und des Knackens und des Knisterns: das unablässige schwarze Murmeln, der dunkel anbrandende Spiegel.

Plötzlich rief Ori: „Lasst uns baden gehen!“ Im Nu war sie ausgezogen (Brustblick, Schoßblick) und rannte johlend los (Arschblick). Ihr überlegtet nicht lange – Wieso auch? – und folgtet ihr ins schwarze Wasser. Kalt war es, überraschend kalt, es war die Kälte der Tiefe. Schwer und blind brandeten die Wellen an den Strand, kippten Schaum sprühend vornüber und zogen sich sogleich wieder mit seufzendem Säuseln in kraftvollem Sog zurück. Ori schwamm plappernd voraus, Charles schwamm ihr nach. Mark und du, die Feiglinge aus der deutschen Provinz, plantschtet in Ufernähe albern herum. Den Atem abschnürend die nachtschwarze See, über euch der nachtblaue, stern-

geschmückte Himmel, hinter euch der nachtdunkle Strand mit dem heimeligen Lagerfeuer, an dem ihr euch nachher trocknen und wärmen würdet. Es war noch jede Menge Wein da, noch etwas Baguette, noch Käse, und morgen ginge es weiter nach Hourtin-Plage, der nächsten Station eures großartigen Törns.
Charles schrie als Erster, dann Ori.
„Was ist los?", riefst du und stelltest dich auf.
Das Wasser ging dir bis zum Sternum und zerrte an deinen Beinen.
Neben dir starrte auch Mark aufs Meer hinaus. „Strömung. Sie sind in eine Strömung geraten. Ori ist zu weit rausgeschwommen."
Ori schrie wieder. Dann blieb es still.
Ihr lauschtet beide in die Dunkelheit. Dabei gingt ihr in kleinen Schritten rückwärts, es war eine instinktive Flucht, bis das Wasser deine Hüften auf Gürtelhöhe umspülte. Durch die Wolken zwinkerten euch Sterne zu. Neben dir atmete Mark so schnell ein und aus, als hyperventilierte er.
„Alles okay bei dir?", fragtest du kurz zur Seite.
„Still!", zischte er, dann hörtest du es auch: Erst das Platschen von Schwimmzügen, dann ein Keuchen und plötzlich schnaufte Charles neben euch: „Kann man hier stehen?" Ohne eine Antwort abzuwarten, richtete er sich neben euch auf und zu dritt saht ihr aufs schwarze, stille Meer hinaus.
Nichts war mehr zu hören. Nur das Brechen der Wellen hinter euch und das knirschende Zischen, mit dem sie sich wieder vom Strand zurückzogen. Heute weißt du, dass Ori sich aufs Meer hätte hinausziehen lassen müssen. Dann wäre sie irgendwann ans Ufer geschwemmt worden. Doch sie hatte versucht, wie euch Charles unzusammenhängend berichtete, gegen die Strömung anzukämpfen, bis ihre Kräfte geschwunden waren. Und nun schiebt sich ein völlig absurdes Bild in den Erinne-

rungsprojektor: Charles steht bis zu den Knien im Wasser, seine Blicke schweifen hin und her über die See, und Mark stiert ihm auf den baumelnden Schwanz.

Später trocknetet ihr Charles ab, halft ihm beim Anziehen. Mark schlug ein drittes Mal vor, die Polizei zu rufen.
„Die haben in Algerien gefoltert", sagte Charles, „und wir haben gekifft. Die machen uns fertig." Er hatte zu schluchzen begonnen. „Ihr wisst nicht, wie die drauf sind. In Deutschland wäre das vielleicht anders. Die Polizei in Frankreich … da ist man die Treppe runtergefallen, sagen sie dann … meine Eltern müssen an ihre Position denken … mein Vater … ihr kennt meinen Vater nicht … ich werde mein Studium abbrechen müssen."
„Aber wir können doch nicht …", sagte Mark (oder du)
„Aber wir können doch nicht …", sagtest du (oder Mark).
Charles brach zusammen, krümmte sich im Sand.

Noch später löschtet ihr das Feuer mit Sand, den ihr mit den Händen draufschaufeltet, aber ihr löschtet es erst, nachdem ihr Oris Kleider verbrannt hattet, und danach standet ihr zu dritt an dem Erdhaufen wie an einem Grab.
„Ich fahr nicht mehr mit euch mit", sagte Charles.
„Mach keinen Scheiß!", sagte Mark.
„Ich fahr nicht mit", sagte Charles.
„Hör zu!", sagtest du. „Wir könnten doch –"
„Ich fahr nicht mit euch mit", sagte Charles.

Also ließt ihr ihn schlussendlich mit seinem Gepäck am Strand zurück, schenktet ihm zum Abschied die Dire-Straits-Kassette und fuhrt im R4 zu zweit weiter nach Hourtin-Plage. Auf dem Parkplatz des dortigen Campingplatzes verbrachtet ihr den Rest der Nacht im Wagen. Als ihr nach dem Einchecken euer Zelt unter den obligatorischen Pinien aufschlugt, fandet ihr Oris kleinen Rucksack im Kofferraum. Ihr Ausweis …

FELKE Sprechen Sie weiter!
DU *um Fassung bemüht:* Sie war erst sechzehn.
FELKE Eine Ausreißerin.
DU Das hatten wir längst vermutet.
FELKE Dass sie sechzehn war?
DU Nein, dass sie von zu Hause ausgerissen ist.
FELKE Was war noch in dem Rucksack …
DU *unwirsch:* Der Kram, von dem ich vorhin erzählt habe.
FELKE Was noch?
DU Ein Stofftier. Eine Ente. Schwer ramponiert. Offenkundig ein lang geliebter Begleiter … und das war … war …
FELKE … das Ende der Reise.
DU *nickend:* Zwei Tage später fuhren wir zurück nach Deutschland. Mark wechselte noch in den Semesterferien die Uni. Ich habe seither nie wieder Dire Straits gehört. Und Ori? Natürlich habe ich im Internet recherchiert, ob sie nicht doch überlebt hat, später, viel später, als das Internet zu einem festen Bestandteil unseres Lebens geworden ist, aber ich hatte längst ihren Nachnamen vergessen, vielleicht nie gekannt. Meine Recherchen blieben ergebnislos. Den Rucksack haben wir irgendwo bei der Heimfahrt auf der *Route nationale* aus dem Auto geworfen. Mitsamt Pass und Ente …
FELKE Weshalb erzählen Sie mir das alles?
DU Es war so einfach, nichts zu tun.
FELKE Wichtiger ist, weshalb Sie mir das jetzt offenbaren.
DU Das liegt doch auf der Hand. Wir brechen das Ganze hier ab. Für Leute wie Sie muss immer alles ausgesprochen werden. Doch es gibt Dinge, über die man nicht reden kann. Manche Dinge sollten ungesagt bleiben.

FELKE Das sehe ich anders, muss es anders sehen. *Verschlagen:* Was für Leute meinen Sie, wenn Sie von ‚Leuten wie mir' sprechen?
DU *leiser werdend bis zur Unhörbarkeit:* Bei der Küchentür hocken zwei Typen in weißer Kochmontur und hoch aufragenden Mützen auf umgedrehten Senfeimern und rauchen. Drei Stockenten rennen die Böschung zum Teich hinab wie Armamputierte auf der Flucht. Vier Möwen sitzen auf einer großen, mit einem Vorhängeschloss gesicherten Kiste …

Du lässt die nassen, wattverdreckten Schuhe vor der Tür stehen und betrittst das Hotelzimmer auf feuchten Socken. Unter dem Flachbildfernseher liegt eine bordeauxrote Kunstledermappe, die dem Gast in Form einiger weniger laminierter Speisekartenseiten „Wissenswertes zu Ihrem Hotelaufenthalt" bereitstellt. Die gesuchten Informationen findest du unter dem Stichwort „Schuhe": *Kostenloser Schuhputzservice. Lassen Sie Ihre Schuhe einfach nachts vor der Zimmertür stehen und am nächsten Tag haben wir sie für Sie säuberlich geputzt und poliert. Dieses Angebot ist kostenlos. Bitte haben Sie Verständnis dafür, dass nach 22 Uhr vor die Tür gestellte Schuhe nicht mehr säuberlich geputzt und poliert werden können.* Du wäschst die Socken in der Wanne mit Duschgel, wringst sie aus und hängst sie „säuberlich" über den Badezimmerheizkörper. Danach drehst du dessen Thermostat auf die höchstmögliche Stufe und ziehst dich mit den langsamen, endgültigen Bewegungen eines Schwerverbrechers aus, der eine lange Haftstrafe antritt.

Währenddessen liegt dein Handy lauernd auf dem Nachttisch und stellt sich auf beleidigend ungeschickte Art und Weise tot. In einem Film würde man seine Größe mindestens verdoppeln, ist es doch Mittelpunkt allen Seins, dein persönlicher Omphalos-Stein. Mürrisch siehst du dem Gerät eine Weile beim Sich-tot-Stellen zu, dann gibst du dich geschlagen und rufst zu Hause an. Miriam meldet sich natürlich nicht, aber, was neu und unfassbar beunruhigend ist, selbst der Anrufbeantworter schaltet sich nicht an.

Heftig blinzelnd lässt du das Handy sinken, atmest stöhnend aus, legst es zurück auf den Nachttisch. In einer Verfilmung würde man es nun um mehr als die Hälfte seiner Größe verkleinern. Gibt es ein Wort, das „Gerumm" ausgesprochen wird? Wenn ja, was bedeutet es? Zerreibt man die weichen Zweige der Krähenbeere zwischen den Fingerkuppen, riechen diese noch lange danach nach frisch geschnittener Salatgurke. Zu Hause hättest du jetzt, um dich zu beruhigen, die Wohnung kontrolliert, Lichter an- oder ausgeschaltet, Wasserhähne zugedreht, die Spülmaschine ein- oder ausgeräumt – all dies Routinen im Dienste des verzweifelten Herstellens einer Ordnung, die kaum, dass man den Blick abwendet, sofort wieder scheppernd in sich zusammenbricht, denn immer ist da jemand, der Mülltrennung nicht verstehen kann oder will, der Dinge so wirkungsvoll verräumt, dass es fast außerhalb des Möglichen liegt, kein planvolles Handeln zu unterstellen, und der volle Windeln im Ehebett vergisst.

Es ist der Alltag, der uns zerstört.

Dennoch ertappst du dich kurz darauf (eigentlich handelt es sich mehr um einen Automatismus, als den Versuch, so etwas wie ein inneres Gleichgewicht wiederzuerlangen), die morgige Rede zu proben. „Sehr geehrte Damen und Herren, es ist mir eine *große* Ehre, Ihnen heute einen *kleinen* Überblick darüber zu geben, was wir …" Hast du letztes Mal nicht eine ähnliche Rede gehalten? Wäre es daher taktisch nicht klug, gleich zu Be-

ginn eine Ortsangabe einzuflechten, die dem idiotischen „Impulsvortrag" die Aura des Ein- und vor allem Erstmaligen gäbe? „Sehr geehrte Damen und Herren, es ist mir eine *große* Ehre, Ihnen heute in Hunsum einen *kleinen* Überblick darüber zu geben, was wir am Institut machen, wenn sich die Bürotüren hinter uns geschlossen haben. Stellen Sie sich vor, Sie könnten durch diese Türen hindurchsehen! Und damit nicht genug! Stellen Sie sich vor, sie könnten nicht nur durch diese Türen, sondern durch diese Türen hindurch und zugleich in die Köpfe der Menschen hinein sehen, die sich in den Büros des Instituts über ihre Schreibtische beugen!"
Solltest du an dieser Stelle nicht lieber ein zweites Mal auf Ort und Zeit verweisen? Hunsum … heute … am heutigen Tag … besser nicht, das ist zu aufdringlich … murmel, murmel, du überspringst einen hinführenden Absatz und steigst direkt in den eigentlichen Teil der Ausführungen ein: „Was ist Kunst, meine sehr verehrten Damen und Herren? Kunst ist etwas, darauf können wir uns wohl alle einigen, das sich nur negativ definieren lässt. Wir sind fähig, sie als das zu definieren, was sie nicht ist. Kunst ist nicht das Leben. Kunst ist nicht die Wall Street. Kunst ist kein Opossum. Wieso sind wir nicht in der Lage, den Begriff ‚Kunst' positiv zu definieren? Ich wage zu behaupten: Dass wir es nicht können, liegt im Wesen der Kunst selbst. Französische Modephilosophen mögen das anders sehen, aber auch wenn sie es anders sähen, müssten wir sie erst einmal verstehen, um erkennen zu können, dass sie es anders sehen, wenn sie es denn anders sehen, und wahrscheinlich wissen sie selbst nicht, wie sie es sehen oder dass sie etwas überhaupt oder anders sehen, und rühren sicherheitshalber nur jede Menge verbalen Nebel auf, damit uns ihr Dilemma nicht ins Auge sticht."
Abwarten, bis die letzten Lacher im Auditorium verklungen sind, dann sich nachdenklich vorbeugend: „Aber – mal ehrlich,

meine sehr geehrten Damen und Herren! – was wissen wir von Kunst? Ja, genau: Was *ist* Kunst?“ Und nach einer dramatischen Pause mit dem verblüfften Gesichtsausdruck dessen, der gleich eine Wahrheit zu verkünden beabsichtigt, die schlichter ausfallen wird, als er oder seine Zuhörer es erwarten: „Kunst ist das andere.“ Die freche Behauptung einen winzigen Moment sacken lassen und sodann heiter, fast beschwingt, fortfahren: „Und doch ist sie wichtig! Ja, meine sehr verehrten Damen und Herren, es lohnt sich, sie, also die Kunst, zu fördern, und es lohnt sich gleichermaßen und fast noch mehr, das wissenschaftliche Nachdenken darüber zu fördern. Weshalb? Und dies ist zum Glück eine relativ leicht zu beantwortende Frage, denn die Wechselwirkungen zwischen dem Nachdenken über Kunst zur Kunst, also dem anderen, und zum alltäglichen Leben, der Wirklichkeit meinethalben mit dem ganzen Wust dazugehöriger Dinge wie Arbeit, Supermärkten und Wahllokalen …“

Du brichst mit einem Seufzen ab, brauchst einige Minuten, um dich zu sammeln, setzt nach einem erneuten Seufzer wieder an: „Weshalb? Und dies ist zum Glück eine relativ leicht zu beantwortende Frage, denn die Wechselwirkungen zwischen dem Nachdenken über Kunst zur Kunst, also dem anderen, und zum alltäglichen Leben, der Wirklichkeit meinethalben mit dem ganzen Wust dazugehöriger Dinge wie Kongresse, Hunsumer Supermärkten oder Apotheken … ach, scheiß der Hund drauf!“

Du schiebst die Blätter in die Mappe zurück und wirst dir deiner Nacktheit bewusst. Und was, überlegst du, wenn ich die Rede nackt hielte? Das wäre doch bestimmt der Beweis für irgendwas … aber wofür? Und wenn mit meinem Kopf irgendwas – ach, scheiß der Hund drauf!

Du duschst heiß und lange. So lange, begreifst du, hast du zu Hause noch nie geduscht. Beim Abtrocknen fällt dir auf (und diese zweite Erkenntnis in Folge ist ein mittelschwerer Schock), dass du es wie dein Vater tust. Als Kind hast du ihm gerne beim Duschen zugesehen, doch erst heute in einem Tagungshotel in Hunsum geht dir auf, welche Folgen das zeitigte. Ganz wie er trocknest du nämlich zuerst einmal den Brustkorb ab, fixierst sodann die Längsseite des Handtuchs mit den Zähnen vorm vorgeneigten Kinn, die rechte Hand greift den rechten oberen Handtuchzipfel, die linke Hand greift den linken oberen Handtuchzipfel, die Zähne öffnen sich, du schleuderst das Tuch nach hinten, wie man sich eine Pelerine überwirft, und frottierst dir den Rücken, indem du es bedächtig hin und her ziehst. Jasper trocknet sich bestimmt auch so ab. Vielleicht sind das die einzigen Dinge, die wir weitergeben, von Generation zu Generation: die Art, wie wir duschen, uns einseifen und abtrocknen, wie wir einen Apfel schälen, eine Kirsche essen, die Art, wie wir morgens aus dem Bett steigen, und eine Handvoll Lieder à la Hoffmann von Fallersleben, mit dem ja auch was nicht gestimmt zu haben scheint. *Summ summ summ* im Kopf, barfuß und in Hotelhausschuhen fährst du nach unten zum Laptop in die leere Lobby. Niemand an der Rezeption, gut, keine Gäste unterwegs, besser, die trinken wohl gerade alle Kaffee, noch einmal willst du es probieren, *ei! wir thun dir nichts zu Leide*. Ein letztes Mal für heute, *flieg' nur aus in Wald und Heide,* dann ein Nickerchen. Dann Abendessen. Und morgen geht es sowieso wieder zurück nach Hause, *summ summ summ*, der Schlüssel schiebt sich ins Schloss, tot, sie sind alle beide tot …

FELKE Können wir hier bitte mal innehalten? Wenn Sie sagen, dass Sie sich schuldig fühlen, was verstehen Sie dann unter Schuld? Könnten Sie den Begriff mal unakademisch definieren?
DU Unakademisch?
FELKE Sie verstecken Ihr wahres Selbst hinter Ihrem Wissen.
DU Darüber wollen wir nun wirklich nicht streiten, ganz ab-

gesehen davon, dass ich den Begriff „wahres Selbst“ gerne mal unakademisch von Ihnen definiert haben würde.
FELKE Und schon wieder starten Sie eines Ihrer Ausweichmanöver.
DU Weshalb sollte ich für Sie einen Alltagsbegriff wie „Schuld“ definieren, dessen Bedeutung jedermann klar sein dürfte? Wichtiger wäre es, Begriffe wie „Wirklichkeit“ zu definieren, die wir tagtäglich fahrlässig verwenden. Oder einen Begriff wie „Alltag“. Ob er Erlösung oder Vernichtung …
FELKE Bleiben wir bei „Schuld“. Es geht mir lediglich darum, was dieser Begriff für Sie bedeutet. Und wenn Sie wissen wollen, weshalb ich das in Erfahrung bringen will, gestehe ich Ihnen vorsichtshalber gleich: Ich glaube, das alles ist komplizierter, als Sie es sich zugestehen wollen …
DU Inwiefern?
FELKE Vielleicht spielt das Alter dieser Ori …
DU *harsch:* Nein, das ist es nicht!
FELKE Empfanden oder empfinden sie die Schuld, ihren Tod nicht bei den Behörden gemeldet zu haben, ähnlich derjenigen Schuld, die Sie jetzt …
DU *tippend:* Lassen Sie mich in Frieden! Ich muss mich konzentrieren.
DER FEIND *frohlockend:* Zum besseren Schutz Ihres Kontos geben Sie bitte nochmals Ihr Passwort ein, und geben Sie dann die Zeichen ein, die in der Abbildung unten gezeigt werden.
DU *erhebst dich, stehst eine zu lange Weile gebeugt vor dem Hotellaptop, drehst dich dann unvermittelt um und rempelst beinahe einen Herrn an.*

„He, Sattler! Halli-hallo! Haben sie deine Käfigtür offen gelassen?“
„Ach, Henrik, hallo! Du bist auch hier …“

Unbeholfene Umarmung und bärenhaft tapsiges Beklopfen. Henrik O. Niendorf, ein mittelmäßiger Schriftsteller aus Hamburg, dem es irgendwie gelungen ist, als Spezialist für Genderfragen zu gelten, hat seit Jahren einen Lehrstuhl an der dortigen Kunsthochschule inne. Regelmäßig kuratiert er darüber hinaus Ausstellungen mit den Werken sehr junger, sehr attraktiver Kunststudentinnen, die er vermutlich allesamt vögelt. Niendorf sieht aus wie jemand, der als Schriftsteller erkannt werden will, also in etwa so, wie man in einer Vorabendserie einen Großschriftsteller auftreten lassen würde: Das graue Haar eine Spur zu lang, der Anzug einen Tick zu schäbig, viel zu viel Schmuck (Ringe, Lederarmbänder, Kettchen) und zudem ein theatralisches, leicht tuntiges Gehabe. Das O steht für Ommo oder etwas ähnlich Abseitiges. Seine Romane sind durch die Bank unlesbar.

„Schön, dich zu sehen!", sagst du, während dein Ich, das sich am Laptop mit Hilfe des Schleudersitzes aus dem Leibeskerker hinauskatapultiert hat, als luftiges Gespinst zurückkehrt und sich allmählich wieder verfestigt.

„Den Göttern sei gedankt!", dröhnt Niendorf gerade. „Und zwar doppelt gedankt sei ihnen! Erstens, dass du mich nicht über den Haufen gerannt hast, und zweitens, dass ich nun wenigstens jemanden zum Reden habe!"

„Das", entgegnest du und meinst es ehrlich, „ist eine glückliche Fügung."

„Fein! Ich mag Fügungen und vor allem glückliche. Mit den Stiftungsheinis hab ich ja sowieso nichts an der Mütze und die akademischen Erbsenzähler – nichts für ungut, Oluf! – langweilen mich noch mehr mit ihrer kärglich bemäntelten kreativen Impotenz. Aber was tut man nicht alles, damit der Rubel rollt! Gute Idee: Lass uns stante pede was trinken gehen. Um acht gibt's Büffet und ein so genanntes ‚Meet & Greet' und wenn

wir da schon einen Glimmer hätten, wäre das sicherlich segensreich für unser leibliches und – noch überlebenswichtiger, compadre! – intellektuelles Wohl."
Niendorf hakt sich bei dir ein, was du geschehen lässt, ohne es unangenehm zu finden, und führt dich durch die Lobby in den Speisesaal und zielsicher zum einzigen freien Tisch. Auf dem Weg dorthin grüßt du rechts und links kaffeetrinkende Kollegen, die sich größte Mühe geben, dir nicht auf die Füße zu sehen. Aber vielleicht bildest du dir das bloß ein.
Die Heidelberger sind da und winken. Du hebst die Hand zum Gruß.
Und der Typ aus Kassel mit der Wombatnase, dessen Namen du dir nie merken kannst, nickt dir freundlich zu. Du nickst zurück.
Und da sitzt – großer Gott! – Frau Professor Bast auf ihrem breiten Arsch und glotzt dir ungeniert auf die Füße. Sie hat jedoch einen triftigen Grund dazu, begreifst du, denn auch sie steckt barfuß in Hotelhausschuhen.
„Wattwanderung?", fragst du, als ihr, ein altes Ehepaar, vorbeidefiliert.
„Ja", gluckst sie. „Es war unvermeidbar und unbesonnen."
„Wir sehen uns später beim Abendessen", sagst du hastig, „ich bin gekapert worden." Ein Vorwand, um nicht stehen bleiben zu müssen, denn sie, die du fachlich zwar sehr schätzt, erzählt bei jedem Treffen zensurlos von ihrem schwer erziehbaren Hund und ihrem adoptierten Kind (oder umgekehrt).
„Wie bitte?", fragst du Niendorf, der etwas gesagt hat.
„Willst du hier sitzen?"
„Egal."
„Nimm Platz! Dann kannst du die Aussicht genießen."
Spaliere, weißgeschotterte Wege und figurativ geschnittenes Buschwerk.

„Die Aussicht ist mir egal. Ich will nur die Leute nicht ankucken müssen."
„Fein. Dann setz dich dorthin."
„Danke. Ich bin echt froh, dass du hier bist!"
„Ist dir auch egal, was wir trinken?"
„Ja. Bestell irgendwas!", sagst du und bist kaum irritiert, als Niendorf bei einer pummligen Kellnerin, die schwarze Leggins unter einem weißen bordürten Kittel trägt, dreimal Pflaumenkuchen mit Sahne und drei Tote Tanten bestellt. „Drei Mal?", fragst du und siehst der Kellnerin nach, deren Hintern in den Leggins schlingert wie Öl im Rotterdamer Hafen.
„Das klärt sich gleich auf, amigo. Ich hatte jedoch angenommen, dass du dich eher über die Toten Tanten wundern würdest."
„Tue ich auch. Tote Tanten?"
„Kakao mit Rum und Sahne. In der zivilisierten rassistischen Welt sagt man dazu Lumumba. Nach Patrice Lumumba, dem ersten Premierminister des unabhängigen Kongo, den wir heute als Demokratische Republik Kongo kennen. Langweile ich dich? Nein, sag nichts, du bist zu höflich, um ehrlich zu antworten. Ich spüre doch, dass ich dich langweile. Nicht schlimm. Dir sieht man wenigstens an, was los ist. Wie ich diese Kongresse hasse! Ich würde ihnen gerne allen die Masken abreißen. Du bist wieder Vater geworden, habe ich gehört."
„Ja, aber der Kleine ist krank."
„Du meinst ...?"
„Nein, im Grunde ist er gesund, hoffen wir, aber jetzt ist er krank."
„Was Ernstes?"
„Fieber. Miriam hat auch Fieber. Aber ich erreiche sie nicht. Das ist wie in einem Alptraum. Ich hätte nicht ..."
„Hi!" Eine junge Frau setzt sich an euren Tisch. Sie grinst breit,

beugt sich rüber zu Niendorf und haucht ihm einen Kuss auf die Wange.

„Hi!“, sagt er zu ihr und zu dir: „Merle Clauß.“

„Sattler“, sagst du. „Professor Oluf Sattler. Und Sie waren noch mal …?“

„Merle Clauß. Mit ‚c‘ vorne und ‚sz‘ hinten oder, wie es manche nennen, mit ‚scharfem s‘. Sagt man das überhaupt noch? ‚Scharfes s‘? Nachher stecke ich das ulkige Namensschild an. Zu dem tollen Meet & Greet.“

Merle, eine typische Eroberung Niendorfs, ist knapp über zwanzig und zu alt, um „hübsch“, zu jung, um „schön“ genannt werden zu können, aber unverkennbar attraktiv. Tiefschwarze, kunstvoll auf ungekämmt frisierte Haare. Nasenpiercing. Gelbe Strumpfhose, rot-weiß geringelter Minirock aus Frottee, Lederjacke, Stiefel bis über die Knie. Ihre körperliche Präsenz schnürt dir die Kehle zu. Deshalb drei Mal Kuchen und drei Tote Tanten. Niendorf ist etwa in deinem Alter. Vielleicht ein oder zwei Jahre älter. Zu deiner Verblüffung verspürst du einen Anflug von Neid. Dann Zorn. Dann resignierte Skepsis. Dann Leere. Dann überhaupt nichts mehr.

„Erwarte nicht zu viel“, sagt Niendorf. Zu dir?

Nein, zu ihr hat er es gesagt, denn sie fragt: „Wobei? Und wieso nicht?“

„Bei dem Meet & Greet. Alte Männer, die Geld haben, und andere alte Männer, die welches haben wollen. Gleich gibt’s Pflaumenkuchen und Tote Tante. Nicht fragen! Ich sage da nachher was zu, sonst kotzt dir mein alter amigo Oluf vor Langeweile in den Schoß. Merle hat in wenigen Wochen ihre erste große Ausstellung. Eine Einzelausstellung.“

„Mmh“, sagst du und nickst zweimal hintereinander gewichtig.

„Ich kenne Sie“, sagt Merle. „Ich fand den Aufsatz gut, wo Sie schreiben, dass Kippenberger, Ulrichs und Jankowski Kunst

machen, als wollten sie eine, Zitat, umfassende Bewerbungsmappe erstellen, um nachträglich als Mitglieder bei den Monty Pythons anerkannt zu werden."
„Das soll ich geschrieben haben?"
„Sei nicht so bescheiden", lacht Niendorf.
„Das haben Sie geschrieben. Hundert Pro! Ich weiß bloß nicht, ob Sie das gut oder schlecht finden."
„Danke. Und was machen Sie so? Malerei? Bildhauerei?"
„So was dazwischen. Ich beschäftige mich mit McDonald's."
Niendorf lenkt rasch ab: „Meister Sattler hält morgen einen Vortrag."
„Oh, super! Da freu ich mich drauf. Echt! Worüber sprechen Sie?"
„Warum sie", du machst eine ominöse Geste, „uns ihr Geld geben sollen."
„Wird es sie", Merle imitiert die ominöse Geste, „überzeugen?"
„Ja, denn sie wollen uns das Geld sowieso geben." Du siehst Niendorf die Erleichterung darüber an, dass ein Gespräch in Gang kommt. Also sprichst du weiter: „Sie brauchen nur einen Vorwand, um es zu tun, also um uns finanziell zu fördern. Das, was ich morgen abziehe, ist nicht mehr, aber auch nicht weniger als eine verschleierte Form des dankbaren Bettelns."
„Sie könnten denen also viel erzählen?"
Bevor sie noch mehr Stuss von sich geben kann, schaltet Niendorf sich mit einem väterlichen „Wenn das so einfach wäre!" ein. „Sie", er greift die bereits zwei Mal verwendete ominöse Geste auf, „sind nicht doof und haben ein feines Sensorium für Spott, von Herzen kommende Geringschätzung oder einen Stolz, den sie als unangemessen betrachten."
„Es wird also eine Herausforderung", sagt sie.
„Das ist es immer", seufzt du und kommst dir unsagbar alt vor.
„Drei Tote Tanten?"
„Das sind wohl wir", lacht Niendorf. „Cheers!"

„Cheers!", echost du, ekelst dich schon beim ersten Nippen vor dem süßen Quatsch und gehst, damit Niendorf es nicht merkt und du niemandem die Laune vermiest, zum Dozieren über. „Apropos McDonald's: Kennen Sie die Chapman Brothers? Jake und Dinos Chapman? Über die wollte ich mal einen Aufsatz schreiben." Merle Clauß mit „c" vorne und „sz" hinten kennt sie nicht. Du hast dies auch gar nicht erwartet und dreist über das zumindest ehrliche Bekenntnis ihrer Ahnungslosigkeit drübergeredet: „Britische Künstler, zwei Brüder, die man zu den ‚Young British Artists' der frühen 1990er zählt. Sind aber inzwischen ‚Elder British Artists' und waren damals auch nicht gerade die Jüngsten. McDonald's, beziehungsweise die McDonald's-Ikonographie, zieht sich durch das gesamte Œuvre der Chapmans. 2002 stellte *White Cube* – das ist, wie Sie sicher wissen, eine der wichtigen Galerien in London – eine Sammlung von, ich zitiere aus dem Gedächtnis, ethnographischen und reliquienartigen Fetisch-Objekten aus, die angeblich aus der *Chapman Family Collection* stammten. Doch bei den Exponaten handelte es sich nicht um afrikanische Stammeskunst und das wurde jedem Besucher klar, der in einer vermeintlichen afrikanischen Schnitzarbeit den McDonald's-Doppelbogen gewahrte oder auf dem Rumpf einer historischen Ahnenfigur die grinsende Clownsvisage von Ronald McDonald erblickte oder die phantasielose Unsäglichkeit eines Officer Big Mac. Auch in den Schaukästen von *Hell* und vor allem denen von *The Sum of All Evil* finden sich zahllose Anspielungen auf McDonald's. ‚Schaukästen' ist ein zu schwaches Wort. ‚Dioramen' ist besser. Diese Dioramen enthalten Tausende von realistisch gestalteten Plastikfigürchen in Alptraumszenerien. Schlachten, Folterungen, Leichenberge. In *The Sum of All Evil*, dem Herz der Ausstellung *March of the Banal*, werden etwa Wehrmachtssoldaten gekreuzigt und daneben staunen Birdie the Early Bird oder das Monster Grimace

in die Höhe. Oder der Betrachter sieht auf ein breughelhaftes Feld der grotesken Grausamkeit hinab, auf dem hunderte gekreuzigte Miniatur-Ronald-McDonalds hängen, ein Wald aus Kreuzen, der Golgotha zur Idylle macht. Gehen wir, wie ich in einem Hauptseminar sagen würde, auf eine höhere Ebene: Was reizt die Chapmans an McDonald's? Sie thematisieren, würde ich ausführen, die Ikonographie des Fastfoodriesen und die Figuren aus dem so genannten McDonaldland nicht unüberlegt, geht es ihnen doch um annähernd magische Symbole der Neuzeit. Nur zwölf Jahre Drittes Reich und die Flagge, das Hakenkreuz usw. haben sich fest in die Hirne des modernen Menschen eingebrannt – ähnlich wie der frittengelbe Doppelbogen von McDonald's. McDonald's, mit allem was dazugehört, steht für den universellen Kapitalismus, die Nazis stehen für das universell Böse, und die groteske Paarung dieser beiden Symbolwelten unter dem Banner der Propaganda, Schrägstrich, Werbung …"
Du redest weiter, aber deine Gedanken sind schon bei Golgotha auf Reisen gegangen. Von *March of the Banal*, einer Schau, die du 2018 offenen Mundes in Aarhus sahst, bist du längst zum *Marche des imbéciles* gekommen, denn vom lilafarbenen, tropfenförmigen Grimace, der offenen Mundes (ein Spiegelbild deiner selbst beim Betrachten der Glaskästen im ARoS Kunstmuseum) zu einem gekreuzigten Landser mit klaffender Brustwunde aufblickt, ist es nur ein kleiner Schritt zum freundlichen Barbapapa, dem der imbezile Grimace von cleveren Marketingstrategen eindeutig nachempfunden wurde, nur Rosa wurde zu Lila in McDonaldland. Sympathieträger sind oft tropfenförmig, denkst du, während du – wie bei einer Vorlesung auf Autopilot – die Grundgedanken aus einem halberinnerten Aufsatz von John oder James Hall über die Chapmans referierst (du hast den Text in einem Zugabteil gelesen, erinnerst du dich deutlich, also stammt er wohl aus dem Ausstellungskatalog) und du zitierst

sogar, ganz wie Hall, Jacobus de Voragine sowie aus Becketts *Molloy* Morans Kommentar zum Thema, Jesus habe nie gelacht: „Warum sollte er auch."
Die Nachmittagssonne bestrahlt Merle von hinten und verwandelt ihre Ohrmuscheln in durchscheinendes, tintenblass geädertes Pergamentpapier. Der feine Flaum auf ihrer Oberlippe glänzt kupfern. Auch die dichten Brauenhaare glänzen – schwarz wie aus lackiertem Draht.
Auf einmal genierst du dich vor dir selbst: ein alter notgeiler Labersack, barfuß in Hotelhausschuhen, und, wie dir plötzlich bewusst wird, mit Zehennägeln, die viel zu lange nicht mehr geschnitten worden sind.
Du brichst ab, nickst ihr erwartungsvoll zu: Antwort bitte.
„Mir geht es um etwas völlig anderes", sagt sie.
„Und zwar um was?"
„Ich sehe das Ganze politisch."
Niendorf weicht deinem Blick aus.
„In jeder großen Stadt auf der ganzen Welt gibt es McDonald's", ereifert sich Merle. „Man kann in Tokio in ein McDonald's-Restaurant gehen, das aussieht wie das McDonald's-Restaurant an der Spanischen Treppe in Rom. Das schweißt die Welt zusammen." Sie verschränkt die Arme vor der Brust. Fast trotzig: „Der Kapitalismus macht uns alle frei."
„Sie erlauben sich einen Spaß mit mir?"
„Nein, wieso?"
Niendorf: „Ihre Sachen sind *echt* gut."
„Vorhin haben Sie mich gefragt, ob ich Bildhauerei oder Malerei mache. Beides, wäre die korrekte Antwort. Ich collagiere, bastele, übermale, klebe, schweiße, stelle auf, gipse zu, tüte ein. Ich arbeite dabei fast ausschließlich mit McDonald's-Produkten. Mit Pommes-Tüten, Holzgabeln, Bechern", sie lacht, „geklauten Tabletts etc. Bereits die Verwendung so unterschied-

licher Materialien ist die totale Freiheit und zeigt bereits im verwendeten Material die totale Freiheit von uns Menschen im Kapitalismus.“
Niendorf beschäftigt sich mit seiner Toten Tante. Von ihm ist keine Unterstützung zu erwarten, aber man scheißt ja auch nicht freiwillig ins eigene Bett. In dir kocht Wut hoch. „Arbeit macht frei? Konsum macht frei? Nicht nachdenken macht frei? Ist das Ihre Aussage?“ Du willst nicht laut werden, aber wirst es. „Das hatten wir schon mal. Krieg ist Frieden. Freiheit ist Sklaverei. Unwissenheit ist Stärke.“ Und du wirst noch wütender und fügst hinzu: „Nur zur Info: Das waren Zitate.“
„Marx?“
„Nein, total daneben, das sind die Parolen der Partei auf der Fassade von Orwells Ministerium für Wahrheit. Orwell, George, englischer Autor. *1984*, *Farm der Tiere …*“
„Sie ist kein Baby, Sattler!“
„Natürlich nicht. Sorry. Ich stehe heute neben mir. Norddeutscher Jetlag. Miriam geht nicht ans Telefon. Das Baby ist krank … Für mich ist der Kapitalismus – und das ist etwas, das ich den Wichsern morgen nicht sagen werde – nichts Verbindendes, Demokratisches, Liberales, nein, keinesfalls, sondern der Kapitalismus ist, wie Marx sagt, ‚die ganze alte Scheiße‘, das ist – man höre und mache einen Kniefall! – ein Originalzitat, das erklärt, wieso Marx nie eine Professur von ihnen“, ominöse Geste, die vierte, „bekommen hat. Für mich – und jeden, der seinen Kopf zum Denken gebraucht – ist der Kapitalismus ein schwärendes Krebsgeschwür, das unsere Gesellschaft zerfrisst. Ja, er ist ein letales Krebsgeschwür …“
Niendorf erhebt sich, die junge Frau auch, fast zeitgleich, und sie brechen auf. Überstürzt. Ohne ein Wort der Erklärung oder dich eines deutbaren Blickes zu würdigen, lassen sie dich allein mit drei nicht ausgetrunkenen Toten Tanten am Tisch zurück

und wie in einer *Screwball comedy* aus den goldenen Tagen Hollywoods kommt in diesem Moment die Kellnerin mit dem Kuchen und fragt ungläubig: „Dreimal die Pflaume mit Sahne?“

Die Ausstellung *March of the Banal* von Jake & Dinos Chapman aus dem Jahr 2018 wird von einem belanglosen Stillleben in Öl eröffnet, das eine braune glasierte Tonschale (leer), sechs Kirschen und drei weiße Rüben (wohl Mairüben) zeigt. Bemerkenswert an dem bar jeglicher Symbolik in dunklen Tönen gehaltenen Gemälde ist lediglich der Maler, dessen Signatur deutlich unter den Kirschen zu lesen ist: *A. Hitler*. Dennoch wird das Bild nicht als Hitler-Bild ausgezeichnet, sondern trägt im Katalog den Titel *A Hitler* und als Entstehungszeit ist der Zeitraum 2014–16 angeben. Das Gemälde wird also nicht nur seinem „Schöpfer“ weggenommen, sondern es wird durch die Zeitangabe völlig dem Werkkosmos der Chapman Brothers einverleibt, ein Akt der Absprache jeglichen Rechts auf Urheberschaft.
In der Ausstellung selbst ist auch die titelgebende Serie *March of the Banal* zu sehen. Hierbei handelt es sich um Originalaquarelle Hitlers, die in der Naivität und Ungeschicktheit von Kinderbildern Szenen aus dem Ersten Weltkrieg thematisieren. Auch hier geben die Chapman Brothers mit 2008 ein anderes Datum als die tatsächliche Entstehungszeit (wohl 1916–18) an. Zudem haben sie die Bilder durch Übermalungen zerstört: Regenbögen und heiter-bunte geometrische Figuren. Noch mehr als bei dem Ölgemälde wird hier der tatsächliche „Maler“ ausgelöscht, indem man sein ohnehin banales „Werk“ mit frechen Banalitäten übermalt, es somit ironisch *entbanalisiert* und dem „Schöpfer“ zugleich die Urheberschaft daran, was erst durch die Übermalung entstanden ist, abspricht. Hitlers „Kunst“ wird so zum einen in ihrer erschreckenden Banalität bloßgestellt, die in einem kaum begreifbaren Kontrast zu seinen bestialischen „Taten“

steht, und zum anderen wird dem „Künstler“ Hitler sein „Werk“ weggenommen, eine Form der Enteignung, die gerade im Fall von Adolf Hitler mehr als nur gerechtfertigt zu sein scheint. Du fragst dich, während du im Hotelaufzug nach oben fährst, ob es möglich wäre, seine eigene Vergangenheit so zu verändern, wie es die Chapman Brothers mit Hitlers Bildern gemacht haben, damit sie, also die eigene Vergangenheit mit all ihren Schrecknissen, ein wenig erträglicher wird, beziehungsweise in etwas transformiert wird, das etwas *bedeutet*.

FELKE Was genau hätten Sie denn gerne ungeschehen gemacht?
DU Da gibt es so einiges. Wie bei jedem Menschen. Das ist doch normal! Leben heißt Schuld anhäufen. Mal ist die Schuld größer, mal kleiner.
FELKE Sie weichen meiner Frage aus.
DU Nein, tue ich nicht!
FELKE Es irritiert mich, dass Sie „bedeutet“ eben kursiviert haben.
DU *immer noch trotzig:* Wie war Ihre Frage noch mal?
FELKE Was genau hätten Sie gerne ungeschehen gemacht?
DU *übertrieben genervt:* Zum Beispiel meinen Ausbruch gegenüber Merle Clauß. Aber die gequirlte Kacke, die sie von sich gegeben hat, musste mich ja auf die Palme bringen. Natürlich hat es mich außerdem geärgert, dass Henrik mit ihr zusammen ist. Das schien mir irgendwie falsch zu sein.
FELKE Falsch?
DU Sie brauchen gar nicht so blöde in sich reinzugrinsen!
FELKE *schrill auflachend:* Na, dann kommen wir auf die Schuld-Thematik zurück. Ich finde es bezeichnend, dass Sie zu diesem Zeitpunkt schon recht lange nicht mehr an Ihre Frau und Ihren Sohn gedacht haben.

DU Wieso denn auch? Ich war abgelenkt. Ich konnte sie nicht erreichen. Was hätte ich denn tun sollen? Ins Auto steigen und sofort zurückfahren?
FELKE Diese Fragen müssen Sie sich selbst beantworten.
DU Ehrlich gesagt beschäftigte mich, als ich durch den Flur zu meinem Zimmer ging, etwas völlig anderes. Wie viel, überlegte ich nämlich, haben die Chapman Brothers wohl für das Ölgemälde und die Wasserfarbenbilder von Hitler bezahlt? Das müssen Unsummen gewesen sein!
FELKE Wie spät war es, als Sie Ihr Zimmer erreichten?
DU *konsterniert auffahrend:* Was?
FELKE Sie haben die Frage sehr wohl verstanden!
DU Später Nachmittag, früher Abend – was weiß ich! Es war jedenfalls noch eine Weile hin bis zu dem so genannten Meet & Greet. Also nahm ich, im Zimmer angekommen, eine Schmerztablette, warf mich aufs Bett und widmete mich dem Taschenbuch, das ich bei einem der zahllosen Raststättenaufenthalte gekauft hatte …

> Es gibt ein Alter, in dem man anfängt, aus der Welt zu fallen. Ich war in diesem Alter. Neuerungen der Technik? Weshalb soll ich mich noch darum kümmern? Das können andere tun. Ich will es nicht mehr! Die Nachrichten verfolgen? Warum? Es passiert doch sowieso immer dasselbe, nur die Akteure und Schauplätze ändern sich. Wozu sich mit unnötigen Fakten belasten!
> Jemand, der klüger war, als ich es bin, sagte einmal: Es gibt nichts Neues unter der Sonne. Dem kann ich nur zustimmen. Oft, wenn ich am Tresen solche Auffassungen zum Besten gebe, fragt man mich, weshalb ich überhaupt noch weiterlebe, und diesen Leuten sage ich, ehe ich ihnen vergnügt zuproste: „Ganz einfach, weil ich gerne esse und trinke

und mir manchmal die Farbschattierungen eines gewissen Abendlichts ein Gefühl von ruhiger Unendlichkeit vermitteln."

Die Leute fragen nie ein zweites Mal.

Warum ich Ihnen das erzähle? Vermutlich, weil ich, der ich seit Jahren unüberrascht lebe, unlängst doch einmal überrascht wurde – und das ausgerechnet in meinem Beruf, wo mich nach Jahren des Rumtelefonierens, Klinkenputzens und Observierens eigentlich gar nichts mehr hätte überraschen dürfen.

Und doch wurde ich eines Tages überrascht.

Du hast beide Kopfkissen hinter den Rücken gestopft, trinkst Cola aus der Minibar und gratulierst dir zu deinem Kauf. Der Autor ist dir unbekannt, du hast dich vom reißerischen Titel und dem Klappentext leiten lassen, aber der hauptsächliche Grund, dieses und kein anderes Buch zu erwerben, war die Erzählperspektive. Gerade bei Kriminalromanen ist dir ein Ich-Erzähler extrem wichtig, rutschst du doch bereits nach wenigen gut geölten Absätzen in Kopf und Leib des Detektivs hinein und führst fortan – wie in einem hautengen Futteral – selbst die Ermittlungen, kostümiert als ein anderer.

Der Mann, der mich eines späten Nachmittags in meinem Büro aufsuchte, trug einen maßgeschneiderten Anzug in Navy-Blau. Die Schulternaht des zweireihigen Sakkos schloss bündig am Oberarm ab, das Revers fiel glatt über die schmale Brust, und dass mit ihm nicht gut Kirschen essen war, erkannte ich daran, dass er seine Sakkotaschen geschlossen trug, also die Naht, die sie beim Kauf verschließt, nie aufgetrennt hatte. Welchen Sinn, fragte ich mich nicht zum ersten Mal, haben Taschen, die man aus modischer

Pingeligkeit nicht benutzen will? Er trug eine zum Anzug passende teure Krawatte und neue Lederschuhe.
Der Mann wurde langsam kahl und hatte das Einzige getan, was man da machen kann: Alles abschneiden bis auf millimeterlange Stoppeln. Seine Nase war groß und raubvogelhaft, das Kinn begann allmählich schlaff zu werden, und die tiefen Furchen, die den schmalen Mund einklammerten, ließen den Schluss zu, dass gewöhnlich alle nach seiner Pfeife tanzten. Ich schätzte ihn auf Ende fünfzig oder Anfang sechzig.
„Sie sind?“, fragte er im Tonfall des geborenen Chefs.
„Der, dessen Name an der Tür steht“, sagte ich, nahm meine Füße vom Schreibtisch und zeigte auf den Klientenstuhl.
Er nahm widerstrebend darauf Platz.
„Und Sie sind?“, fragte ich.
„Richard von Winkel“, sagte er mit leicht zusammengekniffenen Augen. Irgendetwas schien ihm nicht zu behagen.
„In einem Roman würde ich Ihnen jetzt etwas Hochprozentiges anbieten, aber das ist die Wirklichkeit und ich habe es mir zur Gewohnheit gemacht, nicht vor 16 Uhr zu trinken. Womit kann ich Ihnen dienen, Herr von Winkel?“
„Ich möchte Ihnen eine Geschichte erzählen. Da gibt es drei Jugendfreunde. Nennen wir sie Richard, A und B.“
„Sie wissen schon“, sagst du und legst wieder die Füße auf den Tisch, „dass Sie mir irgendwann die echten Namen von A und B verraten müssen, falls ich den Auftrag übernehme?“
„Das ist mir bewusst. Doch hören Sie bitte erst einmal meine Geschichte zu Ende an, bevor wir über Geschäftliches reden.“
Er hat zumindest „bitte“ gesagt, obwohl ihm das Wort offenbar nicht leicht von den Lippen geht, also machst du eine auffordernde Handbewegung.
„Da gibt es“, beginnt er erneut, „drei Jugendfreunde. Nennen wir sie der Einfachheit halber Richard, A und B. Die

drei sind unzertrennlich, drücken zusammen die Schulbank, schmieden gemeinsam Pläne, doch nach dem Studium trennen sich ihre Wege. Die Gründe sind vielschichtig. A zieht nach Schottland. Richard und B bleiben in Deutschland. Richard und B gründen, wie es die drei Freunde schon vor Jahren geplant haben, eine Firma, die bald floriert. Nach Bs überraschendem Tod einige Jahre später fallen die Anteile nicht an dessen Erben, sondern – wie vertraglich vereinbart – an Richard zurück. An seinem Sechzigsten wird er sentimental und beschließt, Kontakt zu A in Schottland aufzunehmen. Briefe gehen hin und her, ein Besuch wird vereinbart und Richard, also ich, reise nach Glasgow, um A zu besuchen. Doch der, der mich dort in Empfang nimmt, ist nicht A, sondern der vermeintlich verstorbene B, der sich aber so verhält, als wäre er A. Dies tut er in einer derart überzeugenden Selbstverständlichkeit, dass Richard, also ich, nicht zu fragen wagt, wieso er, also B, noch lebt und was mit A geschehen ist und wieso B vorgibt, A zu sein. Ich bin gestern aus Glasgow zurückgekommen. Ich denke, es ist klar, wieso ich hier bin."

„Ich berechne", sagst du trocken, „300 pro Tag und erachte es als selbstverständlich, dass alle Spesen übernommen werden."

„350 ohne Spesen", sagt von Winkel und nach einem gespielten Zögern reichst du ihm die Hand und ihr besiegelt den Vertrag.

Am nächsten Tag buchst du einen Flug nach Glasgow …

Du legst das Taschenbuch aufgeschlagen auf den Nachttisch. Glasgow. Da bist du vor Jahren auch einmal gewesen. Du erinnerst dich an strömenden Regen, eine unübersichtliche Innenstadt mit nassen schmalen Straßen voller Omnibusse und eine gedrungene Kathedrale mit einem Untergeschoss, das selbst schon eine Kathedrale hätte sein können. Als du erwachst, ist es höchste Zeit, zum Meet & Greet zu gehen. Da die Schuhe immer noch nicht geputzt sind, wirst du wieder in den Hotelhausschuhen nach unten fahren müssen. Immerhin steckst du das Namenschild ans Revers deines Sakkos, wäschst dir das Gesicht und kämmst dich mit einem stumpfzinkigen Plastikkamm, den du erst umständlich aus einem Tütchen hast fummeln müssen. Draußen spritzt ein Hotelangestellter mit einem Schlauch den Möwenkot von den parkenden Autos. Noch etwas fällt dir ein: In Glasgow hat es unglaublich viele Schuhgeschäfte gegeben. Wie gerne hättest du dich zurück ins Bett gelegt und den Krimi weitergelesen!

Du kommst zu spät. Alle sind schon beim Essen; das Geklapper von Besteck auf Porzellan und laute Gespräche im Feierabendmodus füllen den Speisesaal. Du lädst einen rechteckigen Teller voll (eine Kelle Labskaus, eine graue Fischfrikadelle, etwas Krabbensalat), fischst dir zwei Scheiben beeindruckend dünn geschnittenes Schwarzbrot aus einem mit einer Stoffserviette ausgelegten Brotkorb und siehst dich dabei unauffällig um. Niendorf und seine Gespielin sind nicht da. Wahrscheinlich sind sie auf dem Zimmer geblieben, um zu vögeln. Oder Niendorf tröstet die Kleine, weil du dich so unverzeihbar danebenbenommen hast.

Du nickst hierhin, dorthin, die Heidelberger winken dir zu, also setzt du dich zu ihnen, bestellst bei der jungen Kellnerin in den hautengen Leggins ein Weizenbier und ergibst dich dem Smalltalk.

„Hast du gut hergefunden?", fragt Schubert in seinem hohlen Bariton, der bei dir stets das heftige Bedürfnis weckt, dich laut zu räuspern.

„War kein Problem“, sagst du. „Ich bin einfach den Stimmen gefolgt.“
Schubert und die anderen beiden, Körber und Rautel-Grondick, lachen.
„Nicht in den Speisesaal“, sagt Schubert. „Zum Hotel, meinte ich.“
Du räusperst dich. „War auch kein Problem.“ Du bemühst dich zu lächeln.
„Wir“, sagt Körber, „haben den falschen Weg gewiesen bekommen.“
„Der Apotheker?“, fragst du.
„Genau der“, antwortet Schubert und du räusperst dich wieder.
Schubert ist dicker als die beiden anderen, was eine Kunst für sich ist, da Körber und Rautel-Grondick auch ziemlich beleibt sind. Die Ähnlichkeit der drei Heidelberger ist für dich mehr amüsant als verstörend, abgesehen davon, dass Professor Schubert etwa sechzig, Professor Körber etwa fünfzig und Rautel-Grondick etwa vierzig und noch nicht Professor ist, obwohl er die größte wissenschaftliche Reputation der drei hat, weil er bereits über Hito Steyerl arbeitete, ehe der hysterische Hype einsetzte.
Du magst die drei, weil sie bei Kongressen wie diesem nicht nur die Fassung bewahren wie alle übrigen Teilnehmer, sondern die Zeit ehrlich zu genießen scheinen, was unter anderem, aber nur unter anderem, an den Speisen und Getränken liegt, denen sie in beindruckendem Maße zusprechen. Und sie reden weniger Blödsinn als der Rest.
„Habe ich was verpasst?“, fragst du.
Zwei von ihnen, registrierst du erfreut, tragen wie du Hotel-Hausschuhe.
„Das würde ich nicht behaupten“, sagt Schubert.
„Spannend wird es ohnehin erst morgen“, orakelt Körber.

„Hausschuhe“, kichert Schubert.
„Und du hast ja“, sagt Rautel-Grondick, ein gefürchteter Nuschler, „noch was vom Labskaus abgekriegt. Das können die echt hier.“
„Was?“, fragst du.
„Ihr Wattwanderer!“, kichert Schubert und du räusperst dich.
„Labskaus“, nuschelt Rautel-Grondick oder etwas ähnlich Klingendes und lacht. Sofort stimmen die anderen beiden in das Gelächter ein.
Sie sehen sich nicht nur ähnlich, fällt dir auf, man hätte sie auch wie Matrjoschka-Puppen ineinander schachteln können: Innen der kleinste, weniger dicke Rautel-Grondick, dann in der Mitte der größere, etwas dickere Körber und ganz außen Schubert: der dickste und größte.
Und wie bei diesen lackierten Holzpüppchen glänzen ihre Gesichter.
Du gehst dir, irritiert über deinen Appetit, einen ordentlichen Nachschlag holen. Als du zum Tisch zurückkehrst, regen sich die Heidelberger über Lars von Trier auf, was du langweilig findest, da man sich über von Trier immer gewinnbringend aufregen kann. Du isst heißhungrig, hörst mit halbem Ohr zu, räusperst dich zwanghaft, wirfst dann und wann eine mittelschlaue Bemerkung ein, hoffst, dass Niendorf und Merle doch noch auftauchen, wünschst dich zurück ins Bett, nach Glasgow. Misogynie, Faschismus, die ernsthafte Kunst sollte sich an der Kunst Geisteskranker orientieren und nicht von Geisteskranken fabriziert werden, das übliche feuilletonistische Geseier. Unter dem Vorwand, dir, ehe er aufgegessen sei, Nachtisch organisieren zu wollen, entkommst du dem Gelaber, biegst aber kurz vor dem Büffet hart links ab und gehst hinaus auf die Terrasse, die mal schmaler, mal breiter um das Hotel herumführt.
Draußen ist es noch hell, aber die Farben verblassen bereits und werden zugleich blauer, gedämpfter. Am Atlantik strahlte

alles mit Gralsgewalt aus sich heraus. Du erinnerst dich an die Sonnenuntergänge in Lacanau-Océan: Feuersbrünste, die den Himmel in Flammen setzten. Doch hier in Hunsum bricht die Nacht wie auf Trippelschritten und in schüchternen Pastelltönen herein, milchig leuchtend, als hätte man die Farben auf einer Glasplatte aufgetragen. Um nicht durch die Fensterfront des Speisesaals gesehen zu werden, schlenderst du ums Hotel herum zum Teich. Vor der Küche sitzen wieder oder noch immer die rauchenden Köche und beäugen dich wie Krähen, die man beim Ausräumen einer Mülltonne stört. Die Enten schlafen am Teichrand: Die Schnäbel unter den Flügeln, ähneln sie Pucks, die du gerne packen und hinaus ins Weite, Glatte, Rutschige schleudern möchtest. Oben auf der abgeflachten Deichkrone dösen die Schafe, einige wenige trotten noch am Hang umher und hinter dem grasbewachsenen Wall lauert die Nordsee, als versteckte sie sich und hielte den Atem an.

Jemand stellt sich neben dich und fragt: „Auch kalte Füße?"

Es ist Frau Professor Bast. Ausgerechnet!

Sie ist dir so nah auf die Pelle gerückt, dass du ihre Brust am Oberarm spüren und ihren Atem riechen kannst, wenn sie spricht: Sie hat den strengen Mundgeruch einer alt werdenden Frau, die zu viel trinkt und raucht und etwas Schlimmes mit dem Magen hat.

„Ich wusste nicht", lacht sie, „dass du rauchst."

Du hättest ihr gerne geantwortet: „Ich rauche doch gar nicht, du blöde Kuh! Außerdem wusste ich nicht, dass wir uns duzen." Doch du bleibst unverbindlich, wie es deine Art ist, und murmelst etwas von „die gute Seeluft genießen". Nicht einfach, denkst du, wenn dir jemand seinen faulen Atem ins Gesicht bläst, ein Geruch, der dich an deine Grundschullehrerin Fräulein Wittlich erinnert. Wie du es verabscheutest, wenn sie sich von hinten über dein Heft beugte und auf dich ihre Fäulnis hinabatmete!

„Ja, die Seeluft. Sie lassen sich ja schon was einfallen."
Die Köche starren euch an, die Enten schlafen weiter. Frau Basts neuer Freund, erfährst du, ist bipolar. Juhu, genau das hast du wissen wollen!
„Die Grenzen sind fließend geworden", sagt sie und zündet sich eine neue Zigarette am Stummel der soeben gerauchten an.
„Wie meinen Sie das?", fragst du.
Die Köche starren immer noch.
„Kürzlich habe ich im MoMA zusammen mit einigen anderen Besuchern jemandem dabei zugesehen, der Löcher in einer Wand zugipste. Wir haben ihm so lange dabei zugesehen, wir waren regelrecht gebannt, bis sich herausstellte, dass wir keiner Konzeptkunst eines Sierra-Epigonen beiwohnten, sondern einem echten Handwerker dabei zuschauten, der mit echtem Gips echte Löcher in einer echten Wand zugipste."
Die Köche sind verschwunden; die Enten sind noch da; der Druck an deinem Oberarm wird stärker, fast fordernd. „Ich muss wieder rein", sagst du, ehe sie auf die Idee kommt, dich zu küssen. *Die Grenzen sind fließend geworden* – was für ein Schwachsinn! Es hat nie feste Grenzen gegeben! In Wahrheit, denkst du, ist alles ein einziges schleimiges Changieren, als wollte man einen glitschigen Aal mit bloßen Händen packen. Drinnen hat man die Musik lauter gestellt und einige der jüngeren Kongressteilnehmer tanzen. Immer noch keine Spur von Niendorf und Merle McDonald's. Du irrst verloren durch den Raum und gehst zurück zu den Heidelbergern, die dich mit lautem Hallo empfangen.
„Du bist also ein HDV", sagt Schubert.
„Ein was?", fragst du entgeistert und vergisst dich zu räuspern.
„Ein Heimlich-Dessert-Verzehrer."
„Ach, halt doch die Klappe!", hättest du gerne gesagt, setzt dich aber lammfromm wieder zu den dreien, bestellst ein weiteres

Weizenbier und lässt das Gerede über dich ergehen. *Die Grenzen sind fließend geworden* – hat es denn jemals Grenzen gegeben? Beim dritten Bier fragt man dich etwas zu Bourdieu. Anlass ist irgendeine idiotische Diskussion über ungeschriebene Regeln, die man am Büffet befolgen muss, und du giltst als Bourdieu-Spezialist, da du ihn in mehreren Aufsätzen und Reden zitiert hast, und das aber nur, weil eine kluge Studentin mal bei dir eine Masterarbeit über ihn geschrieben hat und du, um ein halbwegs brauchbares Gutachten schreiben zu können, einige seiner Werke quergelesen hast.

„Kannst du das bitte noch einmal wiederholen?"

„Ich sagte", Rautel-Grondick hebt den Zeigefinger und wiederholt das soeben Geäußerte überdeutlich: „Zu Regeln habe ich mal was Schönes gelesen. In Bourdieus *Sozialer Sinn* wird Wittgenstein zitiert. Dem Sinne nach geht es in dem Zitat um Regeln, nach denen man vorgeht oder vorzugehen glaubt. ‚Erinnerst du dich?', habe ich dich dann gefragt. Also: Kannst du als Spezialist Licht ins Dunkel bringen?"

Du erinnerst dich tatsächlich und hörst dich, als steuerte man dich fern, eloquent ausführen: „*Was nenne ich ‚die Regel, nach der er vorgeht'?*, heißt es bei Wittgenstein in den *Philosophischen Untersuchungen* und es handelt sich, da es um Regeln der Sprache geht, um eine Kernüberlegung seiner Sprachkritik. Wittgenstein konstruiert daraufhin den Fall, dass jemand ohne klar erkennbare Regel vorgeht oder die Regel, nach der er vorgeht, nicht benennen kann. Dann konstruiert er den Fall, dass jemand auf die Frage nach der Regel, nach der er vorgeht, unverständlichen Blödsinn von sich gibt. Und schließlich kommt Wittgenstein zu dem Schluss: *Was soll der Ausdruck ‚Regel, nach welcher er vorgeht' hier noch besagen?* Bourdieu allerdings zitiert diese Überlegungen von Wittgenstein und nimmt dessen sprachkritische Polemik wörtlich, ohne Regel im Sinne Wittgensteins als

Sprachregel zu verstehen. Er dehnt den Begriff ‚Regel', ohne es überhaupt zu thematisieren, auf Handeln allgemein aus. So und nicht anders verfährt Pseudophilosophie!" Zum zweiten Mal an diesem Tag redest du dich in Rage. Hilfreich für diese Tirade ist, dass du in deiner mehrfach gehaltenen Bourdieu-Rede genau auf dieses Wittgenstein-Zitat eingehst, jedoch ohne mit dem Dreschflegel blind auf Bourdieu einzuprügeln, wie du es jetzt tust: „Die Art, wie Bourdieu das Zitat verwendet, bringt keine neuen Gedanken in seinen eigenen Text, verdunkelt lediglich dessen Ansatz. Herrn Bourdieu scheint Wittgenstein als illustrer Name zu dienen, dessen Zitat belegt, dass schon er, also Wittgenstein, den Unterschied zwischen Praxis (die Regel nicht kennen, eine falsche Regel kennen usw.) und Theorie (die Regel zu kennen glauben) erkannt hat. Bourdieu hofft so, seine eigene Theorie (ich kenne die Regel, ich allein, nur ich allein) aufzuwerten, die in Wahrheit keine Theorie, sondern das Referieren von subjektivem Erleben und Empfinden ist (ich Bourdieu, ich Bourdieu, ich, ich, ich). Aus einer epistemologisch ausweglosen Situation versucht er (ich, ich, ich) wie alle Pseudophilosophen durch eine Epistemologie zu entkommen, die jedoch in gutgemeinten Ratschlägen steckenbleibt. Aber mal im Ernst: Was sind denn das für schmalbrüstige Thesen, die Bourdieu aufstellt?" Mit verstellter Stimme: „Man darf nie Regeln aufstellen, ohne sich über die Praxis, das heißt, die Faktoren des Regelaufstellens klar zu sein, doch in der Wissenschaft wird die Praxis stets ausgeklammert, da sie als minderwertig angesehen wird, weil man stillschweigend voraussetzt, dass Praxis und Theorie in einem Verhältnis von ‚Existenz' und ‚Essenz' stünden; und so degradiert sich der Theoretiker zum bloßen Zuschauer und vernachlässigt die Praxis. Auch", fährst du in deiner normalen Stimme fort (aber laut, viel zu laut), „kann man Bourdieus holprigen Gedankengang weiter – und keinesfalls vereinfachend! –

zusammenfassen, ist sich das Verhältnis des Theorietreibenden zum … ähm … Objekt den Einflüssen ‚Denktradition' und ‚Individualität', denen es in Wirklichkeit unterliegt, nicht bewusst, und deshalb – jetzt kommt's! – sind die Ergebnisse einer solchen Theorie, die auf derart wackligen Fundamenten fußt, verfälscht. Mal ehrlich unter uns Betschwestern, das ist doch alles kalter Kaffee von vorgestern. Da haben die alten Griechen auf dem Peripatos schon drüber gähnen müssen und auf dem Forum haben sie jemandem, der sowas geäußert hat, *zackum!* eins in die Fresse gegeben. Reine Schaumschlägerei, Unfug. Zeitvergeudung! Die Totenglocken läuten dem ernsthaften Denken. Das Leichentuch der Dummheit wird wie bei einem billigen Taschenspielertrick über …"

„Das können wir ihn ja morgen fragen."

„Was?" Du räusperst dich. „Wen? Bourdieu?"

„Nein, ob Bourdieu wirklich so unrecht hat", sagt Schubert.

„Er kommt doch morgen", entfährt es Körber, als würde die Ankunft Gottes terminlich feststehen oder die Wiederkehr Christi als Weltenrichter.

„Für mich", nuschelt Rautel-Grondick fast gleichzeitig mit den beiden anderen, weshalb du Schwierigkeiten hast, überhaupt etwas zu verstehen, „klingt das doch ganz einsichtig. Wer nur die Theorie kennt, schießt in seiner eigenen Theorie, die nur auf Theorien fußt, an der Praxis vorbei."

„Ja", sagst du, „einverstanden, aber das ist doch eine Binsenweisheit!"

Die Wombatnase aus Kassel geht auffällig langsam an euch vorbei und sieht dich seltsam an. Bestimmt hast du zu laut geredet!

Da die Stimmung plötzlich im Keller ist, erzählst du eine Anekdote, um rasch noch zu retten, was zu retten ist: „Kürzlich kommt ein Doktorand zu mir in die Sprechstunde. Er wolle, sagt er, zu Sontag und Kemp arbeiten. Ich kenne Sontag, aber nicht Kemp. Nach einigen Missverständnissen dämmert es mir: *camp*! Aha! Er will über Susan Sontag und ihren ‚camp'-Begriff arbeiten. Auch wieder so eine Hülse. *Camp* – was soll das denn sein? Lager? Zeltlager? Ferienfreizeit? *Camp*!?! Irgendwie sind Dinge für Sontag *campy*, die Trivialität so übertrieben darstellen, dass es auf einmal Kunst wird, oder die Kunst so trivialisierten, dass sie Kunst bleibt, obwohl sie völlig trivial ist." Du hebst die Arme in gespielter Verzweiflung. „Die gute Susan Sontag weiß bestimmt auch nicht, ob *camp* etwas Tolles oder Mieses ist …" Und damit ist dein Auftritt noch lange nicht zu Ende.

Vor dem Zubettgehen spazierst du noch einmal ums Hotel. Ein kühler, nach Hering, kompostierten Algen und frisch gemähtem Gras riechender Wind strömt über den Deich. Du spürst, wie sich Hausschuhe und Socken im nachtfeuchten Gras vollsaugen, hebst dein Antlitz – und du tust es in banger Ehrfurcht – empor in ein tiefschwarzes, mittelalterlich mit Sterndiamanten geschmücktes Firmament. Irgendein Vollidiot ist auf dem Deichsattel mit dem Fahrrad unterwegs. Der Lichtschein der Lampe scheint ein Eigenleben zu führen und irrlichtert mal hierhin, mal dorthin und dann und wann ertönt als Reaktion auf den Störenfried ein empörtes Blöken. Doch bald ist es wieder still und hinter dem Deich, einer dunklen Linie vor der Nacht, räkelt sich schwarz und dumpf die Nordsee, während die der schwärzesten Leere entgegentickende Fleischuhr, die dein pulsierendes Ich birgt, Tränen ohne Unterlass produziert. Höchste Zeit, beschließt du, ins Bett zu gehen.

Sehr geehrte Damen und Herren, es ist mir eine *große* Ehre, Ihnen heute in Hunsum einen *kleinen* Überblick darüber zu geben, was wir am Institut machen, wenn sich die Bürotüren hinter uns

geschlossen haben. Stellen Sie sich vor, Sie könnten durch diese Türen hindurchsehen! Du wäschst das Gesicht mit kaltem Wasser, hängst die Socken über die Heizung, wirfst die Hausschuhe in den Mülleimer. Danach duschst du lange als dein Vater, weinst dabei noch ein wenig, trocknest dich als dein Vater ab, ziehst den Pyjama fast schon wieder als du selbst an, nimmst eine Schmerztablette und studierst, obwohl du genau das nicht vor dem Schlafengehen tun wolltest, das morgige Programm: Begrüßung, erster Vortrag um zehn, Kaffeepause, zweiter Vortrag um halb elf, dann du um elf mit Vortrag Nummer drei.
Was nach deinem Vortrag geschieht, kann dir scheißegal sein: Halbstündige Kaffeepause, vierter Vortrag um zwölf, fünfter um halb eins, Mittagspause und dann noch ein Vortrag sowie eine Podiumsdiskussion oder etwas in der Art und nach dem sich großmundig „Genießerbüffet" nennenden Abendessen ein hoffentlich nicht zu langes Konzert auf historischen Instrumenten: Schütz, Buxtehude und natürlich Bach.
Alles, was nach deinem Vortrag kommt, wirst und kannst du brav absitzen wie eine Messe, zu deren Teilnahme die Eltern dich gezwungen haben, und am Abend gibt es noch mal Weizenbier mit den Heidelbergern oder, was besser und erfrischender wäre, mit Niendorf und Merle. Auch eine zweite Nacht in Hunsum, tröstest du dich, krieg ich locker rum, und übermorgen, nach dem Frühstück und der üblichen Abschlussrunde: Auf Wiedersehen!

Gegen Abend wärst du dann zu Hause.

Und dennoch fühlst du dich wie eine Migof-Gestalt von Schultze: noch entfernt menschenähnlich, aber zu größten Teilen schon etwas anderes, das kaum erkennbar und benennbar ist: Pflanze, Tier, Maschine, Substanz? Viel zu warm! Du ziehst das Pyjamaoberteil aus. Hose, denkst du, reicht.

Bei der Landung auf dem *Glasgow International Airport* schüttete es wie aus Kübeln. Man sah kaum die Hand vor Augen. Ich nahm das nächstbeste Taxi, das ein nach Krautsuppe und Hustenbonbons müffelnder Nordire steuerte, der auf alles, was ich sagte oder fragte, mit „Aye!" antwortete, und ließ mich von ihm jedoch nicht direkt zu meinem Hotel, sondern zum Bahnhof kutschieren, denn trotz des apokalyptischen Wetters wolltest du nicht von deiner üblichen Praxis abweichen, dich in einer fremden Stadt erst einmal selbst zu orientieren.
Und am besten fängt man damit am Bahnhof an.
Eine Stadt in ihrer Topographie verstanden zu haben, kann sich als äußerst hilfreich erweisen, wenn man in Schwierigkeiten gerät und Haken schlagend wie ein Karnickel davonrennen muss, während einem die Kugeln um die Ohren pfeifen.
Doch Glasgow enttäuscht dich: ein unübersichtliches Gewirr nasser schmaler Straßen voller Omnibusse und eine gedrungene Kathedrale, deren Untergeschoss selbst schon als Kathedrale hätte durchgehen können. Außerdem gibt es in Glasgow mehr Schuhgeschäfte als in anderen Städten.

Endlich checkst du im Hotel ein, hängst den triefenden Mantel in die Duschkabine, stellst die nassen Schuhe – Sohle nach oben – zum Trocknen auf die Heizung und rufst A an.
A, der in Wirklichkeit Lothar Bargum heißt („Nicht ‚Barnum' wie der Zirkus, sondern ‚Bargum'", hatte von Winkel gesagt), meldet sich nach dem dritten Läuten mit seinem Namen.
Er spricht ihn englisch aus und seine Stimme klingt ungläubig, als fragte er sich selbst unablässig, wer er in Wahrheit sei.
Auch du nennst deinen Namen.

An der Wand des Hotelzimmers hängt eine Spinne vor ihrem Schatten. Ihr baumelnder kreisrunder Körper erinnert dich an den Todesstern aus *Star Wars* – ein Todestern mit Beinen.

Du kommst gleich zur Sache: „Ich würde Sie gerne morgen treffen. Bitte legen Sie nicht auf, Herr Bargum! Ich bin ein … Privatdetektiv aus Deutschland und ermittele in einer Angelegenheit, in der Ihr Name aufgetaucht ist."

„Eine Sache aus Deutschland? Ich war seit Jahrzehnten nicht mehr in Deutschland. Falls es sich also um eine Sache …"

„Es ist", du windest dich, „eine … Treffen Sie sich doch bitte mit mir! Ich erzähle Ihnen dann alles Weitere."

„Ich weiß wirklich nicht, ob ich Ihnen helfen kann."

Mir, denkst du, kann keiner mehr helfen.

Nach dem Tod von Orianne …

Du klappst das Buch zu, legst es auf den Nachttisch. Miriam. Das Baby. Jasper. Mit einem Mal ist dir das alles fern. Als gehörten deine Sorgen jemandem, den du mal vage gekannt hast, in einer anderen Zeit, auf einem anderen Planeten. Und doch musst du morgen den Vortrag halten!

FELKE Empfanden Sie zu diesem Zeitpunkt noch Schuld?

DU *wehrlos:* Kaum noch. Eher ein Gefühl allumfassenden Alleinseins.

FELKE Fahren Sie fort!

DU Alle Versuche, dieses Alleinsein zu überwinden, erweisen sich früher oder später als zum Scheitern verurteilt und verstärken im Scheitern das Gefühl des Alleinseins. Und noch schlimmer als dieses Gefühl ist es, dass man in allen Sachen missverstanden wird und kaum noch zu handeln oder zu reden wagt, weil man weiß, dass aus allem, was man tut und sagt, wahre

Phantasmagorien des Missverständnisses entstehen, die einen wie eine rasche Folge von Stößen mit einer Mistgabel aus den Bereichen des normalen Umgangs in die horizontlosen Weiten des Alleinseins treiben, über denen tief und schwer ein nördlicher Himmel hängt.

BARNUM Nun drücken Sie aber ganz schön auf die Tube!

DU *leise und bitter lachend:* Keineswegs, denn ich habe „Mistgabel“ gesagt, obwohl ich lieber „Mistforke“ gesagt hätte. *Pause. Dann etwas versöhnlicher*: Na ja, vielleicht habe ich mich vom Pathos ein wenig hinreißen lassen, aber es gibt Dinge, die nicht unpathetisch gesagt werden können. *Im Nachbarzimmer fällt etwas um.* Oder die ich in diesem Moment nicht unpathetisch sagen kann … oder will … oder darf?

Der letzte Gedanke verschwindet wie eine leere Flasche Wein im runden Maul des Altglascontainers. Und nach dem zerebralen Äquivalent eines Klirrens ersetzt eine weiße, leere, leicht konkave Fläche dein gesamtes Denken. Das Weiß flirrt nicht einmal, sondern ist nur weiß und leer und leicht konkav und der Schlaf kommt unbemerkt wie ein Autounfall.

Kurz darauf klopft es an der Tür. Dreimal kurz und leise wie mit dem Knöchel eines hexenhaft gekrümmten Fingers, dann nach einer irritierend langen Pause zweimal laut und flatschend, als schlüge ein Scherge der Gestapo mit der flachen Hand gegen das Türblatt.

Um Atem ringend, setzt du dich im Bett auf; dein Herz hetzt über unebenes Gelände, springt im hohen Bogen über plötzlich aus dem senffarbenem Dunst auftauchende Hindernisse – Baumstümpfe, Stacheldrahtrollen, Panzersperren, zusammengekauerte Kinder. Krieg, denkst du. Feueralarm, denkst du. Klimakatastrophe, denkst du, oder irgendein Ernstfall.

Erneut klopft es. Diesmal mehrfach kurz hintereinander: Es sind schwere unerbittliche Schläge mit der Handballenseite der Faust.
„Ich komme!“, rufst du, tastest in der Schwärze umher, wirst fündig, knipst die Nachttischlampe an, kämpfst dich aus dem Bett und stellst dich dicht an die Zimmertür.
„Was ist denn los?“, fragst du. „Wer ist da?“
„Machen Sie auf!“, fordert eine gedämpfte Frauenstimme.
„Wer ist da?“
„Nun machen Sie schon auf!“
Ohne lange nachzudenken, öffnest du die Tür, und vor dir, im aseptischen Licht des Hotelflurs, steht Merle Claußs – mit „c“ vorne und „sz“ hinten. Sie ist barfuß, trägt lediglich weite, vermutlich von Henrik geliehene Herren-Bermudashorts sowie ein verstörend enges T-Shirt einer Heavy-Metal-Band, die sich nach diesen unpraktisch kleinen Damenhandtaschen ohne Schulterriemen und Griff benannt hat. Du kennst die Band nicht. Jasper kennt sie sicher auch nicht. Die Musiker, die er hört, haben die Visagen mit Holocaust-Opfern volltätowiert und die Zähne spitz zugefeilt.
Die Frau trägt unter dem hautengen Band-T-Shirt keinen BH.
Das sind ihre Schlafsachen!, begreifst du.
Sie steht in ihren Schlafsachen vor dir!
Kaum sind dir dieser Umstand und fast gleichzeitig dessen Tragweite bewusst geworden, bekommst du einen Ständer. Zum Glück ist deine Pyjamahose relativ neu und wenig getragen: Daher spannt der Gummibund noch so straff, dass deine Erektion nicht nach oben aus der Hose glitscht wie ein U-Boot-Periskop aus der kabbeligen Nordsee, sondern buckelnd und sich räkelnd wie ein aus jahrtausendelangem Schlaf erwachender Lindwurm schenkelabwärts wandert und sich im karierten Stoff vergeblich aufzurichten versucht. Erstaunlicherweise ist es dir weniger peinlich, dass ihr Blick kurz in Richtung deines

Unterleibs zuckt, als dass du mit bloßem Oberkörper vor ihr stehst, wie üblich leicht vornübergebeugt (deine typische Fehlhaltung, die ohne tarnende Bekleidung stark auffällt), mit kleinem Bauch und ergrauenden Löckchen auf der bleichen Hühnerbrust.

„Wollen Sie nicht reinkommen?", fragst du.

„Nein, das ist es nicht", stellt sie sachlich klar. „Diesmal nicht. Ich brauche Ihre Hilfe. Kommen Sie bitte mit! Ihm geht es schlecht."

„Ich zieh mir nur rasch was an."

„Dazu haben wir keine Zeit."

Du bemerkst, dass du ihr die ganze Zeit schon auf die Brüste stierst, senkst den Blick auf die verwaiste Fußmatte, deine Schuhe werden wohl immer noch „säuberlich" geputzt, und wieder starrst du ihr auf die Brüste, die sich unter dem T-Shirt deutlich abzeichnen. „Dann nehme ich nur rasch", mittelgroß, apfelförmig, „äh … nur mal rasch", *zwei Kitzlein*, du stürzt ins Zimmer, kommst mit dem Bademantel in der Hand zurück, hältst ihn triumphierend hoch, *wie Zwillinge einer Ricke, die unter den Lilien weiden,* „und äh … nur einen winzigen Moment noch", du rennst ein zweites Mal zurück ins Zimmer, wo ist sie denn bloß, wo ist sie denn, ah, da ist sie ja, du grapschst die Schlüsselkarte vom Schreibtisch und schon stolperst du der jungen Frau im Hotelflur hinterher und versuchst dabei den Bademantel anzuziehen. Mit dem rechten Arm stößt du wild in den schlaffen Schornstein eines Ärmels; die linke Hand fischt derweil blind hinter dem Rücken nach dem umherpeitschenden anderen; die Schlüsselkarte hast du quer zwischen den Zähnen wie ein Entermesser.

Natürlich öffnet sich in diesem Moment eine Zimmertür und wird mit schockierender Promptheit sofort wieder geschlossen. Doch das Unglück ist passiert! Jemand hat euch gesehen: eine leichtbekleidete schöne Frau im Hotelflur, der ein älterer hochgradig erregter Herr hinterherhetzt, dem es nicht gelingt, seinen Bademantel anzuziehen. Du hoffst nur, dass eben keiner der Kongressteilnehmer – oder zumindest keiner der wichtigen – in den Gang hinausgeblickt hat – und uff! Endlich hast du es geschafft und knotest den Gürtel des Bademantels zu. Dann nimmst du, vielleicht war es einer der anderen Gäste, immer noch im Schweinsgalopp, irgendein anderer Urlaubsgast, die Schlüsselkarte aus dem Mund und steckst sie in die Tasche. Aber wieso hat er dann die Tür gleich wieder zugeschlagen?

Inzwischen befindet ihr euch im muffig kühlen Treppenhaus. Sie hat sich kein einziges Mal umgedreht. Ihr Hintern ist klein und knabenhaft.

Diesmal nicht, denkst du. Hat das zu bedeuten, nach was es klingt?

Aber was soll „diesmal nicht" denn sonst bedeuten?

Zwei Stockwerke tiefer führt sie dich in ein getreues Abbild deines Flurs, es geht an deinem Spiegelzimmer vorbei, dann auf eine offene Tür zu.

„Nach Ihnen!", sagt sie und schließt die Tür hinter euch.

Das Zimmer ist größer als deins, doch es hängen ähnliche Bilder an den Wänden. *Art brut* der schlimmsten Sorte. Gab's wohl im Dutzend billiger. Das Doppelbett ist gemacht und wirkt unberührt. Irgendwie enttäuscht dich das. Ein abgewetzter Lederkoffer (er) und ein Army-Rucksack (sie) stehen am Heizkörper unter dem gekippten Fenster. Auf dem „Schreibtisch" fallen dir zwei Gläser (sie) auf, eins mit Pinseln, eins mit pfützentrübem Wasser sowie ein schamlos aufgeklappter Aquarellmalkasten. Auf dem Nachttisch steht eine angebrochene Flasche (er) Glenfarclas, 25 Jahre alt.

„Wo ist er?", fragst du.

„Im Bad."

„Und ich soll …?"
„Nun gehen Sie schon zu ihm!"
Niendorf hockt in Unterwäsche auf dem Kachelboden. Er hat die Arme um die Schienbeine geschlungen und bewegt sich rhythmisch vor und zurück wie ein hospitalistisches Zootier. Er trägt keinen Schmuck. Selbst die Finger sind unberingt. Dir fallen seine rasierten Beine auf. Was macht man nicht alles für die jungen Mädchen!, denkst du. Niendorf winselt leise, aber konstant; die Zehen sind verblüffend klein für einen Mann seiner Größe; auf den Oberarmen hat er große, braune Leberflecke, die das tun, was sie am besten können: Kontinente nachahmen.
„Niendorf?", fragst du.
Keine Antwort.
„Was ist los?", fragst du.
„Ich kann nicht mehr", sagt er kläglich. Es ist, als hätte er mit den Insignien des Großschriftstellers auch die Selbstachtung abgelegt. Eine Zeile aus einem Gedicht oder einem Song kommt dir in den Sinn und du weißt nicht, weshalb: *The falcon cannot hear the falconer.*
Hilfesuchend drehst du dich zu Merle um; sie weicht deinem Blick aus.
„Es ist unerträglich", bemerkt Niendorf und beginnt loszuheulen wie ein Kleinkind. Morgen wirst du nicht wissen, wie du ihn ansehen sollst, ohne mitleidig oder betroffen zu wirken. Du beginnst selbst zu zittern.
Auch Merle weint. Sie hat sich aufs Doppelbett gesetzt und erträgt das Weinen still und gefasst wie eine Aufgabe, der man sich stellen muss, weil einem nichts anderes übrigbleibt.
„Was kann ich tun?", fragst du.
Niendorf äußert Unverständliches.
„So", unterbricht ihn Merle nach einer Weile, „ich sag es ihm jetzt."

Von der Position unter dem Waschbecken aus kann Niendorf ihr Gesicht nicht sehen. Du fragst dich: Hat sie sich absichtlich so aufs Bett gesetzt, dass er es nicht sehen kann? Antwort: Ja, vermutlich. Du fragst dich: Und weshalb? Antwort: Weil sie ihn liebt. Die nächste Antwort kommt deiner dritten Frage zuvor: Nein, Niendorf wäre sicher mit einer kranken Frau und einem kranken Kind bei sich zu Hause nicht zu einem Kongress gefahren.

„Ich sag es ihm jetzt, okay?"

„Mach nur! Es ist ohnehin alles egal."

„Henrik hat nur noch wenige Wochen zu leben. Krebs. Er hält nur wegen mir durch. Er will meine erste Ausstellung organisieren. Nur deshalb sind wir hier. Es geht allein um Fördergelder für die blöde Ausstellung und den Katalog. Sie", ominöse Geste, „haben mein Portfolio gesehen und er will Flagge zeigen." Sie zuckt mit den Achseln. „So, jetzt ist es raus!"

„Das tut mir leid." Du bewegst dich rückwärts, ein Automat, der nur noch fort will, raus aus dem Bad, raus aus dem Hotelzimmer, zurück ins warme Bett zwei Stockwerke höher, Glasgow. Plötzlich spürst du zwei Hände an den Schultern, die dich sanft, aber bestimmt wieder ins Bad drängen.

„Bauchspeicheldrüse", sagt Merle dicht hinter dir.

„Und die Leber. Da kann man gar nichts mehr machen. Und ich Idiot hab vor zehn Jahren mit dem Rauchen aufgehört! Versprichst du mir was?"

Du nickst und schüttelst fast gleichzeitig ungläubig den Kopf.

„Schreib bitte eine gute Besprechung über ihre Ausstellung! Aber bitte für ein Blatt, wo ihr das echt was bringt. Sie mag deine Arbeit, Sattler."

So ungekünstelt wie jetzt hast du Niendorf nie zuvor reden hören. Merle sitzt wieder auf dem Bett. „Sie haben ein Händchen für Titel."

„Wie meinen Sie das?“

„*Vom Ursprung der Welt zum schwarzen Quadrat.*“

„Ah …“ Der Titel stammt in der Tat von dir. Wie üblich war er vor dem Aufsatz dagewesen. „Worum geht's?“, hatte dich Miriam damals gefragt. „Wieder mal um Muschis?“ Ein „von“ und ein „zu“ im Titel sind, hast du während all den Jahren im akademischen Betrieb gelernt, immer gut, denn dann ist ein Kurs vorgezeichnet. Eigentlich egal, von wem oder was es warum wohin geht: Hauptsache, eine Bewegung im Denken wird vorgetäuscht. Du setzt dich auf den Toilettendeckel.

Erkenntnisse, auch das hast du in den letzten Jahren gelernt, sind Ziele und selbst, wenn sie winzig klein bleiben, geht alles in Ordnung, solange sie halbwegs als Ziele erkennbar sind.

„Er hat mir alles von Ihnen zum Lesen gegeben.“

„Du liest meine Sachen?“

„Du fragst so, als würdest du meine Sachen nicht lesen?“

„Natürlich lese ich deine Sachen!“, lügst du.

Auf einmal kommt dir die ganze Szenerie gestellt vor, als befändest du dich in einer Falle und man hätte etwas ausgeheckt, um deinen Charakter zu prüfen oder dein Verhalten in Krisensituationen zu testen, ein vom Feind bösartig ersonnenes Experiment, dessen Ergebnisse Miriam und Felke bei der Scheidung gegen dich verwenden könnten. Niendorf bricht erneut in Tränen aus, als hätte er dein Misstrauen gespürt. Du siehst ihm ratlos beim Weinen zu. Sehr geehrte Damen und Herren, es ist mir eine *große* Ehre, Ihnen heute in Hunsum einen *kleinen* Überblick darüber zu geben, was wir am Institut machen, wenn sich die Bürotüren hinter uns geschlossen haben.

Niendorfs Mund bewegt sich: Er redet, aber du hörst nicht zu.

„Sorry. Was hast du gerade gesagt?“

„Dass ich an einem Roman arbeite. Ach, es ist wirklich nicht zum Aushalten! Ich werde ihn nicht beenden können …“

„Wie weit bist du denn?“
„124 Seiten.“
„Das ist doch schon eine ganze Menge!“
„Nicht für jemanden, der sich Mühe gibt. Ich krieg das Ding schlichtweg nicht fertig, bevor die Sense mir das Haupt vom Halse trennt. *Nur Einen Sommer gönnt, ihr Gewaltigen! / Und einen Herbst ...* Ein Sommer, ein Herbst – als ob das genügte! Einen Scheißdreck reicht das aus! Daher nutze ich die Zeit, die mir verbleibt, den Restsommer meinethalben oder den Krebssommer oder die Krebszeit, die ich noch ableben darf, um die Schuhkartons durchzuforsten. Ich werfe alles weg, was niemand zu sehen kriegen darf. Obwohl das auch Quatsch ist. Marbach interessiert sich einen feuchten Kehricht für meine Zettelgebirge. Tja, so ist das ... Lächerlich! Alles Mühen umsonst und doch will ich einen sauberen Abtritt. Ohne irgendwelchen Krempel, den die Leichenfledderer mit Hohngelächter aus dem Nachlasssumpf zerren. ‚Nachlasssumpf‘ – ein Wort, in dem eine summende Biene wohnt. Damals im Schriftstellerverband habe ich vorgeschlagen, dass wir uns geschlossen gegen die Rechtschreibreform aussprechen sollten, aber alle haben nur gelacht. Deshalb bin ich seinerzeit aus dem Verband ausgetreten, deshalb und weil sie plötzlich zu *ver.di* gehörten, zu diesen mit Trillerpfeifen rumlaufenden streikenden Vollpfosten – ach, das ist doch alles egal! *Bald anders wird die Welt sich zeigen ...*“
„Hör mal, Niendorf, vielleicht gibt es doch noch Hoffnung.“
„Hoffnung? Der Zug dorthin ist abgefahren.“
„Dass ihr Kerle euch immer mit den Nachnamen anreden müsst!“
„Sie hat recht, Oluf.“
„Mag sein. Was kann ich tun, Henrik?“
„Das, was ich dir eben gesagt habe. Ich meinte es ernst. Und das ist das einzige, was mir auf der Welt noch wichtig ist, mein

Freund. Schreib eine gute Besprechung über ihre Ausstellung! Kümmere dich um sie. Lies ihren Katalog Korrektur. Sie hat es verdient. Merle, Schatz, hol uns bitte die Flasche! Wie der durchgeknallte Irre aus Lauffen am Neckar richtig meinte: *Mehr bedarfs nicht.* Lasst uns trotz allem oder gerade deswegen einen heben! Ich habe noch so viel vorgehabt. Aber dem Betrieb ist das ohnehin egal. Da sitzen sie in Frankfurt und saufen billigen Grappa hinter den Ständen und es geht nur um Klatsch und Tratsch, nie um Literatur! Niemand von denen redet über Dichtung! Selbst Autoren, die gut sind, ernsthafte Autoren, die sich treffen, quatschen nur über den Scheißbetrieb, nie über Texte oder das Schreiben. Das zumindest werde ich nicht vermissen." Er lacht ungläubig. „Ich wollte immer mal einen Roman mit dem Titel *Ohne Worte* schreiben."

„Wie unter diesen Karikaturen aus den Fernsehzeitungen unserer Jugend?"

„Genau. Das hat mich als Kind immer wahnsinnig gemacht."

„Was?"

„Der alt Has!"

Entgeistert: „Was?"

„Ein alter Kindervers: ‚Was?', fragt man und antwortet dann selbst: ‚Der alt Has!' Und weißt du, wie es weitergeht? – ‚Wer?'"

„Was?", fragst du immer noch entgeistert.

„Der alt Bär!", ergänzt Merle leise.

Das alles ist zu verzwackt für einen Komplott. Niendorf wird sterben. Merle wird ausstellen. Und du wirst ihre Ausstellung gut besprechen.

Du merkst, dass du schon wieder eine Erektion bekommst, und schlägst die Beine übereinander. Diesmal nicht, hat sie gesagt. Yeats! Die Zeile *The falcon cannot hear the falconer* stammt von Yeats! Diesmal nicht, hat sie gesagt. „Was", fragst du, „hat dich als Kind wahnsinnig gemacht?"

„Dass unter einem textlosen Bilderwitz *Ohne Worte* stand, dass also doch Worte drunter standen, zwei Worte, um genau zu sein. Und im Volksmund sagt man ja auch … Willst du einen kleinen Schluck?“

Aus Höflichkeit nippst du an der Flasche, nachdem du das Mundstück mit dem Bademantelärmel abgewischt hast, hustest trocken.

„Im Volksmund“, fährt Niendorf fort und nimmt die Flasche wieder entgegen, „sagt man ja auch: *Das ist ohne Worte*.“

„Die Leute reden viel Scheiße zusammen, wenn der Tag lang ist.“

„Ahh, tut das gut! – Willst du auch mal, Merle?“

„Nein, danke.“

Diesmal nicht, hat sie gesagt …

„Und du?“

„Diesmal nicht“, antwortest du gedankenlos und wirst rot. Rasch: „Später vielleicht. Nein, nicht ‚vielleicht‘, Henrik. Später ganz bestimmt! An was arbeitest du? Was ist das für ein Buch, das du gerade schreibst?“

„Ach, das Übliche. Zu kompliziert. Zu düster. Als Titel habe ich ein Zitat aus einem Gedicht von Ehrenstein vorgesehen. Kennst du ihn?“

„Verhungert in einem New Yorker Armenhospital.“

„Ist es nicht schrecklich?“

„Was?“

„Der alt Has!“, sagt Niendorf.

„Nein“, du musst lachen, „bleib bitte ernst: Was ist schrecklich?“

„Überhaupt sterben zu müssen. Ich hatte noch so viel vor. Versprichst du es mir? Schreibst du einen guten Bericht oder einen Artikel über ihre Ausstellung?“

„Ich …“, du hebst die Arme, lässt sie resigniert sinken, was soll’s. „Ich verspreche es dir. Und jetzt würde ich doch gerne einen Schluck …“

„Hier. That's the real stuff. Und jetzt bring mich zum Lachen!"
„Du hast Krebs. Ich wüsste nicht, wie ich dich zum Lachen bringen sollte. Du kannst dir doch vorstellen, dass ich wie vor den Kopf geschlagen bin. Deine ähm … Freundin weckt mich mitten in der Nacht und …"
Merle unterbricht dich: „Was hassen Sie am meisten?"
„Dicke Typen auf Mofas", hörst du dich sagen und bist überrascht über den in dir wie rotes Gewölk aufwallenden Zorn. „So richtig fette Typen, die mit knielangen Hosen auf ihren Mofas sitzen wie der sprichwörtliche Affe auf dem Schleifstein. Sie haben ekelhaft aufgedunsene, unbehaarte Waden und der Fahrtwind bläht ihnen am Rücken fesselballongleich die Blousons aus dem Ein-Euro-Laden auf und sie fahren im Schritttempo mitten auf der Straße vor dir her und du denkst nur: Wie kann man so unbeschreiblich fett sein und dann auch noch die Frechheit besitzen, mit einem klapperigen Mofa durch die Gegend zu gurken? Ein Wunder, dass es nicht unter der Last in zwei Teile zerbricht wie in einem Fatty-Arbuckle-Film! Und hat man diese Typen dann endlich überholt, sieht man im Rückspiegel, wie der Helm ihre Schlabberbacken zur Gesichtsmitte hin zusammendrückt, so dass ihr Mund, den sie allein zum Fressen brauchen, wie das zusammengekniffene Arschloch eines Huhns aussieht. Verdammt noch mal, das hasse ich!"
Niendorf hat deiner Tirade mit zunehmender Belustigung zugehört und, kaum dass du geendet hast, bricht aus ihm homerisches Gelächter und füllt dröhnend den Raum. „Komm zu uns ins Bad, Merle!", ruft Niendorf schließlich. „Na, komm schon! Die Zeit des Sich-Zierens ist vorbei!" Er trinkt einen Schluck, reicht dir die Flasche und sagt mir rührender Sanftheit zu Merle, die nun leicht lächelnd im Türrahmen lehnt, entspannt und müde: „Komm zu uns! Du kannst dich ja in die Wanne setzen, mein Liebes."

„Ich habe oben nur eine Dusche", bemerkst du dümmlich, trinkst christlich.
Ballindalloch, Moray, Schottland.

Kaum bist du eingeschlafen, weckt dich ein verstohlenes, mäuschenhaft schabendes Geräusch an der Tür. Die Schuhe? Bringen sie dir jetzt endlich die „säuberlich" geputzten Schuhe? Du tastest, findest, schaltest das Licht an. Nein, es sind nicht die Schuhe, sondern jemand hat etwas Kleines, Weißes, Rechteckiges unter der Tür durchgeschoben. Du verlässt das zweite Mal in dieser Nacht das Bett – und bückst dich nach einer Visitenkarte. Nur ihr Vor- und Nachname stehen darauf, eine Handynummer, eine Mailadresse. Und über allem mit leuchtend grellgelber Wasserfarbe nicht ungeschickt, sogar mutig im Strich: der Doppelbogen des McDonald's-Emblems. Auf der Rückseite liest du in Niendorfs altmodisch eleganter Handschrift: *Danke, mein Freund! H.O.N.*

Der Sanderling … der Knutt … das Odinshühnchen … um wieder schläfrig zu werden, blätterst du – in Gedanken bei Ehebruch in nie probierten Positionen – durch die Broschüre *Fauna und Flora des Wattenmeers*. Die Stranddistel … der gewöhnliche Strandflieder … das Wollgras. Am Ende des Heftchens, gut verborgen hinter dem Schlagwortverzeichnis, stößt du auf einen zweispaltigen Text, links dänisch: *DET LUMSKE VESTERHAV*, rechts deutsch: *DIE TÜCKISCHE NORDSEE*. Mit drastischen Beispielen warnt man den Urlauber vor Unterströmungen (Wasser wird bei auflandigem Wind an den Strand gepresst und strömt am Meeresboden zurück) und Scherströmungen (Wasser wird bei auflandigem Wind über Sandbänke an den Strand gepresst und drängt durch neu entstandene oder alte Löcher in den Sandbänken zurück): *Die ablandige Strömung kann mit einem stark nach außen laufenden Förderband*

verglichen werden, und wenn Sie dort gefangen werden, werden Sie auf das Meer hinaus befördert.
Ganz abgesehen davon, dass in dem Satz drei Mal „werden" vorkommt und „nach außen" eine äußerst kryptische Ortsangabe ist, klingt er auf Dänisch um einiges vergnügter, fast beschwingt: *Revlehullet kan sammenlignes med et stærkt udadgående transportbånd, og hvis du fanges i det, føres du ud mod havet.* „Strömung", hörst du Marks Stimme aus dem Brunnenschacht des Vergangenen hallen. „Sie sind in eine Strömung geraten."

Du presst die Hände auf die Ohren, doch die Bilder bleiben; vergebens kämpft Ori gegen den schlürfenden Sog des Ozeans, der sie vom Feuer weg, vom Erwachsenwerden weg, für immer von euch und vor allem für immer von dir weg hinauszerrt in ihr kaltes, nasses Grab, jenes zackige und auf den Kopf gestellte, oben heftig bewegt schäumende und Gischt sprühende, nach unten hin jedoch träumerisch zähe Gebirge aus Wasser, Heimstatt des schuppigen und gepanzerten Lebens. Schon laufen ihre Lungenflügel mit Wasser voll, die Arme und Beine bewegen sich nur noch matt, Algen in sanfter Dünung, und auf einmal – du nimmst die Hände von den Ohren – erinnerst du dich an Jaspers Unfall: Es ist, als öffnete sich in einem selten betretenen Kellergelass der Deckel einer gut verborgenen Truhe.

FELKE Halt, halt! Jaspers Unfall? Sie wollen mir doch nicht erzählen, dass Sie sich innerhalb kürzester Zeit an ein zweites Schulderlebnis erinnerten!
DU Doch, so war es. Plötzlich erinnerte ich mich an Jaspers Unfall.
FELKE Ihre Frau sagte mir, dies sei einer der Gründe –
DU *ihm das Wort abschneidend:* Geschenkt! *Nach einem Seufzen:* Er war damals gerade sechs und durfte mit dem Fahrrad,

das er zum Geburtstag geschenkt bekommen hatte, in der Hauseinfahrt und in unserer Straße radeln. Wir haben nie erfahren, was passiert ist. Vielleicht wurde er angefahren, vielleicht ist er gestürzt, jedenfalls rief mich Miriam eines Nachmittags im Institut an und sagte, sie sei mit ihm im Krankenhaus. Ein Unfall. Er habe zwei Häuser weiter auf dem Bürgersteig gelegen, reglos, nicht ansprechbar. Nachbarn hätten erst den Rettungswagen gerufen, dann sie rausgeklingelt, und im Krankenhaus habe man ihn schließlich, um kein Risiko einzugehen und da man nicht so recht weiterwisse, mit Medikamenten ins künstliche Koma versetzt, ihn, wie Ihr Mediziner sagen würdet, langzeitsediert. Natürlich fuhr ich direkt vom Institut zum Krankenhaus. Ich werde das Bild nie vergessen.

FELKE Sprechen Sie weiter! Welches Bild?

DU Miriam saß neben Jasper, einem reglosen, gespenstisch fahlen Kind, dem Schläuche … nein, ich kann hier nicht und möchte hier auch nicht ins Detail gehen. Sie können mich nicht dazu zwingen!

FELKE *beschwichtigend:* Sie haben den Unfall aufs Tapet gebracht. Ich kann mir vorstellen, dass es nicht leicht ist, sich daran zu erinnern.

DU *abwesend:* Jasper sediert in Rückenlage, das Gesicht ist blass, er hat die Augen geschlossen. Miriam kniet, die Unterarme auf dem Bett, wie betend daneben. Ich betrete den Raum, meine Frau sieht hoffnungsvoll zu mir auf, ich mache eine mehr abwehrende als beruhigende Gebärde.

FELKE Und dann?

DU Ich, ich …

FELKE Sprechen Sie bitte weiter!

DU *kopfschüttelnd:* Wir haben lange Gespräche darüber geführt, was nun geschah und warum ich tat, *du suchst nach Worten,* was ich damals getan habe. *Nach einer langen Pause, in der man nur*

Felke hört, der sich mit den Fingernägeln im Nacken kratzt: Anstatt zu ihr und Jasper zu gehen, wie es jeder normale Vater und Ehemann getan hätte, drehte ich mich wortlos um, rannte zum Parkhaus, fuhr nach Hause und legte mich ins Bett.

FELKE Ins Bett …

DU Ich schlief tief und fest und wachte kein einziges Mal auf, obwohl das Telefon pausenlos klingelte.

FELKE Woher wissen Sie das?

DU Was?

FELKE Der alt Has!

DU *empört:* Was erlauben Sie sich!

FELKE Verzeihen Sie. *Versöhnlich:* Manchmal fällt es mir schwer, eine derart passende Gelegenheit ungenutzt verstreichen zu lassen, ohne meinen Lieblingsscherz anzubringen. Verzeihen Sie mir! *Weiter als gestrenger Staatsanwalt:* Woher wissen Sie, dass das Telefon pausenlos klingelte?

DU Miriam hat die ganze Nacht über versucht, mich anzurufen.

FELKE Und Sie haben die ganze Zeit geschlafen?

DU Tief und fest.

FELKE Das muss ich jetzt erst einmal sacken lassen. *Er blättert in seinen Aufzeichnungen.* Was glauben Sie, wer Sie im Hotelflur gesehen hat?

DU *verwirrt:* Frau Professor Bast könnte mich gesehen haben. Einer der Heidelberger. Nicht auszudenken, welche Folgen das haben könnte! Wenn jemand Götzloff davon erzählte! Wenn sie – *ominöse Geste* – deshalb dem Institut die Fördergelder strichen. Nicht auszudenken! *Misstrauisch:* Sie verfolgen doch irgendeine Strategie mit diesem Themenwechsel …

FELKE Nein. Gar nicht. Und selbst wenn, würde ich es leugnen. *Heiter:* Sie sollten jetzt schlafen. *Er sieht theatralisch auf seine Armbanduhr, die größer ist, als sie sein sollte.* Die Nacht ist nicht mehr lang.

DU Aber ich schwitze, meine Gedanken rasen, mein Herz …
FELKE Nehmen Sie eine kalte Dusche und legen Sie sich danach nass ins Bett.
DU Nass?
FELKE Ja, genau, nass, ohne sich abzutrocknen.
DU Und Sie meinen, dann kann ich wieder einschlafen?
FELKE Ja, dann schlafen Sie bestimmt wieder ein.
DU Ich glaube, von diesem Trick habe ich mal in einem Roman gelesen, einem französischen Roman, der in den Tropen spielt oder irgendwo, wo es sehr heiß ist. Der Held, sofern man überhaupt von einem Helden reden kann, leidet an Schlafstörungen, weil ihm die Hitze zusetzt, und so duscht er irgendwann und legt sich nass ins Bett, ohne sich zuzudecken.
DER SCHLAF Und das war das Beste, was du tun konntest!

Um acht Uhr reißt dich der Wecker aus traumloser, braunockerfarbener Sülze. Du fühlst dich weniger verkatert als befürchtet. Zufrieden mit dir selbst, weil du gestern Nacht sogar daran gedacht hast, dein Handy aufzuladen, packst du das Kabel in die Reisetasche und tippst klaren, fast geschärften Verstandes Miriams Handynummer mit dem Zeigefinger. Doch sie geht nicht dran. Auch ihr Anrufbeantworter schaltet sich nicht ein. Du tippst erneut. Zu Hause klingelt es zehn Mal, zwanzig Mal, aber auch dort bleibt der Anrufbeantworter tot. Mit dem Fieber ist das so eine Sache. Ab 42 Grad denaturiert das Eiweiß im Körper und man stirbt oder es bleiben irreparable Hirnschäden zurück. Oder erst ab 43 Grad? Doch nur mal angenommen, Miriam hätte selbst so hoch Fieber, dass sie nicht nur ihr, sondern auch das Babythermometer verlegen würde. Weiß sie überhaupt, wo die Zäpfchen und der Fiebersaft sind? War der Fiebersaft nicht alle? Hattest du nicht neuen kaufen wollen? Sollen? Du tippst – nun hyperventilierst du bereits leicht und die Kuppe des Zeigefingers beginnt sich taub anzufühlen – Jaspers Handynummer. Natürlich geht er nicht dran. Auch sein Anrufbeantworter nicht. Du duschst ausgiebig, putzt dir die Zähne, rasierst dich und rufst danach alle drei Nummern noch einmal mit dem Zimmertelefon an, doch das zeitigt das gleiche Ergebnis.

In einem experimentellen Roman gäbe es nun einige Leerseiten, dann nähme das wieder denkende Ding, das wieder du wärst und das nun wieder dächte und nur daher wieder du wäre, sein Handy und schickte Miriam eine flehende und Jasper eine drohende SMS. Beide Nachrichten frieren jedoch ein, nachdem sich der Buffering-Kreis eine Ewigkeit gedreht hat, und es erscheint in einem kleinen, dottergelb unterlegten Kästchen der lakonische Hinweis: *Die Nachricht konnte nicht versendet werden. Bitte probieren Sie es noch einmal oder starten Sie Ihr Handy neu.* Zahlreiche Versuche, die Nachrichten erneut zu versenden, und mehrere Neustarts später gibst du es auf. Die drei Grundthesen von Georgias, wie sie uns Sextus Empiricus überliefert hat, lauten: *Erstens: Es gibt nichts; zweitens: Wenn es auch etwas gäbe, wäre es doch für den Menschen unerkennbar; drittens: Wenn es auch erkennbar wäre, wäre es doch unseren Mitmenschen nicht mitteilbar und nicht verständlich zu machen.*

Hier folgen erneut einige Leerseiten. Manche sind schwarz, manche weiß, einige kobaltblau. Unvermittelt (im unteren Drittel einer ansonsten unbedruckten Seite) setzt der Text wieder ein. Zumindest die Schuhe sind da! Damit hast du nicht mehr gerechnet. „Säuberlich" geputzt stehen sie nebeneinander auf der Fußmatte; die Schnürsenkel ordentlich zugebunden. Du knotest auf, ziehst an, knotest zu. Es führt kein Weg daran vorbei, Henrik und Merle ins Vertrauen zu ziehen: „Ich gehe gerade runter zum Frühstücken. Kommt ihr mit? Ähm, darf ich was Persönliches loswerden? Ich bin etwas ratlos, denn ich erreiche meine Frau nicht. Als ich gestern von zu Hause weggefahren bin, waren sie beide krank. Meine Frau und das Baby. Fieber. Hohes Fieber. Auch meinen Sohn erreiche ich nicht. Er kommt heute von einer Klassenfahrt aus dem Allgäu zurück. Habt ihr beide vielleicht eine Idee, was ich tun könnte?"

Wie in der vergangenen Nacht, nur angemessener gekleidet, betrittst du zwei Stockwerke tiefer ein getreues Abbild deines Flurs, gehst diesmal hingegen mit einem beklommenen Gefühl an deinem Spiegelzimmer vorbei, dann noch beklommener auf eine offene Tür zu. Davor steht, ein klassischer Unheilsbote, der Rollwagen des Zimmerservice, professionell bepackt mit Putzmitteln, Lappen und Feudeln, mit weichen Türmen gefalteter Handtücher und deckellosen Pappkästen voller Tütchen und Schächtelchen mit Kämmen, Q-tips, Wattebäuschen und Duschhauben. Das Doppelbett im Zimmer ist abgezogen und der vor- und zurückstoßende Arm der Putzfrau beim Staubsaugen gemahnt an atavistische Rituale.
Henrik und Merle sind abgereist, begreifst du.

Und Felke? Der bleibt ausnahmsweise stumm.

„Ich verstehe. Dürfte ich es trotzdem einmal von hier aus probieren?"
„Wieso?"
„Noch mal ganz langsam zum Mitschreiben. Es ist nicht unkompliziert. Ich kann nicht zu Hause anrufen. Vielleicht liegt es am Telefon."
„Am Telefon in Ihrem Zimmer?"
„Und an meinem Handy."

Der Fernsehkoch an der Rezeption staunt nicht schlecht. „Sie können weder mit dem Handy noch mit dem Zimmertelefon zu Hause anrufen?"
„Das ist eine präzise Beschreibung meines Problems."
„Sagen Sie mir die Nummer!"
„Fangen wir zu Hause an?"
„Von mir aus. Sagen Sie mir *jetzt* die Nummer?"
Du diktierst, er tippt, ihr wartet ab, er legt auf.
„Und jetzt kommt die Handynummer meiner Frau."
Du diktierst, er tippt, ihr wartet ab, er legt auf.
„Und jetzt die Handynummer meines Sohns."
Du diktierst, er tippt, ihr wartet ab, er legt auf und fragt: „Und jetzt?"
„Nichts", antwortest du. „Das war's fürs Erste. Vielen Dank!"

Der Schmerz sitzt tief in uns, weil wir leben. Nur deshalb erwacht das Baby weinend mitten in der Nacht und schreit herzergreifend das ganze Haus zusammen. Mit den Jahren wird dieser Schmerz nicht kleiner, eher größer, aber die Möglichkeiten, ihn zu äußern, gehen immer mehr verloren, und so wird das Verstummen zum Pfropfen für ein sich zurückziehendes Loch, das tiefer und tiefer wird, je länger man nicht davorsteht und tapfer hineinstarrt. Darüber muss man nachdenken! Nur darüber … Der Mietwagen strotzt vor Möwenkot. Du schließt den Kofferraum, in den du geraume Zeit geglotzt hast, und fasst einen Entschluss: Du würdest nach deinem überflüssigen „Impulsvortrag" zurückfahren. Der Vortrag ist für elf Uhr angesetzt, also wärst du am späten Abend zu Hause. Durch die Glastür des Eingangs beobachtet dich der Fernsehkoch. Du zeigst ihm den gereckten Daumen.

FELKE *schreibend:* Am späten Abend zu Hause.

DU Ja, genau, dann wäre ich heute Abend noch zu Hause. Immerhin.
FELKE Wäre das besser als am darauffolgenden Tag?
DU Na, es änderte grundsätzlich nichts. Es wäre immerhin eine Geste.
FELKE *von den Notizen aufsehend:* Seit wann geht das eigentlich so, dass Sie imaginäre Gespräche mit mir führen?
DU Lassen Sie mich in Frieden! Ich möchte eine Dusche nehmen.
FELKE Sie duschen verdächtig viel, seit Sie von zu Hause weg sind.
DU Ich wüsste nicht, ob Sie das was anginge!

Frisch geduscht und mit verschrumpelten Fingerspitzen betrittst du den Frühstücksraum, grüßt hierhin, dorthin, erkennst kaum Gesichter, sondern bloß fleischfarbene Ovale, die seltsam zweidimensional wirken. Kaum hast du dich ans Büffet gestellt, brechen die Heidelberger, die dich von ihrem Ecktisch zögernd zurückgegrüßt haben, hastig auf. Damit du dich nicht zu ihnen setzen kannst? Damit sie sich nicht mit dir unterhalten müssen? Die geöffnete Tür letzte Nacht? Hat etwa einer von ihnen gesehen, wie du mit Erektion und widerspenstigem Bademantel Merle verfolgtest? Oder hast du gestern Abend beim Essen was Falsches gesagt? Du nimmst dir ein weiches Brötchen und eine Scheibe Schwarzbrot. Die Butter liegt in Form kleiner quadratischer Plättchen auf einem Bett aus Eiswürfeln. Jemand hat mit der Faust in die Schüssel mit dem Heringssalat geschlagen. Rote-Bete-Flecken überall. Marmelade kann man sich mit dem Löffel in kleine, anscheinend essbare Schälchen schaufeln. Du bestellst Rührei und verstehst beim besten Willen nicht, weshalb sie abgereist sind. Er wollte doch Fördergelder für sie einfahren! Was würde jetzt aus ihrer Ausstellung werden?

„Wie bitte?“
„Mit Krabben? Das Omelett mit Krabben?“
„Nur Krabben. Kein Omelett. Rührei bitte.“
„Also Rührei?“
„Ja, gerne.“
„Mit Pilzen oder Paprika?“
„Nur mit Krabben bitte.“
„Einmal Rührei mit Krabben – kommt sofort!“
„Soll ich hier …“
„Nicht nötig, wir bringen es Ihnen an den Tisch.“
„Ich weiß aber noch nicht, wo ich sitze.“
„Keine Sorge. Wir haben hier bisher jeden gefunden.“
Lachend, mollig, Schweinsnase.

Nach dem Frühstück, das du konzentriert und mit gesenktem Blick an einem etwas abseits stehenden Tisch eingenommen hast, packst du die Reisetasche, verfrachtest sie in den Mietwagen, der inzwischen wieder blitzsauber ist, fährst erneut hoch in dein Zimmer, versuchst ergebnislos zu kacken, nimmst eine Schmerztablette. Dass es die letzte in der Packung ist, erstaunt dich. Du weißt gar nicht … leider bleibt keine Zeit für den Krimi … sehr geehrte Damen und Herren, es ist mir eine *große* Ehre, Ihnen heute in Hunsum einen *kleinen* Überblick darüber zu geben, was wir am Institut machen, wenn sich die Bürotüren hinter uns geschlossen haben. Stellen Sie sich vor, Sie könnten durch diese Türen hindurch – verdammt, so spät schon! Wieder Sakko an – und ab geht’s runter in den Tagungsraum!

Malerisch ist er schon, der Blick auf den Deich am Morgen. Die Schafe sind auch schon wach. Darüber hängt niedrig und schwer ein wolkig grauer Himmel, der dich an expressionistische Seestücke erinnert. Links die Fensterfront mit dem Deichblick, an der rechten Wand eine Fototapete mit Dünenlandschaft, dazwischen sieben großzügig gestellte Reihen bequem aussehender Polsterstühle im Retrolook. In der ersten Reihe thronen die Geldgeber, unschwer zu erkennen an ihren leicht rötlichen, glatt rasierten feisten Gesichtern und den maßgeschneiderten Anzügen. In den Reihen dahinter hocken abgetragen und verlegen die Anzüge von der Stange, die in die Jahre gekommenen Sakkos mit den abgewetzten Ellenbogen und diverse Businesskleider oder Hosenanzüge, die in den Neunzigern bereits nicht mehr modern waren. Vorne am Stehpult aus dunklem Holz, vor einer weißen Leinwand, auf die Firmenlogos in Petersburger Hängung projiziert werden, nähert sich ein nach Banker aussehender Oger dem Ende seines Grußwortes. Du bist natürlich zu spät und setzt dich auf einen der wenigen freien Stühle in der letzten Reihe und legst die Arme auf die Lehnen. „Und nun obliegt es mir, was mir eine große Ehre an diesem heutigen Tage ist“, sagt der Oger, blickt in sein Skript und liest ab: „‚Ludi incipiant!‘ zu sagen, was, aber damit renne ich bei Ihnen wohl offene Türen ein, nichts anderes bedeutet als“, er hebt den Blick und erschrickt selbst über die Lautstärke, die er anschlägt: „‚Die Spiele mögen beginnen!‘“

Applaus. Ob man eine Powerpointpräsentation von dir erwartet? Sicherlich. Unbedingt sogar! Aber du hast leider nichts vorbereitet. Der Oger nickt dir grüßend zu, du nickst zurück. Nach einem unschlüssigen Bogen in Richtung Fototapete kehrt er gut gelaunt zum Pult zurück. Nun gibt es eine Art Anmoderation. Den ersten Vortrag, erfährst du, hält nicht, wie im Programm vorgesehen, Professor Soundso. Der sei leider noch unterwegs. Der Apotheker, mutmaßt du, schickt alle Soundsos nach Dorthinaus. Einer der Heidelberger wird sprechen. Und zwar Körber, der Mittlere. Er hängt sich ans Stehpult wie ein

Schiffbrüchiger an einen Balken und beginnt, nachdem er den Blick einmal durch die Reihen hat schweifen lassen: „Sehr geehrte Damen und Herren, Sie ahnen nicht, aber vielleicht ahnen Sie es nicht, sondern wissen es, wie schwer dieses Hotel zu finden ist. Irrwege, sage ich da nur. Holzwege wie bei Heidegger. Doch", das wohlwollende Gelächter übertönend, „eher ist es die Campvariante des Heideggerschen Holzwegs à la Susan Sontag!" Dann geht es übergangslos in einer Terminologie weiter, die du nicht kennst. „Wie wurde", Körber hebt den Blick seherisch über die Köpfe des Auditoriums, „das Gemachte zum Mehralsist, zum Wahr-Leben?" Durch die vertrackte Terminologie hindurch, einem wabernden Nebel aus bunten Dünsten, kannst du dennoch das Thema des Vortrags erahnen, das in seiner gewollten Primitivität nahezu revolutionär anmutet: Körber spricht allen Ernstes über das Phänomen der Zentralperspektive. „Es ist grundfalsch, den Malern und meinethalben auch den Bildhauern des Mittelalters und der frühen Neuzeit zu unterstellen, sie hätten die zentralperspektivische Darstellungsweise nicht beherrscht. Das trifft bei weitem nicht den Kern der Sache. Vielmehr *wollten* sie nicht perspektivisch darstellen, weil dies ihrem Weltbild widersprach, wo es um das Große (Gott) und das Kleine (Gottes von Homunculi belebte Schöpfung) ging, letztlich drehte sich ihr gesamtes Denken fast manisch um Mikrokosmos-Makrokosmos-Entsprechungen. Und dennoch ist auch das nur die halbe Wahrheit, denn sie beherrschten die Zentralperspektive tatsächlich nicht! Beweis: Als Masaccio im 15. Jahrhundert anfing, zentralperspektivisch zu malen, tat er dies ungeschickt. Wieso kam es dennoch in den folgenden Jahren zu einem wachsenden Interesse am handwerklichen Aspekt der Kunst? Doch wohl nur, weil allein der Stil, also das Umzu, ein Gemachtes in ein Mehralsist verwandeln kann." Schon wieder befleißigt Körber sich dieser unsäglichen Terminologie, die du nicht kennst. Bist du zu diesem Zeitpunkt bereits beunruhigt? Ja, ziemlich. Und jählings nimmt der Vortrag hinter der Terminologie, die sich zwischen dir und dem Referenten verfestigt wie ein Lettner aus Backsteinen, eine krude Wendung ins Esoterische: Auf einmal geht es um Horoskope und Tarot. Der Name „Crowley" oder „Critchley" fällt. Und noch einmal, wie um dir eins in die Fresse zu geben: Camp!

Du beugst dich zu deinem Nachbarn, einem jungen Mann, der aussieht wie der frühe Mondrian, und raunst: „Was ist denn in Heidelberg los?"
Dein Sitznachbar wehrt die Frage ab wie ein lästiges Insekt und stenographiert fleißig weiter. Vielleicht hat *er* dich gestern Nacht gesehen? Egal. Dir kommt eine planähnliche Idee: Du wirst alles über den Haufen werfen. Erst würdest du über Tagungshotels sprechen, die alle gleich aussehen. Feuilletonistisch im Ton: Kennst du eins, kennst du alle. Zwei oder drei Pointen in dieser Art. Und dann würdest du kommentarlos aus Schwartz' *Internationale Homogenität* zitieren: *Binnen eines einzigen Jahrhunderts haben wir den ganzen Planeten in einen riesigen, überzüchteten westlichen Plastik-Industriestaat verwandelt (…) Man besucht die Zuni, und sie haben afrikanische Plastikmasken an den Wänden hängen. Man besucht die Buschmänner, und sie haben Aschenbecher mit Hopimotiven, made in Japan.* Und danach, ehe du mit deinem geplanten Vortrag begännest, würdest du, um die Stimmung zu lockern, ein persönliches Erlebnis berichten, ein heiteres Missverständnis, in dessen Mittelpunkt drei baugleiche Universitäten stehen (Wuppertal, Siegen, Duisburg-Essen), drei Reformunis der frühen 1970er Jahre. Und daran anschließend solltest du – immer noch feuilletonistisch im Ton – darüber sprechen, wie du dir hier in Hunsum überlegst, damit die Rede zu beginnen, ein Bild im Bild.

Als zweiter Referent ist die Wombatnase dran. Er redet nasal und schnell, als müsse er nach dem Vortrag einen Zug erreichen, und trumpft mit einer Powerpointpräsentation auf, die sich gewaschen hat. Permanent wechseln die Bilder, die manchmal viel, meistens aber wenig mit dem Vortrag zu tun haben, oder sie haben allesamt sehr viel mit dem Vortrag zu tun, aber du begreifst den Zusammenhang nicht, da du die Terminologie nicht verstehst. Ärgerlicherweise handelt es sich um dieselbe Terminologie, die Körber eben schon verwendet hat. „Wenn wir das Welten", sagt die Wombatnase gerade, während man auf der Leinwand hinter ihm einen verunfallten Personenwagen sieht, „mit dem Umzu waltend machen, weltet es erst so, dass man sein Welten als echtes Welten bezeichnen kann, obwohl es Mehr-Welten ist." Soweit du erfasst, geht es in dem Vortrag um Gaming-Kulturen und Live-Rollenspiele und ihre Beziehung zur aktuellen Kunst. Erfreulicherweise wirst du erwähnt, beziehungsweise deine Habilitation *Das Fließen des Fleisches. Strömend von Bacon bis Freud auf der einen Seite und von de Sade bis zu Bataille auf der anderen.* Sofort drehen sich dir einige fleischfarbene Ovale zu. Unter anderen Umständen hätte dir das geschmeichelt, sehr geschmeichelt sogar, doch längst bist du den Tränen nahe: Ohne eigenes Verschulden wurdest du in ein mittelschweres Fiasko geworfen. Eine Terminologie hat sich durchgesetzt, die du nicht kennst. Da du sie überdies zutiefst verachtest, hast du dir nie die Mühe gemacht, sie dir anzueignen. Du hast natürlich einen Verdacht, wem hier papageienhaft nachplappernd gehuldigt wird, aber dieses Wissen hilft dir kaum weiter, und so bleibt auch der zweite Vortrag nahezu unverständlich. Nur für dich, nicht für die anderen, die Hetzmasse, beklatschen sie doch alle einzelnen Höhepunkte/Pointen oder gelungenen Scherze/Angriffe; es ist, als würde man den Haddsch in die falsche Stadt machen oder beim Marsch um die Kaaba im Clownskostüm und mit einer Hupe unter dem Schuh gegen den Menschenstrom marschieren. Seit einer Weile orakelt die Wombatnase atemlos und zugleich salbungsvoll wissend, als hätte ihn der Mantel des Propheten gestreift, vom Geröll, doch damit, argwöhnst du schweißgebadet, ist kein normales Geröll gemeint, sondern etwas anderes. Die Kunst?

FELKE Die Kunst?
DU Ja, es war, als ob er von der Kunst redete, wenn er vom Geröll sprach.
FELKE Das ergibt doch keinen Sinn!
DU Für Sie nicht, für mich nicht, aber für alle anderen im Raum schon. Das, was ich für eine Mode gehalten hatte, war auf einmal Konsens. Ich weiß nicht, ob Sie die Tragweite ermessen können! Spätestens jetzt war ich mir sicher, dass mein „Impulsvortrag" belächelt werden würde wie ein ans Ufer gespültes Fossil. Also verwarf ich die Idee mit den Tagungshotels, die alle gleich aussehen, und der Anekdote mit den baugleichen Unis. Ich würde einfach meine vorbereitete Rede halten und hoffen, dass sie mir das trotz der Vernachlässigung der gerade mal aktuellen Art und Weise, wie man über gewisse Dinge zu sprechen hat, durchgehen lassen würden.

Und da stehst du schon am Pult, die Hände gefaltet, die Mundwinkel sauertöpfisch nach unten gezogen, wie immer, wenn du aufgeregt bist und es dir nicht anmerken lassen willst. „Sehr geehrte Damen und Herren, es ist mir eine *große* Ehre, Ihnen heute in Hunsum", Gelächter, „einen *kleinen* Überblick darüber zu geben, was wir am Institut machen, wenn sich die Bürotüren hinter uns geschlossen haben. Stellen Sie sich vor, Sie könnten durch diese Türen hindurchsehen! Und damit nicht genug! Stellen Sie sich vor, sie könnten nicht nur durch diese Türen, sondern durch diese Türen hindurch und zugleich in die Köpfe der Menschen hinein sehen, die sich in den Büros des Instituts über ihre Schreibtische beugen!“ Und nun öffnet sich eine Tapetentür und heraus kommen, ehe du sie bremsen kannst, die baugleichen Unis getaumelt. Resigniert lässt du sie ins Freie trotten, Wuppertal und Siegen Arm in Arm, Duisburg-Essen ein wenig verdattert hintendrein. Du versuchst Anflüge von Ordnung in das Tohuwabohu zu bringen, das ihr Auftritt verursacht hat, und machst sodann einen Hechtsprung in bekannte Gewässer. „Was ist Kunst, meine sehr verehrten Damen und Herren? Kunst ist etwas, darauf können wir uns wohl alle einigen, das sich nur negativ definieren lässt. Wir sind fähig, sie als das zu definieren, was sie nicht ist. Kunst ist nicht das Leben. Kunst ist nicht die Wall Street. Kunst ist kein Opossum. Wieso sind wir nicht in der Lage, den Begriff ‚Kunst‘ positiv zu definieren? Ich wage zu behaupten: Dass wir es nicht können, liegt im Wesen der Kunst selbst. Französische Modephilosophen mögen das anders sehen, aber auch wenn sie es anders sähen, müssten wir sie erst einmal verstehen, um erkennen zu können, dass sie es anders sehen, wenn sie es denn anders sehen, und wahrscheinlich wissen sie selbst nicht, wie sie es sehen oder dass sie etwas überhaupt oder anders sehen, und rühren sicherheitshalber nur jede Menge verbalen Nebel auf, damit uns ihr Dilemma nicht ins Auge sticht.“ Keine Lacher. Eisige Stille. Du schwitzt wie die Schweine im Viehtransporter. Der Schweiß brennt wie Meerwasser in den Augen, trübt deinen Blick. Nachdenklichkeit simulierend beugst du dich vor: „Aber – mal ehrlich, meine sehr geehrten Damen und Herren! – was wissen wir von Kunst? Ja, genau: Was *ist* Kunst?“ Dramatische Pause, einige mimische Spezialeffekte. „Kunst ist das andere.“ Geraune. Gemurre. Getuschel. Um Fassung bemüht, fährst du fort: „Und doch ist sie wichtig! Ja, meine sehr verehrten Damen und Herren, es lohnt sich, sie, also die Kunst, zu fördern, und es lohnt sich gleichermaßen und fast noch mehr, das wissenschaftliche Nachdenken darüber zu fördern. Weshalb? Und dies ist zum Glück eine relativ leicht zu beantwortende Frage, denn die Wechselwirkungen zwischen dem Nachdenken über Kunst zur Kunst, also dem anderen, und zum alltäglichen Leben, der Wirklichkeit meinethalben mit dem ganzen Wust dazugehöriger Dinge wie Kongresse, Hunsumer Supermärkten", ungläubiges Gelächter, „oder Apotheken …"

Richtig lächerlich machst du dich allerdings erst bei der Beantwortung der Fragen nach dem Vortrag, die du nicht verstehst und daher kaum zufriedenstellend beantworten kannst.

Der junge Mondrian wirft den ersten Stein und wirft ihn mit aller Kraft: „Sie sprachen eben geringschätzig von französischen Modephilosophen, was vermutlich nicht nur mich im Kontext dieser Tagung verwundert. Das Nachdenken über das Mehralsist folgt doch den Gesetzen des Seins und kann daher niemals zum echten Welten vordringen."

Deine Augen tränen. Deine Nase fängt an zu laufen. Es wird laut gelacht.

Im Bühnenflüsterton sagt jemand: „Wo hat der denn die letzten Jahre verbracht? In einem Bunker tief unter der Erde?"

Du räusperst dich unwillkürlich, weißt genau, wer das geflüstert hat, ein Dolchstoß. In diesem Moment stehen in der vorletzten Reihe zwei Personen auf und verlassen den Raum. Da deine Augen nicht zu tränen aufhören wollen, siehst du sie nur undeutlich. Trotzig zitierst du Balzac: „Zu viel Wissen führt, genau wie Nichtwissen, in die Verneinung."

Bei den beiden Personen hat es sich, so viel ist gewiss, um einen älteren schmerbäuchigen Mann und eine auffallend attraktive Frau gehandelt.

„Eine Zwischenfrage!“ Frau Professor Bast springt auf. Dabei gestikuliert sie zornig. Weil du sie gestern hast auf der Terrasse stehen lassen?
„Bitte“, sagst du matt.
„Es ist mir schleierhaft, wieso Sie (bissig) dieses Bonmot anführen, das Sie (noch bissiger) zwar Balzac in den Mund legen, aber dabei verschweigen, dass dies wohl kaum die Meinung Balzacs ist, sondern die des alten Malers Frenhofer in Balzacs Kabinettstück *Le chef-d'œuvre inconnu.*“
Du hast keine Ahnung, wovon die alte Schachtel spricht. Verlegen nestelst du an deinem Uhrenarmband, eine Angewohnheit, die du aus dem Studium kennst, aber längst abgelegt zu haben glaubtest. „Wie bitte?“, fragst du, um Zeit zu gewinnen, und nestelst weiter wie ein Irrer am Uhrenarmband.
„Frenhofer, als (unverständliches Adjektiv) Propagist einer alterierenden Gegen-Entelechie, die wohl als (unverständliche Begriffsfolge mit mindestens einem französischen oder lateinischen Zitat) gebrieft.“
Gebrieft? Fieberhaft versuchst du dich an die Balzac-Erzählung zu erinnern, über die du vor vielen Jahren in einem Aufsatz oder einer Hausarbeit gelesen hast, die sich mit der Frage beschäftigt hatte, inwieweit Kunst in der Lage sein könne, das Wirkliche zu übertreffen. „Frauenhofer, äh, Frenhofer, scheitert natürlich, und allein deshalb habe ich Balzac zitiert, da er, also, um genau zu sein, sehr verehrte Damen und Herren, seine Figur Frauenhofer, irrigerweise annimmt, Frenhofer, also Frenhofer, der greise Maler bei Balzac nimmt an, es wäre mit Hilfe perfekter Technik möglich, die Wirklichkeit zu transzendieren. Aber die Wirklichkeit“, du brichst ab, blickst in die dir mehr ungläubig, als erwartungsvoll zugekehrten Ovale und beendest den Satz, als offenbartest du als Zeuge eines Autounfalls den anderen Zeugen die Pointe eines Witzes, „ist nun mal die Wirklichkeit.“

Weitere Fragen folgen, weitere Antworten taumeln aus deinem Mund in den Saal wie Reisende aus einem in den Straßengraben gebretterten Omnibus, und immer weiter verstrickst du dich im klebrigen Netzwerk kaum geahnter Begrifflichkeiten. Im verzweifelten Bemühen, zu retten, was noch zu retten ist, setzt du zu einer längeren, ironisch-zornigen Rede an. Du sprichst von Vermeer, den du als Gegenrealisten bezeichnest, da seine Wirklichkeit eine „rein symbolische" sei. „Das von links fallende Licht ist eben *nicht* realistisch!" Daraufhin scheiterst du knapp, aber grässlich daran, einen halsbrecherischen Bogen von Picassos frühen Zeichnungen zu *Guernica* zu schlagen, kommst über den brachialen Umweg „Gamba" wieder zu Vermeer zurück, und bist darüber mindestens so überrascht wie das Publikum. Und da trifft dich der Blitz einer Epiphanie: Man müsste Leonardos *Die Dame mit dem Hermelin* so analysieren, als wäre es ein Gemälde von Vermeer. Das ist die Tür, die zu Vermeer führt, das Portal, das jahrhundertelang verschlossen war, und das sich nun als deine persönliche Offenbarung öffnet. „Sowohl Leonardo als auch Vermeer vermochten es, eine Frau zum Leuchten zu bringen, so dass sie unabhängig vom Aussehen zu einer Apotheose des Weiblichen wird." Jetzt lachen sie alle, aber dies würde, was noch niemand – nicht einmal du – weiß, in Bälde dein großer Triumph sein. „Heute hätte Leonardo oder Vermeer … heute hätten sie jedenfalls anstelle der Dame mit dem Hermelin oder dem Mädchen mit dem Perlenohrring sicherlich eine junge Frau in einem Heavy-Metal-T-Shirt porträtiert, ohne Schmuck und Schminke, wie sie – ganz solidarische Tapferkeit – auf dem Doppelbett ihres todgeweihten Freundes sitzt, während dieser weinend im Badezimmer hockt."

Unruhe kommt auf, doch nicht wegen dir, denn die Ovale kippen seitlich weg. Du brichst mit einem bellenden Hechellaut ab, wischst dir mit dem Ärmel den brennenden Schweiß aus den Augen. Ein Herr in deinem Alter hat den Raum betreten: Frisur wie ein Dirigent, viriler Bartschatten trotz frischer Rasur, verteufelt gut aussehend. Hinter ihm stolpert ein fünfköpfiges Fernsehteam her, ein kabelverbundener Pulk, aus dem diverse Gerätschaften ragen. Der Herr schreitet zielstrebig auf dich zu, und erst glaubst du, er wolle dich vom Pult vertreiben, doch im letzten Moment ändert er den Kurs und steuert einen leeren Stuhl in der Mitte der ersten Reihe an. Dort angekommen, wischt er ein Blatt Papier, auf dem etwas in Großbuchstaben steht, von der Sitzfläche und nimmt betont beiläufig Platz.

Das kann doch nicht ... nein, das kann doch nicht ... aber wenn er doch ... und dann wäre er der ... du glaubst ihn zu kennen.

In deiner Grundschule war der so genannte Gong ein schrilles Läuten. Im Gymnasium gab es dagegen ein in die Tiefe schreitendes Ding-dang-dong. Warst du mit Jasper auf dem Spielplatz, fuhr bisweilen das Eismännchen vor und versetzte, ganz der alte Pawlow, alle Kinder durch eine Handbimmel in einen fast allegorischen Zustand der Aufregung.

In einem Experimentalroman begänne diese Seite jetzt lichterloh zu brennen. Erst gelblich-orange, dann röter und röter werdend. So leicht, kann man dennoch lesen, wirst du dich nicht geschlagen geben.
„Noch Fragen?", fragst du.
„Ja, eine letzte Frage hätte ich noch, Herr Kollege!"
Wieder Frau Professor Bast, die lästige Zecke: „Wie kann Ihrer Meinung nach eine solche Kunst überhaupt verwesendmachen?"
Und du in die lauernde Totenstille hinein: „Wie bitte?"
„Es ist doch so, dass Kunst nur im Verwesendmachen weltet und nur so am Welten der Welt dieses übertreffend teilhat."

Aha! So sieht also ihre Rache aus: Erst hast du sie verschmäht, dann hat sie dich dabei erwischt, wie du den jungen Mädchen nachsteigst, und nun will sie dich intellektuell teeren und federn. Aber in dir hat sie einen würdigen Gegner gefunden. „Das ist Dummsprech, meine Liebe!", lachst du sie in polemischem Amüsement aus. „‚Welten', ‚walten', ‚verwesendmachen'. Ich weiß nicht, wer Ihnen diese terminologischen Flöhe ins Ohr gesetzt hat, aber egal, was Ihnen, geschätzte Frau Kollegin, irgendwelche wildgewordenen Laberfürsten aus unserem Nachbarland prophezeiht haben: Die Wirklichkeit kriegen Sie mit diesem löchrigen Flickwerk von Begriffsnetz nicht gefangen. Dieses Gerede, aber das verrate ich Ihnen nur, weil sie das Geröll anscheinend so mögen, ist ein verrotteter Schleier, ein zerfallendes Gespinst, das man über die Dinge wirft, um davon abzulenken, dass man verlernt hat, klar zu reden."

Ausgebuht zu werden, ist schlimm, aber noch schlimmer ist es, wenn alle klatschen, damit man endlich zu sprechen aufhört. Während du frenetisch ausgeklatscht wirst, siehst du draußen auf der steilen Treppe, die den Deich hinaufführt, die beiden Personen, die eben den Saal verlassen haben, und in denen du plötzlich, du blinzelst, wischst Schweiß aus den Augen, blinzelst wieder, Professor Götzloff und Frau Dr. Schauper erkennst. Angeblich sind sie ein Paar. Zuzutrauen wäre es ihm. Aber wenn sie da sind, weshalb hast du dann hierher fahren müssen? Miriam liegt delirierend im Bett, neben sich das sterbende Kind, oder sie wiegt das tote Baby bereits singend in den Armen. „And here's to you, Mrs. Robinson", singt sie, was dir nun endgültig den Rest gibt, während du hochroten Kopfes anstatt zu deinem Sitzplatz zurückzugehen, geradewegs und ohne den Blick von den blitzblank geputzten Schuhen zu heben, dem Ausgang zustrebst, derweil immer noch frenetisch geklatscht wird. „Jesus", singt Miriam als Mater Dolorosa und ihre Augen glänzen, „loves you more than you will know …“

Du weißt nicht, ob sich dir die fleischfarbenen Ovale bei deiner Flucht zukehren, und willst es nicht wissen. Du weißt nur, dass du keinen Schimmer hast, was hier geschieht oder was hier soeben geschehen ist, und dass dieses Nichtwissen dich in eine neue, bisher unentdeckte Region der Ratlosigkeit führt. Protestlos, fast anmutig trägt dich der Aufzug in die Höhe, die Zimmertür fällt hinter dir ins Schloss und du, oder was davon noch übrig ist, fühlst dich, als hätte man eine Arschbombe in dein Gehirn gemacht. Jemand singt ein Lied, das du seit frühester Kindheit nicht mehr gehört hast. Du zerreißt die Rede, pfefferst die Schnipsel in den Mülleimer und betrachtest dich dabei in der freundlichen und zugleich professionellen Neugierde eines Aufsehers aus dem Bentham'schen Panoptikum.

NIENDORF *nachdenklich:* Ich weiß nicht, ich weiß nicht. Es ist schwierig, zwei derart starke Bilder so dicht hintereinander zu verwenden.
FELKE Wa – *Er bricht erschrocken ab, setzt hastig neu an:* Wie bitte? Was bezwecken Sie mit dieser Bemerkung? Ich verstehe nicht ganz …
NIENDORF Zum einen das Bild mit der Arschbombe ins Gehirn –
FELKE *unterbricht:* Das ist mir zu gewollt vulgär.
NIENDORF Mag sein, aber als Bild ist es stark. *Listig:* Das wäre also das erste Bild, von dem ich eben sprach, und dann käme als Nummero zwei das Bentham'sche Panoptikum, beziehungsweise die freundliche und zugleich professionelle Neugierde des Aufsehers aus jenem Panoptikum.
FELKE Ich … äh … dieses Panoptikum kennt nicht jeder.

NIENDORF Na und? Gute Literatur wird nicht für jeden geschrieben.
FELKE Dies auszudiskutieren, würde an dieser Stelle zu weit führen. Das Kunstmachen, sage ich immer, sollte man den Künstlern überlassen. *Lacht wie eine Kakerlake, ehe sie der Pantoffel zerquetscht.* Auch möchte ich mit Ihnen heute nicht schon wieder übers Geld reden. Das haben wir zur Genüge getan – und das bringt uns echt nicht weiter. *Blättert in den Unterlagen.* Was hat es mit diesem Bentham'schen Panoptikum auf sich?
NIENDORF *nach einem saugend-zischenden Atemzug ins breite Erzählen verfallend:* Im Jahre 1791 veröffentlichte der englische Philosoph Jeremy Bentham ein Büchlein unter dem Titel *Das Panoptikum*, ein Werk, mit dem er den englischen Strafvollzug, der seines Erachtens im Argen lag, reformieren wollte. Sein Plan war, architektonisch, also mit Hilfe eines panoptischen Gefängnisses –
FELKE *übereifrig:* Wie habe ich mir das vorzustellen?
BENTHAM *leiernd:* Das Gebäude, das ich im Traume sah, ist kreisförmig angelegt, also eine Art Haus in Ringform. Die Aufenthaltsräume der Inhaftierten liegen am Kreisumfang. Man kann diese Räume auch Zellen nennen. (…) Die Aufseher sitzen im Zentrum, in einer Art Loge, die sich wie ein runder Turm in der Mitte des Bauwerkes befindet. Die Wächter im Turm sehen, ohne selbst gesehen zu werden, in die Zellen der Häftlinge, doch diese wissen niemals, wann und ob sie gerade beobachtet werden.
NIENDORF *aufgeregt:* Und da der Häftling nie weiß, wann er beobachtet wird, aber immer davon ausgehen muss, beobachtet zu werden, fühlt er sich stets beobachtet und verhält sich demgemäß. Er läutert sich also durch die mal reale, mal eingebildete Beobachtung durch die Wächter im Turm.
BENTHAM So ist es, Bruder. *Leiser werdend, schließlich unhörbar:* Doch wenn ich „Gefängnis“ sage, meine ich damit natürlich etwas, das …

NIENDORF *vor Begeisterung einige Mal in die hohlen Hände klatschend:* Natürlich nicht! Jedem vernünftigen Menschen stellt sich nämlich die Frage, ob Bentham wirklich das Gefängnissystem Englands reformieren wollte oder ob er unter diesem Vorwand ein Freud vorwegnehmendes Modell der menschlichen Psyche entworfen hat, das in dieser Form im Jahre 1791 wohl unpublizierbar gewesen wäre.
FELKE *verdutzt:* Ein Modell der menschlichen Psyche?
NIENDORF Das Ich oder ein ausgelagerter oder vielmehr ein sich selbst auslagernder Teil des Ichs beobachtet – das klingt paradoxer, als es ist! – sich selbst und die Mitwelt tritt als Gewissen hinzu. Kapischo?
FELKE Nicht ganz. Das mit der M-mitwelt leuchtet mir nicht ein.
NIENDORF *geduldig:* Das Ich als Wächter des Ichs, eine observatorische Instanz, die dem handelnden Ich jedoch nur zusehen, aber nicht in dessen Taten eingreifen kann. Die Wächter sind Instanzen des Über-Ichs …
FELKE *kleinlaut:* Wir sollten wieder ins Hotel zurückkehren.
NIENDORF *hart:* Nein. *Pause.* Oh, sehen Sie! Da ist Miriam …
MIRIAM *schwankt vom Schlafzimmer in den Flur, orientiert sich kurz, taumelt krängend wie ein Ruderboot bei hohem Seegang ins Wohnzimmer. Sie sucht etwas.* Verdammt noch mal, da ist ja das Scheißzeugs! *Sie nimmt das braune Plastikfläschchen mit dem Fiebersaft und die Dosierungsspritze aus der Schachtel, bringt diese einhändig zum Drehen wie eine Spindel, sucht, liest leise.* Nö, das isses nicht. *Sie dreht die Schachtel weiter, hält inne, liest murmelnd die Dosierungsanleitung:* 7 kg–9 kg (9–12 Monate) 10 ml (entsprechend 200 mg Ibuprofen).
FELKE *in pedantischer Hysterie:* Sie ist in der Tabelle verrutscht! Das ist die maximale Tagesdosis, nicht die Menge der Einzeldosis!
NIENDORF Wo ist denn überhaupt das Baby?

FELKE Sie haben recht! Es ist weder zu sehen noch zu hören.
MIRIAM *murmelnd:* 10 ml … das sind zwei volle Spritzen Fiebersaft …
DU Der Häftling setzt sich aufs Bett, die Arme baumeln, schlaffe Röhren, zwischen seinen Beinen, der Oberkörper bebt. In der offenen Zellentür steht ein kleines Mädchen und sieht dem Häftling beim Weinen zu. Er steht auf, beugt sich über den Mülleimer, würgt trocken.
NIENDORF Im Badezimmer, dessen Tür einen Spalt offen steht liegt ein Paar getragene Socken, zwei sich bekämpfende Schlangen.
DU Der Häftling setzt sich wieder aufs Bett. *Langsam:* Ich setze mich wieder aufs Bett. *Eindringlich:* Ich – setze – mich – wieder – aufs – Bett.

In der Tür steht ein Mädchen; höchstens sechs Jahre alt. Sie hat blonde Zöpfe und trägt ein Matrosenkleid mit rechteckigem Kragenausschnitt.
„Wie heißt du?", fragst du, den Geschmack von Erbrochenem im Mund.
„Ich bin die Tochter von Professor Metzner."
Wenigstens, denkst du, hat er ihr die Wombatnase nicht vererbt. Der Gedanke amüsiert dich, doch dann begreifst du, dass sie dich besichtigen gekommen ist, dich, den Vollidioten, der sich blamiert hat, dich, den Bananen fressenden Orang-Utan im Käfig.
Du nestelst am Uhrenarmband.
„Wie alt bist du?", fragst du.
„Warum willst du das wissen?"
Uhrenarmband.
„Was hast du denn da?", fragst du.
„Einen Kreisel. Das sieht man doch."
Uhrenarmband.
„Warum glotzt du mich so an?", entfährt es dir.

„Fang mich doch, du Eierloch!“, gibt sie nicht minder laut zurück und rennt davon. Eierloch? Du stehst auf, schließt die Tür mit einem Fußtritt.
Uhrenarmband.

Wenn Vater duscht, geht das so: Zuerst wäscht er sich die Haare mit Shampoo, spült sie aus. Sodann wäscht er das Gesicht mit Seife, duscht es ab. Dann wird im Affenzahn der Körper eingeseift. Erst in gegenläufigen Kreisbewegungen die Brust, dann glitscht die rechte Hand flink in die linke Achselhöhle, dann glitscht die linke Hand flink in die rechte Achselhöhle, dann wühlen beide Hände zwischen den Beinen, dann arbeitet die rechte Hand als sägende Kelle zwischen den Pobacken, dann streift er beidhändig, fast elegant, Seifenschaum das linke Bein hinab, dann beidhändig, immer noch fast elegant, das rechte Bein hinab und schließlich seift er unbeholfen balancierend erst den linken, dann den rechten Fuß ein. Erst zum Schluss ist der Rücken an der Reihe, beziehungsweise die wenigen Stellen, an die man noch drankommt. Heinrich Sattler ist maßlos enttäuscht. Oluf, sein einziges Kind, will keine Schlosserlehre machen. Dabei ist es seit Jahren schon eine unausgesprochene Übereinkunft, dass er den Betrieb in dritter Generation fortführen soll. Heinrich Sattler klemmt den Duschkopf in die Halterung, verschränkt die Arme vor der Brust und lässt das warme Wasser über Kopf und Gesicht strömen. Sobald die Wiege, die seine Unterarme bilden, gefüllt ist, hebt er sie schräg nach oben vom Bauch weg und klatschend schlägt das Wasser vor seinen Füßen in die Wanne. Oluf hat mich mehr enttäuscht als irgendwer sonst. Und doch ist er mein eigen Fleisch und Blut.

Nachdem du dich abgetrocknet hast, ziehst du den Bademantel an, legst dich ins Bett, stopfst beide Kissen in den Rücken

und widmest dich zum ersten Mal voll konzentriert dem Programm. Sofort sticht dir der Name „Charmineaux“ ins Auge. Er, beziehungsweise seine Philosophie, ist nicht nur – wie hast du das übersehen können! – Schwerpunkt der Tagung, sondern um 15 Uhr spricht er als Ehrengast sogar persönlich zum Volk. Die ganze Zeit über haben sie also Charmineaux’ verquere Terminologie nachgebetet. Und eben, während deines Vortrags, ist er sogar leibhaftig in den Saal hereinspaziert gekommen. Weshalb hat man dich nicht gewarnt? Schlagartig wird dir klar, dass du noch nicht abfahren kannst. Erst musst du alles wiedergutmachen. Und wenn Götzloff dich gestern Nacht gesehen hat? Da klopft es eichhörnchenhaft an der Tür.
„Ja?“, fragst du.
Stille.
Lauter: „Ja, bitte?“
Stille.
Nach einer Weile stehst du theatralisch seufzend auf, öffnest und ein Buch, das man von außen ans Türblatt gelehnt hat, fällt in den Raum hinein und schlägt lang hin wie ein Betrunkener in einem Slapstickfilm.
Es handelt sich um ein schwarzes Taschenbuch aus der Reihe *Suhrkamp Wissenschaft*. Darauf steht in hellrosa Großbuchstaben:

CHARLES OLIVIER
CHARMINEAUX
WEBNIS ALS
ZUGRIFF.

Das Schmutzblatt verunziert ein mit blauem Kugelschreiber gekritzeltes Emotikon, das du nicht deuten kannst und willst: ein rundes, ausdrucksloses Gesicht, über dem ein riesiges Fragezeichen schwebt. Du blätterst um. Der Text ist numerologisch gegliedert wie der *Tractatus* und dreisprachig wie die hierzulande erschienenen Theaterstücke von Samuel Beckett. Links finden sich klein und in benachbarten Spalten das französische Original sowie eine englische Übertragung, für die Charmineaux, was du mutig findest, alleine zeichnet, rechts steht in größerer Type die deutsche Lesefassung, die der große Charmineaux natürlich mitübersetzt hat. Du überfliegst das deutschsprachige Motto (*„Einen Haufen Goldes nähm ich wohl; / Doch tanzen ich nicht darf noch soll."*) und liest halblaut:

1. Kunst ist das *Sprechende*, das dem Schweigen des Seins entgegensteht. Kunst ist der Feind des Seins und als Dasein dennoch dem Sein untergeordnet. Kunst ist daher das *Geröllhafte*, das wir in sommerleeren Flussbetten finden, was auf ein Sein verweist, das im Frühling und Herbst strömt, aber unter der Sommersonne nicht vorhanden ist.

2. Das *Geröll* ist Verweis und Weisung.

3. Das *Geröll* weiß nicht, es wird gewusst, es ist da, um gewusst zu werden.

4.1 Der vom Wasserlauf am Grund abgerundete Stein ist das *Exzerpt*.
4.2 Und jedes von Menschenhand gestaltete Ding will *Exzerpt* sein und ist immer mehr als *Exzerpt*.
4.3 Es ist, auch wenn es geröllhaft anmutet, ein *Mehralsob*.

5.1 Das *Mehralsob* schafft sich selbst im *Gesehenwerden*, obwohl es ein Geschaffenes ist, doch als Geschaffenes bleibt es das Zufällige, Gewordene, Verlorene.

> 5.2 Nur im *Gesehenwerden* entsteht ein *Mehralsist.*
>
> 6. Das *Mehralsist weltet*, das Verwesende *waltet.*
>
> 7.1 Kunst macht das *Welten*, das es objektiv nicht gibt, *waltend*, als verweste es.
> 7.2 Und im Verwesendmachen *weltet* Kunst, die *walten* will, und *weltet* wie die Welt.

Quatsch, findest du, totaler, jeglichen Sinn verschleiernder Quatsch! Nichts wünschst du dir mehr, als die Augen zu schließen und zu schlafen. Doch wie unter Zwang blätterst du gut fünfzig Seiten weiter und liest:

> 95. Nur im *Geröll* leben *Webnis* und *Ahndung* als *Weltiges* und *Straffeld.*

FELKE Straffeld?
DU Das stand da und steht da immer noch.
FELKE Sie lesen ein Buch? Und Miriam? Und Ihr Sohn?
DU Lassen Sie mich zufrieden! Ich muss retten, was noch zu retten ist!
FELKE Sie wollte doch … nein, nicht Miriam … Sie wollten doch …
DU Lassen Sie mich! Bitte! Die Zeit drängt. Ich muss mir rasch einige Begriffe notieren, damit ich später mit terminologisch einwandfreien Zwischenfragen punkten kann. Es geht ums Ganze. Das Mittagessen lasse ich ausfallen. Um 14 Uhr 30 geht es weiter. Mit dem Vortrag von jemandem, den ich nicht kenne. Und um drei redet Gott persönlich. Kein Vortrag – so berühmt ist er also! –, sondern ein moderierter Auftritt.

CHARMINEAUX *den Blick auf die anrollenden Wellen gerichtet:* Nur im *Geröll* leben *Webnis* und *Ahndung* als *Weltiges* und *Straffeld.*

Um fünf vor drei verlässt du das Zimmer, sinkst im Aufzug mit bleischweren Eingeweiden nach unten, während dein Herz in luftige Höhen emporsteigt, ein heliumgefüllter Luftballon ohne Botschaft. Doch bereits ein Stockwerk tiefer kommt der Aufzug zum Stehen, die Tür öffnet sich und Charmineaux steigt zu. Alleine. Ohne Jünger. Ohne Fernsehteam.
Plötzlich weißt du, woher du ihn kennst. Wieso ist dir das vorhin nicht sofort aufgefallen? Unverkennbar die große Nase, die ungekämmte Mähne (inzwischen grau, fast weiß); die femininen Züge bilden einen schicken Kontrast zum blau-schwarzen Schatten einer frischen Rasur.
„Hallo Charles", sagst du.
„Hallo Oluf", sagt Charles.
„Sprichst du immer noch so gut Deutsch wie früher?"
„Ja. Was wollen Sie?"
„Früher haben wir uns geduzt."
„Das ist ohne Bedeutung, Oluf. Duz mich, siez mich, das ist alles Banane. Wieso stellst du mir nach? Was willst du von mir?"
Bis zu diesem Zeitpunkt hast du nicht im Traum daran gedacht, etwas zu wollen, etwas von Charles Olivier Charmineaux zu wollen. Aber nun sieht die Sache anders aus. In einem Roman hast du mal gelesen, dass man niemals eine Ratte in die Ecke drängen sollte, weil sie einem dann nämlich ins Gesicht springt, um sich festzubeißen. „Aus einer ausweglosen Lage", sagst du und verhinderst mit einer wedelnden Handbewegung, dass sich die Aufzugstür schließt, „kommt man nur durch einen Sprung ins Freie."

Nachdem der große Denker im Erdgeschoss ausgestiegen ist, fährst du wieder nach oben, vor mühsam unterdrückter Erregung zitternd. Bevor sich die Aufzugstür geschlossen hat, hast du bemerkt, dass das Licht von links in die Lobby fällt, inmitten derer Charmineaux steht, als würde er gleich damit beginnen, sich die Haare zu raufen, eine klassische Vermeeransicht, weniger wegen des Motivs als wegen des Lichts und der Perspektive. Beim Blick aus dem sich schließenden Aufzug ist dir etwas Weiteres aufgefallen, und zwar etwas, das dieses Tagungshotel von allen anderen unterscheidet: Sie haben hier irgendein zwanghaftes Ding mit Glasplatten laufen. Im Foyer stehen mehrere hüfthohe runde Tische mit bodenlangen fransigen Tischdecken und darauf liegt jeweils eine dicke Glasplatte. Auch in den Zimmern liegen dicke Glasplatten auf den hölzernen Nachttischen. Diese Platten sind circa einen halben Zentimeter dick und sehen, von der Seite betrachtet, wässrig grün aus, fast türkisfarben. Das Hotel, denkst du, entspricht zwar allen anderen Tagungshotels, doch diese Glasplattensache ist wie ein Dialekt, durch den es sich dennoch von allen anderen unterscheidet. Du schläfst ein halbes Stündchen, dann checkst du aus.
Der Fernsehkoch an der Rezeption besitzt die Frechheit, dich „Herr Sattler" zu nennen. Du korrigierst: „Herr *Professor* Sattler!" Er lacht impertinent. Nachsichtig wendest du den Blick ab und betrachtest sein Spiegelbild in der Außentür, ein durchsichtiger Schemen, der aus einer waagerechten Struktur wächst (der gespiegelten Rezeption) wie eine Handpuppe, die der Leibhaftige spielt. Ohne nachvollziehbaren Grund bist du auf einmal wieder bei Vermeer und ärgerst dich über all jene, die ihm vorwerfen oder vorgeworfen haben, nur mit technischen Hilfsmitteln so perfekt malen zu können, etwa mit einer *camera obscura* oder einem System aus Spiegeln oder mit einer *camera obscura* und einem System aus Spiegeln, doch erstens ist der Vorwurf

idiotisch (Pinsel sind auch technische Hilfsmittel) und zweitens ist Vermeers Realismus ein vermeintlicher, handelt es sich dabei doch um ein Verhöhnen des gegenständlichen Abbildens in der Manier fotogleicher Imitation. Dafür sprächen Faktoren wie Inszenierung, Allegorisierung bis ins Kulissenhafte und Spott der beißenden Sorte, möglicherweise mit einer Note gelassener Ironie, denn derselbe Stuhl findet sich auf mehreren Gemälden Vermeers. Darüber hast du vor Urzeiten mal was Schlaues schreiben wollen. Besagtes Möbel, ein mit blauem Samt gepolsterter Stuhl mit schmucken Zierknöpfen, ist zu sehen auf *Die Briefleserin* von 1963 bis 64, auf *Lautenspielerin am Fenster* von 1664, auf *Die Musikstunde* von 1664, auf *Junge Frau mit Wasserkanne* von 1664 bis 65 und bestimmt noch auf anderen Bildern, sofern erhalten. Müsste man mal gründlich recherchieren. Derselbe Stuhl, das klare Licht, die überwirkliche Schärfe der Darstellung … Was, fragst du dich, bezweckt jemand mit einer Kunst, welche die Dinge klarer und somit wirklicher als die Wirklichkeit darstellt? Ist dies nicht eine Epiphanie, die im gegenständlichen Ding an sich nie zu finden sein kann, sondern nur im abgebildeten Ding? Ist nicht genau das ein Triumph des Menschen über die göttliche oder zufällige Schöpfung, das leblose sowie das sterbliche Material, ein Akt trotzigen Aufbegehrens und erstarkenden Selbstbewusstseins gegenüber einer alt gewordenen und nicht antwortenden oder längst verschiedenen Gottheit?

Inzwischen stehst du alleine in der menschenleeren Lobby. Neben dir, auf der Glasplatte eines Beistelltischs, liegt ein Bilderbuch für ganz Kleine. Letzte Woche noch hast du dem Baby vorgelesen und mit der Kuppe des Zeigefingers auf die dargestellten Dinge getippt, als könntest du sie dadurch zum Leben erwecken. Jasper hast du auch vorgelesen. Genützt hat es nichts.

Eigentlich hast du ihm nie richtig vorgelesen, sondern bloß weitschweifig die Bilder erklärt, sie regelrecht ausgedeutet. Und obwohl das Zeigen und Deuten im Vordergrund stand, kennst du noch ganze Bilderbuchtexte auswendig: *Im Hofladen gibt es Tomaten, Kartoffeln und Salat. Die Hühner legen Eier. Das können wir alles hier kaufen. Wo liegen die Birnen?* Und so schwören wir bereits die Kleinkinder ein, impfen sie mit Systemkonformität, richten sie ab, konditionieren sie, damit sie später selbst heiraten, selbst Kinder zeugen, nichts in Frage stellen, brav wählen gehen und ihr ganzes Leben lang wie die Blöden einkaufen. Du hast es bei Jasper anders machen wollen und bist aus Kraftlosigkeit gescheitert. Doch das, was du in diesem Moment tust, ist eine echte Flucht: Du wirst die Tagung verlassen, um nach Hause zu deiner Familie zu fahren.

Eine Flucht ist etwas Köstliches, ein überraschend plötzlicher Gewinn von Ruhe, Lebenszeit und Frieden. Du siehst einen grässlichen Film im Kino. Wie schön ist es, einfach aufzustehen und das Kino zu verlassen! Du siehst ein grässliches Stück im Theater. Wie schön ist es, einfach aufzustehen und das Theater zu verlassen! Du wirst auf dem Schulweg von Rowdys drangsaliert. Wie schön ist es, sich einfach Tag für Tag im Wald zu verstecken und nicht mehr zur Schule zu gehen! Vater will, dass du Schlosser wirst. Wie schön ist es, nach dem Magisterexamen einfach zu promovieren und die Uni nie mehr zu verlassen! *In das, was Fliehen heißt, gelangen wir, wenn wir selber fliehen. Damit ein solcher Versuch glückt, müssen wir bereit sein, das Fliehen zu lernen. Sobald wir uns auf dieses Lernen einlassen, haben wir auch schon zugestanden, dass wir das Fliehen noch nicht vermögen. Aber der Mensch heißt doch der, der fliehen kann – und das mit Recht. Denn er ist das vernünftige Lebewesen. Die Vernunft, die ratio, entfaltet sich im Fliehen. Als das vernünftige Lebewesen muss der Mensch fliehen können, wenn er nur will. Indes will der Mensch vielleicht fliehen und kann es doch nicht. Am Ende will er bei diesem Fliehenwollen zu viel und kann deshalb zu wenig. Der Mensch kann fliehen, insofern er die Möglichkeit dazu hat. Allein dieses Mögliche verbürgt uns noch nicht, dass wir es vermögen …*

Du erschrickst. Wie dumm, wie beliebig ist doch eine Philosophie, die sich wie ein Koordinatennetz um einen Hohlraum dreht, der beliebig auffüllbar ist! Denn alles, was man einsetzt, passt, weil das, was man einsetzt, kein Schlüssel, und das, worin man etwas einsetzt, kein Schloss, sondern etwas anderes ist. Ähnelt eine solche Philosophie nicht der Bühnenzauberkunst, nur dass anstatt weißer Kaninchen aus blau glänzenden Zylinderhüten und Krepppapiergirlanden aus Brusttaschen oder Vasen Begriffsfatamorganas das Publikum täuschen und vom Eigentlichen ablenken, der Leere, die stets unfüllbar bleibt, da sie keinen Boden hat, haben kann? *In das, was die Leere heißt, gelangen wir, wenn wir selber leer sind. Damit ein solcher Versuch glückt, müssen wir bereit sein, das Leersein zu lernen. Sobald wir uns auf dieses Lernen einlassen, haben wir auch schon zugestanden, dass wir das Leersein noch nicht vermögen …*

Kurz nach Jaspers Geburt hast du an deinen Vater gedacht und mit Erstaunen zur Kenntnis genommen, dass er noch leben muss, da du nichts von seinem Tod gehört hast. Es war, als öffneten sich in einer geträumten Wohnung Zimmer, von deren Existenz du bisher nichts wusstest. Wieso, fragtest du dich damals, hast du ihn seit Mutters Tod nicht mehr gesehen? Ihn nie versucht anzurufen? Du recherchiertest halbherzig und fandst mit Leichtigkeit heraus, dass er nahe der ehemaligen Schlosserei wohnte. Gemeinsam mit einer Frau. Ihr Name sagte dir nichts.

Wieso, fragst du dich jetzt in Hunsum, hast du ihn dennoch nie angerufen? Die Sache bleibt dir ein Rätsel. Bestimmt, versuchst du dich zu beruhigen, ist er inzwischen längst gestorben. Aber wenn er tot wäre, hätte man dich dann nicht informiert? Also lebt er noch immer. Irgendwie ärgert dich Vaters Langlebigkeit. Doch mehr ärgert dich Heideggers Platzhalteritis.

Wäre dein Leben eine Geschichte und wärst du ein Autor wie Niendorf, der nichts dem Zufall überlässt, weil ihn der Teufel reitet, hättest du vor der Niederschrift des nun folgenden und letzten Teils des Buchs Joseph Campbells *Der Heros in tausend Gestalten* zu Rate gezogen, wo es auf Seite 188 heißt: *Wenn der Held seine Aufgabe gelöst hat, zur Quelle vorgedrungen ist oder den Beistand einer männlichen oder weiblichen, menschlichen oder tierischen Personifikation gefunden hat, bleibt ihm noch der Rückweg mit der Trophäe, die das Leben verwandeln soll.* Doch leider ist dein Leben keine Geschichte und leider bist du nicht Niendorf oder zum Glück bist du nicht er – die Bewertung obliegt den ganz anderen (dem ganz anderen?). Außerdem ist dir die Trophäe jetzt noch unbekannt, wobei dieser Begriff zu kurz greift, handelt es sich doch eher um ein Trophäenbündel, ein Gewirr von noch unbewusst sich verdichtenden Gedanken, die sich allmählich um zwei Visitenkarten weben, diese miteinander verstricken, zu einer Einheit verknüpfen, um sie als materielles Sprungbrett zu etwas Ungreifbarem und Niegedachtem zu machen.

Kurz darauf drückst du dem Typen, der gerade frischen Möwenkot vom Mietwagen gespritzt hat, zwei Euro in die Hand und fährst los.
Die Straße ist schmal, fast einspurig und verläuft schnurgerade im Schatten des Deichs, auf dessen abgeplattetem, an die Erdwälle eines Spargelbeets erinnerndem Gipfel sich Schafe in der

ihnen angeborenen hartnäckigen Trägheit gegen den schmerzhaft blauen Himmel stemmen. Du hast das Fenster auf der Fahrerseite geöffnet und genießt die Seeluft. Rechter Hand erstrecken sich mit Windrädern gespickte Felder bis zum Horizont, doch auf Höhe eines verwahrlosten oder vor langer Zeit schon aufgegebenen Campingplatzes wird die Straße erheblich schmaler, ist nun eindeutig einspurig und besteht lediglich noch aus zwei parallel laufenden Bahnen rechteckiger Betonplatten mit einem Grünstreifen in der Mitte, dessen Bewuchs geräuschvoll am Unterboden des Mietwagens schabt.

In rascher Folge kommst du – misstrauisch beäugt von Möwen und Krähen – an einem Bootsfriedhof (der Begriff „kieloben“ fällt dir ein), einem ausgebrannten Trafohäuschen und der Ruine eines Ausflugslokals vorbei. Von nun an gibt es rechts der archaisch anmutenden Straße nur Hecken, dorniges Gestrüpp sowie in regelmäßigen Abständen eine Brachfläche – mal geschottert, mal schlammig und farnumstanden wie ein urzeitlicher Sumpf – mit ausrangierten Anhängern, Bretterstapeln, Schutthaufen und dem üblichen Schrott, der kaum der Aufzählung wert ist: Autoreifen ohne Felgen, Kloschüsseln, Bettgestelle mit rostigen Federn, Matratzen.
Du hast, begreifst du, die B-Seite von Hunsum erreicht.

Beherzt drosselst du das Tempo, wendest mit einigen linkischen, aber zügigen Manövern, die dich an die Pinselstriche zum Grundieren einer Leinwand erinnern, und fährst den gesamten Weg zurück. Kaum ist das Tagungshotel backbord und sich stetig vergrößernd in Sicht gekommen, ein dräuender aus sich heraus grellweiß glühender Vorwurf, wird dir heiß und du beschleunigst, damit dich keiner, der zufällig aus dem Fenster schaut, erkennen kann (Götzloff etwa oder Metzner, die Wombatnase, oder einer der korpulenten Heidelberger) und schon – es ist ein nahezu rauschhaftes Labsal! – schrumpft das Gebäude im Rückspiegel zur ertragbaren Miniatur.

Die Straße (dieselbe übrigens, auf der du gestern gekommen bist) führt zweispurig vom Deich weg, die Nordseeluft prickelt kaum noch in deinen Nebenhöhlen, du schließt das Fenster per Tastendruck und steuerst gut gelaunt der Zivilisation entgegen – zwischen Feldern, Wiesen und Äckern hindurch, auf denen sich die obligatorischen Windräder drehen. Tatsächlich tauchen bald schon erste Kreuzungen auf, an Strommasten geschnallte Werbetafeln, Verkehrs- und Hinweisschilder. Es gibt sogar zaghaften Gegenverkehr. Und plötzlich kommen dir – wie aus einem enzyklopädischen Bilderbuch für Kleinkinder entsprungen – mehrere leuchtend orangefarbene Fahrzeuge des hiesigen Bauhofs entgegen: ein Lkw mit Ladekran, ein Hubfahrzeug, ein Unimog, ein Abrollkipper und schließlich, etwas langsamer als die übrigen vier, ein Tieflader mit einem Bagger. Du hältst am Straßenrand und schaltest den Motor aus, während du die in Zeitlupe vorbeifahrenden Ungetüme passieren lässt. Dann rufst du im Institut an.

Frau Schirra-Wiedemann meldet sich.
„Hallo, hier Professor Sattler“, sagst du.
„Ja, bitte?“, fragt sie pampig.
„Könnte ich Herrn Professor Götzloff sprechen?“
„Wieso? Sind Sie nicht mit ihm bei dem Kongress?“
„Doch, natürlich. Ich habe mich versprochen.“
„Versprochen? Wollen Sie mich verschaukeln?“
„Nein, natürlich nicht.“
„Nein, natürlich nicht“, äfft sie dich nach. Dann frech: „Ich glaube schon.“

„Wie meinen Sie das?"
„Ihr letzter Anruf war auch … nun ja … ziemlich seltsam."
„Finden Sie?", fragst du, um Zeit zu gewinnen, aber da die dumme Kuh dir nicht antwortet, unterbrichst du die Verbindung, wühlst einen Straßenatlas aus dem Handschuhfach und bist wenige Minuten später auf der B 5, die dich zuverlässig zur A 7 bringen wird, Richtung Süden, Richtung Heimat.

Es gäbe durchaus kürzere und schnellere Routen nach Hause, doch um auf Nummer Sicher zu gehen, willst du zunächst auf der A 7 bleiben und erst hinter Kassel versuchen, dich nach Südwesten durchzuschlagen. Das kostet dich, vermutest du, höchstens eine Stunde, allerhöchstens zwei, erspart dir aber lästiges Kartenstudium im Anfangsstadium deiner Flucht. Du schaltest das Radio ein und sofort wieder aus. Zurück bleibt nichts als die Leere und so fährst du dahin, (gedanklich überambitioniert) ein leeres Futteral in einem leeren Futteral in einem leeren Futteral, lässt (nun fortfahrend im Felkischen) etwas Unerträgliches hinter dir verschwinden, während du dich stetig etwas anderem, viel Unerträglicherem, näherst: der kranken Ehefrau, dem toten Baby, dessen Namen dir missbehagt, den Vorwürfen eines halbwüchsigen Sohns, den du seit Jahren schon nicht mehr verstehst.

Zu deinem größten Ärger hast du den Krimi im Hotelzimmer vergessen: brutal aufgeklappt und bäuchlings plattgedrückt auf der blödsinnig dicken Glasplatte des Nachttischs. Der Name des Autors ist dir entfallen. Auch der Titel des Buchs. Was würde der Detektiv, an dessen Namen du dich ebenfalls nicht mehr erinnern kannst, in Glasgow herausfinden? Oder war es in Edinburgh? Willst du das überhaupt wissen? Wäre es ästhetisch nicht viel überzeugender, wenn Kriminalromane nach der Exposition endeten, damit sie die Rätselhaftigkeit der Welt spiegelten? Es gibt keine Auflösungen in der Welt, überlegst du weiter, keinen Sinn. Allein in der so genannten Unterhaltungskunst, der, präziser gesagt, rein kommerziellen Kunst, den Niederungen der Dumpfheit, gibt es befriedigende Klärung. Gute Kunst – was auch immer das sein mag! – führt immer tief hinein in die Leere, die wir bewohnen. Aber wem ist damit gedient? Du hast Hunger, aber keine Lust anzuhalten. Durst hast du auch. Und Kopfschmerzen.

Die Welt dreht sich gelangweilt in den Nachmittag. Kurz vor Kassel tankst du voll, kaufst eine große Flasche *Cola Light* und arbeitest fortan mit dem neuwertigen und offenbar noch nie zuvor benutzten Straßenatlas, der aufgeklappt auf dem Beifahrersitz liegt, doch Stunden später, zu einem Zeitpunkt, an dem du längst zu Hause angekommen sein müsstest, weißt du auf einmal nicht mehr, wo du bist. Die Landstraße, der du seit geraumer Zeit folgst, ist kaum mehr befahren; am faserig bewölkten Himmel gibt es, was dich irritiert, keine Möwen mehr, sondern nur noch Krähen, gelegentlich eine Elster oder einen kreisenden Habicht; und längst hat sich der Atlas als unzuverlässiger Psychopompos erwiesen, verzeichnet er doch weder Leimthal noch Bilderstädt, geschweige denn Wiesweiler.

Wiesweiler? Obwohl du nie zuvor in Wiesweiler gewesen bist, kommt dir dort alles seltsam vertraut vor, regelrecht heimisch. Du bist auf dem richtigen Weg, weißt du. Und, ahnst du, irgendwie bist du es auch nicht.

Graumling? In einer winzigen Ortschaft dieses Namens fährst du mit 30 km/h an einer mattgelb gestrichenen Schlosserei vorbei. Das Licht der Abendsonne fällt, es mit tiefem Sinn erfüllend, auf ein werbendes Mauerstück unter einem Vordach, wo in großen, elegant geschwungenen Eisenlettern *Memel & Gonocke & Söhne* steht. Du hättest nicht so viel Cola trinken dürfen! Um wessen Söhne geht es überhaupt? Die von Memel? Die von Gonocke? Oder sind es die Söhne von beiden und zu viert oder fünft hämmern sie einträchtig über die Ambosse geduckt – langbärtige Zwerge in den Hallen von Moria – das weichglühende Eisen zu siegreichen Klingen?

Im Schatten einer Bushaltestelle auf dem Dorfplatz von Luftschacht hat ein Mann im mausgrauen Arbeitskittel einen epileptischen Anfall oder ein als Hausmeister verkleideter Taubstummer hält dort vor einem unsichtbaren Publikum ein Referat über Marcel Marceau in Gebärdensprache. Dein Herz schlägt spürbar und viel zu schnell. Du fährst weiter, beschleunigst auf 100 km/h, wie um dein davonjagendes Herz einzuholen, verfolgst es in ein Wäldchen hinter dem Schild am Ortsausgang (*Lufteracht*, stand dort zu lesen, nicht *Luftschacht*) und wartest auf einen hilfreichen Wegweiser. Luftschacht! Wie kann man nur so blöde sein? Sich bloß so desaströs verlesen?

Die zu Tellern angeordneten Blüten der Schafgarbe reflektieren neonweiß das Licht der Scheinwerfer. Nach einer Pinkelpause (Feldweg, frisch gepflügter Acker, Reißverschlussprobleme) bemühst du dich, eingehüllt vom sich schwer auf die Zunge legenden Moder der aufgewühlten Erde, Miriam anzurufen, doch dir will ihre Nummer partout nicht mehr einfallen. Du suchst, beginnst zu fluchen: Die Nummer ist, die Kuppe deines Zeigefingers glitscht über das Display, aus dem so genannten Kontaktverzeichnis gelöscht. Wieso? Du rufst die Festnetznummer an, die du zum Glück noch auswendig weißt, doch die Leitung ist tot. Du unterbrichst die Verbindung, wählst erneut. Stille, die mehr als Stille ist. Stille, die Leere ist. Die Leitung bleibt tot.

Aus dem schattigen Geäst eines Haselstrauchs starrt dich ein Rotkehlchen mit schwarzen Knopfaugen an. Du starrst zurück. Spiegelnde schwarze Perlen saugen deinen Blick auf. Dann fliegt es davon.
Und wieder bist du unterwegs.

And the Sultans played Creole: Damals war Charmineaux noch Charles für euch. Für dich, für Mark und für Ori, die nicht zurück ans Ufer kam.
Der Aufzug öffnet sich zur Bühne.
„Hallo Charles", sagst du.
„Hallo Oluf", antwortet er fast so leise wie du.
„Sprichst du immer noch so gut Deutsch wie früher?"
„Ja. Was wollen Sie?"
„Früher haben wir uns geduzt."
„Das ist ohne Bedeutung, Oluf. Duz mich, siez mich, das ist alles Banane. Wieso stellst du mir nach? Was willst du von mir?"
„Aus einer ausweglosen Lage", sagst du und verhinderst mit einer wedelnden Handbewegung, dass sich die Aufzugstür schließt, „kommt man nur durch einen Sprung ins Freie. Aber bedenke: Wenn ich springe, musst du mitspringen, denn wir sind für alle Zeiten aneinander gekettet."
„Was willst du?"
„Erst einmal", du kannst das Grinsen kaum unterdrücken (aber es zu tun, wäre nun wirklich zu viel verlangt!), „deine Visitenkarte."

Gelangweilt dreht sich die Erde weiter und es wird Nacht, wie es immer Nacht wird: in jener beiläufigen, verachtenswert maschinellen, Brechreiz erzeugenden Unausweichlichkeit. Du vergewisserst dich – Fahrautomat, der du bist –, ob die Scheinwerfer eingeschaltet sind. Natürlich sind sie es. Du fährst doch schon seit Kassel mit Licht! In weitausholenden Schwüngen schlängelt sich die Landstraße durch die sich verfinsternden Wälder bei Tauburg, windet sich wie unter Qualen über die sterngespickte Höhe von Seinsbrück, durchschneidet das morastige Tal von Liebfrauenstein.

In einer bewaldeten Talsenke setzt du den Blinker, verlässt die Straße, deren Belag im Scheinwerferlicht feucht glänzt wie die Haut von etwas Lebendigem, das im Wasser lebt oder leben sollte, biegst ins Nachtdunkel eines Forstwegs und hältst unter unwirsch oder höhnisch zischelnden Baumkronen. Streng, aber nicht unappetitlich steigt aus einer brackigen Suhle der schweißige Liebstöckelgeruch von Wildschweinen auf. Der Boden ist überhäuft mit Tannennadeln und gibt bei jedem Schritt federnd nach. Herr Rothermund grüßt immer freundlich. Ein älterer Herr. Ehemals Beamter. Wohnt schräg gegenüber. Ihn willst du anrufen und um Hilfe bitten. Er bräuchte doch nur einmal über die Straße zu gehen und nach dem Rechten zu sehen. Doch leider ist dein Handy kaum mehr zu bedienen. *Sicherheitsabfrage*, liest du. *Drücken Sie auf 1, wenn Sie bereit sind, sich der Sicherheitsabfrage zu unterziehen.* Du drückst die 1. *Wie viele Tiere sehen Sie?* Dein Blick zuckt über das Wimmelbild. Hase, Löwe, Otter, Elefant … Insgesamt zählst du 14 Tiere und drückst erst auf die 1, dann auf die 4. Der Bildschirm wird schwarz und sofort taucht mit spöttischer Promptheit wieder das rot gerahmte Kästchen auf: *Sicherheitsabfrage. Drücken Sie auf 1, wenn Sie bereit sind, sich der Sicherheitsabfrage zu unterziehen.* Du drückst erneut die 1. *Wie viele Märchenfiguren sehen Sie?* Hans im Glück, Aschenputtel, Alice im Wunderland … Alice im Wunderland ist keine Märchenfigur! Aber wissen das die Leute, die diesen armseligen Test ersonnen haben? Für diese Kretins ist Alice natürlich eine Märchenfigur. Also zählst du Alice mit.

Der gestiefelte Kater? Grenzwertig. Pinocchio? Eindeutig keine Märchenfigur. Das wissen sie bestimmt! Und das da soll wohl Aladin sein, dieser Turban tragende Knabe mit einer Öllampe in der Hand, aus deren Tülle sich ein Dschinn windet wie Kot aus dem Anus einer Raupe – wieso ein kleiner Junge? Und zählt der Dschinn mit? Sind Aladin und der Dschinn jetzt als eine Figur zu werten oder als zwei Figuren? Genaugenommen ist Aladin eine literarische Erfindung Gallands, also keine Märchenfigur, aber das weiß natürlich keiner außer dir und einigen anderen lebensfernen Leuten, die früher gerne gelesen haben und nun keine Kraft mehr dazu finden. Frosch mit Krone, geschenkt, schlafende Schöne, Dornröschen, ein Zwerg, okay, ein Riese, okay, etwas, das nur aus Lumpen besteht und ein Objekt hochhält, das leuchtet – okay? Dein Herz beginnt zu rasen und du gibst, nachdem du wieder klar denken kannst, erst eine 2, dann eine 9 ein. Sofort wird der Bildschirm schwarz, flackert kurz körnig grau, wie um sich zu besinnen, und es taucht ein drittes Mal, diesmal jedoch vor lapislazulifarbenem Hintergrund, das rot ummantelte Kästchen auf: *Sicherheitsabfrage. Drücken Sie auf 1, wenn Sie bereit sind, sich der Sicherheitsabfrage zu unterziehen.*

Nach einer Weile merkst du, dass Herr Professor Oluf Sattler wieder im Wagen sitzt und weiterfährt. Nach einer weiteren Weile wird dir bewusst, dass *du* wieder im Wagen sitzt und weiterfährst. Du (Professor Oluf Sattler) hoffst auf eine Tankstelle, um dich nach dem Weg zu erkundigen. Du (Oluf Sattler) kommst durch Oberberg (keine Tankstelle), durch Unterstadt (keine Tankstelle), durch Gernsieb (keine Tankstelle). Diese Ortsnamen sagen dir (Sattler) nichts, überhaupt nichts, um ehrlich zu sein, aber so, wie sie klingen, musst du (Oluf) dich ganz in der Nähe von zu Hause befinden.

Am Ortsausgang von Gernsieb verblüfft dich eine in Times-Square-Manier beleuchtete, auf Backsteinstapel aufgebockte Würstchenbude.

Du parkst zwischen einem feminin moosbepelzten Felsblock und einer Vespa, steigst aus und gehst, nachdem du wie ein Fernfahrer die Hose hochgezogen hast, hinüber zum Imbisswagen. Vom langen Sitzen fühlen sich deine Beine an, als gehörten sie dem alten John Wayne.

In der Bude schwingt ein junger Mann mit Überbiss einen Feudel.

Du räusperst dich.

Er sieht auf und nimmt die Kopfhörer aus den Ohren. „Ich wollte gerade dichtmachen", informiert er dich. Dann ergänzt er lachend: „Wir haben nur noch Wampen."

„Wampen?"

„Doppelweck aufgeschnitten, Handvoll Pommes rein, ordentlich Ketchup drauf, ordentlich Currypulver drauf, ordentlich Schaschliksauce drauf. Die ist selbstgemacht und noch lauwarm. So n Wampen ist ne echte Sauerei! Bevor sie einen auf den elektrischen Stuhl setzen, darf man sich in den Filmen doch immer was zum Essen wünschen. Ich würd mir nen Wampen wünschen. ‚Ich bereu zwar nicht, was ich getan hab', würd ich sagen, ‚aber einen oder zwei Wampen nehm ich bitteschön noch mit, bevor ich in die Grube fahre.' Wissen Sie was? Sie kriegen ihn zum halben Preis."

„Den Wampen?"

„Wovon reden wir denn die ganze Zeit?"

„Abgemacht! Bitte einen Wampen!"

„Ich mach dann aber gleich dicht."

„Damit kann ich leben."

„Ich mach Ihnen den Wampen und dann mach ich gleich dicht?"

„Einverstanden." Feierlich: „Bitte verkaufen Sie mir einen Wampen!"

Kaum hast du das abenteuerlich gefüllte Brötchen, dessen Form dich an das Zeichen für „unendlich" erinnert, erhalten und bezahlt, sagt der rothaarige Mann, indem er mit einer Hand nach dem Feudel greift und die andere blitzartig zur Decke der Würstchenbude reckt: „Ich mach jetzt dicht."

Rasselnd wie ein Schlossgespenst senkt sich der Rollladen.

Du isst gierig, Sauce tropft auf deine Brust, in der Bude rumpelt es. Du hast völlig vergessen, nach dem Weg zu fragen, traust dich nicht zu klopfen.

Am Liebsten würdest du jedoch mit der Faust an das weiß gestrichene Metall des Ladens schlagen und rufen: „Fang mich doch, du Eierloch!"

Auf einmal ist es in der Imbissbude totenstill. Kurz darauf riecht es nach Gras. Sitzt das Eierloch, fragst du dich, jetzt allen Ernstes da drin und kifft? Eierloch … Die Bedeutung dieses Begriffs hat sich dir nie erschlossen. Jasper hat ihn eines Tages mit nach Hause gebracht wie einen behinderten Spielgefährten. Danach hast du dieses Wort oft auf dem Spielplatz hören müssen. Und eben im Hotel. Eierloch! Einer der typischen Ausdrücke von Kindern oder Leuten, denen man ins Hirn geschissen hat. „An den Begriffen", pflegte Professor Kornbluth immer zu zetern, der deine Doktorarbeit nicht mochte, „werdet ihr sie erkennen!" Und dann in Viererreihen am Eiffelturm vorbei! In den Seminaren sagen deine Studenten oft „sporalisch" oder, um gescheit rüberzukommen, „quasi", doch quasi, denkst du dann immer, ist nur Modo, darfst das aber niemals laut sagen, sonst verpetzen sie dich und du bist den Job los. In den Hausarbeiten, deren Korrektur dich blöder als diejenigen macht, die sie verzapfen, mutet man dir Sentenzen zu wie: „Er schreibt viele Zitate", oder „Ich mache hier die These auf." Ist das noch wichtig? Rutscht das alles nicht gerade schrill kreischend hinab? Hinab wie auf geseifter Schräge in den schleckenden Schlund des Vergessens? Hast du noch die Visitenkarte von ihr im Geldbeutel? Ja, da! Wie sie wohl zwischen den Beinen riecht? Schmeckt? Hast du auch seine Visitenkarte noch? Ja, da ist sie! Wie er sich wohl fühlt, nun, da sein ganzes Leben als Katarakt in eine minutenkurze Begegnung in einem Aufzug an der Nordsee geschäumt ist, um sogleich weiß sprudelnd und Gischt sprühend in ein Abkommen zu strömen, das er nie hat ahnen können, als er in irgendwelchen Villen oder Nobelhotels über erlesene Kleinmöbel gekauert seine Gedanken in ruhmgeile Floskeln zwängte? Oder als er nackt ans Ufer zurückkam, zum Feuer, und etwas in der Finsternis zurückließ, das dir kostbarer als alles war, was dir bis dahin oder später – stopp!

In Sobing gibt es tatsächlich eine Tankstelle! Zwar nur zwei Zapfsäulen, aber sie hat immerhin geöffnet. Sicherheitshalber tankst du voll, putzt Windschutz- und Heckscheibe. Hinter einem Bretterzaun schnüffelt derweil irgendetwas Freundliches, Pelziges. Der Tankwart versteht dich nicht oder gibt vor, dich nicht zu verstehen. Dein Geld nimmt er jedoch, ohne zu zögern, und schnalzt dabei mehrmals bedeutungsvoll mit der Zunge. Das Rückgeld stimmt in etwa. In den oberen Regalen des Verkaufsraums, wo es nach frischem Zigarettenrauch und Katzenpisse riecht, stehen in Plastikfolie eingeschweißte Zeitschriften, aber es gibt nirgendwo einen freundlichen Barbapapa im Glaskasten. Eigentlich vollführt Barbapapa das physisch, was man ansonsten nur geistig zu leisten vermag, im Akt des Denkens nämlich, vor allem im Einnehmen einer Fremdperspektive. Schon kleinen Kindern erzählt man vom kranken Frosch und sie verstehen dessen Nöte, da sie das Phänomen „Krankheit“ kennen. *Denkt euch nur, der Frosch ist krank! / Liegt nur auf der Ofenbank. / Liegt da schon, wer weiß wie lang. / Ach, wie fehlt mir sein Gesang! / Denkt euch nur, der Frosch ist krank.*

Du fährst weiter und wie ein Leichenzug, der sich auf dem Weg zum Kirchhof verfranzt hat, trottet das irrwitzige Personal alter Kinderreime durch das leergefegte Panoptikum deines Verstandes: Hanne Popanne, Ilse Bilse, Annele Bannele, Gretel Pastetel, Rolfi Dolfi, Peter Später, Ellerie Sellerie, Frau von Hagen, die Herren von Biber und Liljenstern, Reserl Brotbeserl, Fritze Grütze, Pumpernickel Kirchenstein, Hans im Schnakenloch, die Dickmadam und der Schneider Kikriki. Was habt ihr mir zu sagen, Hanne Popanne, Ilse Bilse und Annele Bannele? *Denkt euch nur, der Frosch ist krank! / Liegt nur auf der Ofenbank. / Liegt da reglos* – tot ist er! Natürlich ist er schon lange tot, der arme Frosch! Was habt ihr mir also zu sagen Gretel Pastetel, Rolfi Dolfi, Peter Später? Und was du, Ellerie Sellerie? Wichtig kann's nicht sein, denn: *Denkt euch nur, der Frosch ist tot! / Liegt starr auf der Ofenbank. / Liegt da schon, wer weiß wie lang. / Ach, wie fehlt mir sein Gesang! / Denkt euch nur, der Frosch ist tot.*

Du fährst durch Worbskirk, fährst durch Naumsipp, kommst durch Auelkirch (eine Ansammlung spukhaft winziger Reihenhäuser voller tumorartiger An- und Aufbauten), durch Lautenpfriem und Winkelt, du fährst durch Wegsam (in trotziger Verlegenheit aneinander geschmiegte Häuser auf beiden Seiten verwandeln die Straße in einen Canyon), durch Ropelstein, durch Schaumpatt (an einer Litfaßsäule liegt ein toter Hund).

In Lebton klappst du, während du an einer verbuschten Verkehrsinsel auf Grün wartest, den nutzlos gewordenen Straßenatlas zu und stopfst ihn mehr beleidigt als zornig zurück ins nach Plastik riechende Handschuhfach. Die Umgebung kommt dir zunehmend vertrauter vor, ganz so, als kämst du nach Jahren auf der Wanderschaft in das Dorf zurück, wo du aufgewachsen bist: Die Verkehrsführung ist geändert, die Kneipen heißen anders oder sind Boutiquen, die Metzgereien stehen leer und in den ehemaligen Bäckereien wohnen Leute. *Heim kehr ich,* heißt es bei Albert Ehrenstein (einem dieser im Exil vergessenen Dichter mit Tritra-trullala-Namen), *und finde nicht heim. / Es haben die Häuser sich anders gekleidet, / Schamlos versammelt sind sie / Zu unkenntlichen Straßen, / Es haben die Zopf tragenden / Mädchen meiner scheuesten Liebe / Kinder bekommen.* Doch diese Verse sind zu wahr, um trösten zu können. In einem New Yorker Armenspital gibt Ehrenstein schließlich auf: *Essen mögen die anderen, / Die noch einen Mund zum Schreien haben. / Glänzend spannt sich meine Haut / Zwischen Nase / und schlaffem Kinn. / Wie essen, / Wenn ich nicht einmal mehr schreien kann? / Warum noch etwas wie Brot oder einen geschenkten Pfirsich essen, / Wenn ich nicht mehr schreien darf? / Ach, nur noch wenige Gedanken rascheln leise / Am Schüsselgrund meines Schädels. / Ich fasse jetzt die Leere an.*

Seit einigen Minuten folgt die Landstraße als braver asphaltierter Zwilling einem unbegradigten Bachlauf. Dieses rätselhafte Butzlabee-Kindergedicht, denkst du, bedeutet mehr, als es zu bedeuten vorgibt. Auch das Gedicht mit dem kranken Frosch handelt von anderen Dingen, als es vorzugeben scheint. Auf einer Insel im Bach oder vielmehr einem Insel spielenden Häufchen von Kies und Treibgut kurz hinter der Wüstung Gnäswimp steht ein Fischreiher, den wie beleidigt zugekniffenen Schnabel emporgereckt zum fahlen Sichelmond wie eine von Vaters eisernen Vogelskulpturen.
Er war so stolz darauf.
Du hättest dich nie darüber äußern dürfen!

Als du im Schritttempo durch Lurksicht fährst, wird dein Blick trübe. Nicht weinen, Oluf Sattler! Sei tapfer! Wir haben es fast geschafft! *Du* hast es fast geschafft! Hinter Fanstomp, wo fast alle Häuser rautenförmig angeordnete Eternitplatten an der Wetterseite haben, denkst du um. Du wirst, begreifst du in einer lebensverneinenden Heiterkeit, nicht nach Hause finden, wenn du weiterhin in diesem Gewirr kleinster Weiler und Ortschaften umherirrst. Du musst zurück auf die Autobahn. Egal auf welche. Von der Autobahn aus, überlegst du, ist der richtige Weg leicht ermittelbar. Hat man sich im Wald verlaufen, weiß jeder Pfadfinder, muss man sich zu irgendeinem fließenden Gewässer durchschlagen, dessen Verlauf dann zu einem größeren Gewässer folgen, um sodann dessen Verlauf zu einem noch größeren Gewässer zu folgen – aber was, wenn der Bach urplötzlich mit einem glockenhellen *Ding-dang-dong!* im Boden versiegt?

Ich fasse jetzt die Leere an. Du blätterst um.

Ich ging einmal nach Butzlabee. Gedanken wie Laub, durch das man müde schlurft. Natürlich ist der Frosch tot. Und zwar lange schon. Plattgefahren und vom Licht der Sonne zur Mumie getrocknet. Eine deiner klügeren Studentinnen hat das Gesicht einer mexikanischen Hockmumie. Etwas mehr im Saft und gar nicht unattraktiv in seiner wilden Abartigkeit. Sie muss noch ihre Hausarbeit abgeben. Oder fasst *mich* die Leere an?

Zwischen Luftburg und Laubricht beobachtest du von der mittlerweile einspurigen Straße aus eine Prozession oder einen Laternenumzug auf den nächtlichen Feldern. Nur im *Geröll* leben *Webnis* und *Ahndung* als *Weltiges* und *Straffeld*. Die schwankenden Lichter, der Tanz von Sternbildern in der Nacht, Mitteilungen von weit weg, die für uns hier unten nicht chiffrierbar sind, die aber, wären sie es, sumerische Tore öffneten, riesige, speichelnass glänzende, schwarzblau gekachelte Portale, deren singende Flügel dazu geschaffen sind, adlergleich aufzuschwingen, um einzulassen, um einzuladen, um, als wickelte man Binden um ein schmerzendes Körperteil, Geheimnisse zu offenbaren, die nie zuvor benannt wurden oder unter barmherzigen Verbeugungen ein Wort oder mehrere Wörter anzubieten, diese nie geahnten Geheimnisse erstmalig und alles lindernd zu benennen.

Du schaltest das Radio ein und sofort wieder aus. Die Orte, die du seit einer guten halben Stunde durchfährst, sind kaum mehr als solche erkennbar. Schilder am Ortseingang fehlen oder sind umgestürzt oder unleserlich oder sind keine Schilder, sondern etwas anderes. Einmal fährst du durch eine beleuchtete Stadt mit weißen Bauten, die dir maurisch vorkommen. Einmal fährst du durch eine Stadt, in der alle Straßenlaternen ausgeschaltet sind. Und viele Ortschaften, durch die du kommst, sind Wüstungen: zwei oder drei dunkle Bauernhöfe mit schwarz gähnenden Scheunentoren sowie eine geisterhafte Bushaltestelle, an der nie wieder ein Linienbus halten wird und vermutlich niemals zuvor gehalten hat. Oluf Sattler, niemand ist mehr auf dieser Straße unterwegs! Niemand fährt mehr in deine Richtung! Niemand kommt dir mehr entgegen! Sieh, dieses rostige Fahrradskelett am Straßenrand! Sieh, diese Plakatwand, von der sich das quellende Papier in Schichten schält wie verbrannte Haut! Oluf, sieh, diese Spiegelung des Mondes im Auge eines Löschteichs! – Drei Bilder, mit den Augen sehbar, mit den Sinnen wahrnehmbar, mit dem Verstand erkennbar, die, brächte man sie in die korrekte Reihenfolge, erhellende Botschaft wären – ähnlich dieser aberwitzigen Sammlung abfotografierter Kunstwerke auf den Schautafeln von Warburgs *Bilderatlas Mnemosyne,* Fotos, die nur für einen, nämlich Happy Warburg selbst, trillernd durch Umnachtung stapfend, in einem lustig-logischen Zusammenhang standen, unverschämt große Bildtafeln, den Collagen Pubertierender nicht unverwandt, die ihre Zimmertür mit aus Zeitschriften und Versandhauskatalogen gerupften Bildern vollpflastern. Was sind das überhaupt für Leute, die noch als Erwachsene Tafeln mit Bildern schmücken wie Kinderzimmertüren? Das hast du als Heranwachsender gemacht (Giger, Corben, Crumb) und das macht Jasper auch (Mann mit Tätowierungen im Gesicht, Frau im Bikini, dreiköpfiger Bär). Doch Miriam wollte, dass du alles auslagerst. Giger war ihr zu unheimlich, Corben zu krank, Crumb zu versaut. Und so kam alles in den Keller, wo es seither vor sich hinmodert wie die Musikkassetten oder, lass mich mal kurz nachdenken, die *Star-Wars*-Figuren, die wertvoll wären, steckten sie noch in den Originalverpackungen. Wieso – Himmel hilf! – ein dreiköpfiger Bär? Und wieso Anne Frank?

In Wenkel fragst du einen Passanten nach dem Weg, doch der versteht dich nicht und will dir unentwegt ins Gesicht fassen. Seine Hand ist nass und kalt wie das versabberte Kinn eines zahnenden Babys.

Du fährst weiter, schaltest das Radio ein und sofort wieder aus. Danach wieder ein und sofort wieder aus. Dann wieder ein wie unter Zwang. Es wird etwas gespielt, das man als „schwungvoll" bezeichnen könnte. Oder „rhythmisch". Aber von einer enervierenden Fremdheit, als gäbe eine rumänische Bläserkapelle Ravels *Boléro* in einer parodistischen Version zum Besten oder als spielte eine derridageschulte Combo von betagten Musikstudenten besagte rumänische Version des *Boléro* mit Pupstuba in einer dekonstruierten Fassung. Du schaltest das Radio wieder aus.

FELKE Wie fühlten Sie sich zu diesem Zeitpunkt?
DU Leben Sie wohl! Ich habe Ihnen nichts mehr zu sagen.
FELKE Ich würde Ihnen gerne einige Bilder zeigen. Wählen Sie eins davon aus und formulieren Sie Ihre Bedürfnisse!
DU Weshalb?
FELKE *legt einige laminierte Fotos auf den Tisch: ein fliegender Adler, ein schlafender Bär, ein meerumtoster Leuchtturm, ein rennender Gepard, eine Blüte.* Das ist eine Methode, um seine wahren Gefühle zu erkennen. Indem man ein Bild mit einem Bedürfnis verknüpft, wird Unbewusstes freigelegt. Das ist wie eine Art … äh … fabelhafter Trick.
DU Haben Sie sich das ausgedacht?
FELKE *weiß auch mal was:* Nein, keineswegs, nein-nein, das folgt dem Zürcher Ressourcen Modell. *Schmeichelnd:* Die haben auch so ein Rad entwickelt, ein so genanntes Wunderrad …
DU *mit den beiden Tafeln vom Berg hinabsteigend:* Ihr glaubt, alles erfahren zu können mit euren bescheuerten manipulativen Spielchen? Weshalb ist kein, wie ihr dümmlich sagen würdet, negatives Bild dabei? Eure Spielchen oder vielmehr ihr selbst dient doch nur, ohne es zu wissen, einem einzigen System, indem ihr nämlich alles daransetzt, vermeintliche Störfaktoren zu beseitigen, um uns wieder zum Funktionieren zu bringen. Und doch werdet ihr nie begreifen, dass uns die Tiefe des Herzens selbst unerforschlich ist! So formuliert es jedenfalls Sankt Kant in *Die Religion innerhalb der Grenzen der bloßen Vernunft.* Verstehen Sie? Ich rede von Immanuel Kant, dem heiligen Kant, den ihr nie gelesen habt. Auf diesem Gedanken, der bedeutend ist wie die Schwerkraft, fußt seine ganze Ethik, die eben deshalb nicht rigoros ist, wie es allerorten … Ach, was rede ich hier, Sie Idiot! Ich habe Ihnen nichts mehr zu sagen, Felke! Alle haben mich im Stich gelassen. Und Sie auf die niederträchtigste Weise, die überhaupt auch nur denkbar ist. *Die Tafeln auf den Boden*

schmetternd: Wie niederträchtig seid ihr doch in eurer boshaften Einfalt! ‚Dumm' und ‚böse' sind, wenn es um die Wurst geht, immer Synonyme. Und das ist das Letzte, was Sie von mir hören werden. Also leben Sie wohl!

FELKE *mit zitternder Stimme:* So leicht kommen Sie mir nicht davon!

DU *verträumt:* Weshalb haben Kinder Angst vor den Getränken ihrer Väter. Zirbengeist, Himbeergeist …

FELKE Seien Sie nicht albern!

DU Ich bin nicht albern, Felke! Und – merken Sie auf! – war es nie.

FELKE Reden Sie von sich selbst oder von Jasper?

DU Leben Sie wohl! Ich habe Ihnen nichts mehr zu sagen. Fang mich doch, du – *Der Vorhang schließt sich und verdammt alle Felkes ins Gewesene.*

Eierloch! Du durchfährst Lork, Faltemblag, Schornstipp.

Kurz hinter dem Ortsschild zwingt dich eine Bahnschranke zum Anhalten.

Davor steht ein Bauer, der einen Sack geschultert hat (Millet).

Per Tastendruck senkst du das Fenster auf der Beifahrerseite (Pohl) und fragst durch das Wageninnere: „Wann kommt der Scheißzug endlich?"

„Manchmal kommt keiner und die Schranke geht wieder hoch."

Pause.

„Manchmal kommt einer."

Lange Pause.

„Meistens kommt keiner."

Zeit vergeht. Kein Zug kommt.

Du willst gerade aussteigen, um dir die Füße zu vertreten, aber da hebt sich die Schranke zum Hitlergruß. Du nickst knapp zur Verabschiedung, drückst die Taste, lässt das Fenster hochfahren, senkst die rechte Sohle aufs Pedal, schießt davon, siehst den Bauern im Rückspiegel kleiner werden, und ehe dir eine Kurve die Sicht nimmt, glaubst du, aber bist dir nicht sicher, dass er den Sack zu Boden hat gleiten lassen, als wäre seine Aufgabe erfüllt.

Der nächste Ort, verrät dir ein Hinweisschild, kommt in fünf Kilometern und heißt Garkirch. Wo sie Gott gekocht haben, denkst du, oder noch immer kochen. Du hast schon wieder Hunger. Und Durst hast du auch.

In Garkirch wird gefeiert. Über den Straßen sind dreieckige Wimpel und Ketten bunter Glühbirnen gespannt und weisen den Weg zur Kirche. Dort lotst dich ein birnenköpfiger Mann mit orangefarbener Warnweste zu einem freien Parkplatz. Du steigst aus, drückst dem Birnenmann, nachdem du den Wagen verschlossen hast, zwei Euro in die Hand (ein Kreis schließt sich), überquerst zügig den Friedhof, gehst rechts des Kirchenschiffs durch ein efeuüberwuchertes Steintor und befindest dich auf dem Festgelände: einer lichtergeschmückten Wiese voller Biertische und dicht besetzter Klappbänke. In vielstimmiger Ausgelassenheit wölbt sich dir das feiernde Garkirch entgegen wie eine bebende Membran. Am Rand der Wiese hat man Stände und Buden aufgebaut und neben dem beidseitig betretbaren Toilettenwagen, der wie ein anonymisierender Augenbalken die Apsis der Kirche verdeckt, gibt es sogar eine Bühne, auf der in allargandierendem Tempo auf- oder abgebaut wird. Du beschließt, eine kurze Rast einzulegen, um eine Kleinigkeit zu essen und zu trinken, ehe du weiterfährst.
Vielleicht bringt dich das auf andere Gedanken.

„Andere Gedanken“ – wie sähen „andere Gedanken“ aus? Und was sind das überhaupt – „andere Gedanken“?

An dieser ganzen Misere ist allein die Lebensfeindlichkeit eines Denkens Schuld, begreifst du, während du dich auf der Festwiese umsiehst, als erwachtest du aus einem hellsichtigen Traum, das sich selbst unentwegt zum Gegenstand der Reflexion macht. Allein deswegen hast du schon vor Jahren die Unmittelbarkeit des Erlebens verloren. Darüber solltest du mal einen Aufsatz schreiben! Die akademische Tätigkeit hat nicht nur, könntest du saftig beginnen, die Kluft zwischen Leib und Seele vergrößert, sondern hat alles Leibliche am Kragen gepackt und in eine fensterlose Abstellkammer geworfen, wo es verkümmert ist wie eine Topfpflanze, die man zu gießen vergessen hat. Wir sind, könntest du modischer, aber auch eine rasante Spur kryptischer fortfahren, durch das Verweilen in bloßen Möglichkeiten zu Avataren unserer selbst geworden. Und auch diejenigen, die wie Jasper Sport treiben, tun dies keineswegs um der Leiblichkeit willen, sondern allein, um ein Bild ihrer selbst für sich und andere zu erzeugen, das ebenso virtuell wie die Vorstellung ist, die sie an die Hantelbänke und auf die Laufbänder treibt. Wieso, fragst du dich (darüber würdest du natürlich kein Wort schreiben), kann ich mich nie so fallen lassen wie die Helden in den Büchern, die ich früher gerne gelesen habe, oder wie es Vermeer getan hat, indem er einfach das malte, was er sah? Oder war das, was Vermeer malte, schon so symbolisch überhöht, dass bereits hier der Hiatus zwischen Leib und Seele aufklaffte, die Verletzung, mit der Zivilisation bezahlt werden muss?

„Sehr geehrte Damen und Herren, es ist mir eine *große* Ehre, Ihnen heute in Hunsum“, freundliches Gelächter, „einen *kleinen* Überblick darüber zu geben, was wir am Institut machen, wenn sich die Bürotüren hinter uns geschlossen haben. Stellen Sie sich vor, Sie könnten durch diese Türen hindurchsehen! Und damit nicht genug! Stellen Sie sich vor, Sie könnten nicht nur durch diese Türen, sondern durch diese Türen hindurch und zugleich in die Köpfe der Menschen hinein sehen, die sich in den Büros des Instituts über ihre Schreibtische beugen! Und in einem dieser demütig geneigten –" Du schüttelst den Kopf, wie um dich vom Spuk eines bedrängenden Gedankens zu befreien, und erhebst provozierend schrill die Stimme: „Schon das, was Vermeer malte, war so symbolisch aufgeladen, dass der Hiatus zwischen Leib und Seele, den wir – Vielen Dank auch, Griechenland! – Denkern wie Platon zu verdanken haben, aufriss", die Heidelberger applaudieren frenetisch, „eine Kluft, ein Spalt, ein Schnitt, eine tiefe, unheilbare, schwärende Wunde, etwas", deine Stimme geht in den Keller Kohlen holen, „unentwegt Schmerzendes, mit dem wir", du stößt im Dunkeln an eine Gliederpuppe und diese reißt im klappernden Umfallen eine weitere und dann noch mehrere andere mit sich, „Zivilisation bezahlen. Sehr geehrte Damen und Herren, ich habe eben Vermeer erwähnt und doch ist Jan Vermeer van Delft nur ein willkürlich aus der Mappe der Kunstgeschichte gefischtes Beispiel." – „Hört! Hört!", entfährt es Frau Professor Bast. Du nickst ihr in stummem Einvernehmen zu und fährst fast betrübt fort: „Ja, hören Sie zu! Hören Sie bitte alle gut zu! Jan Vermeer ist ein x-beliebiges Beispiel, denn die Kluft, die, wie ich fürchte, eine alles Lebensglück bedrohende Krankheit ist, hat sich schon in dem Moment gähnend aufgetan, als die Höhlenwände von Lascaux mit den inszenierten Abbildern realistisch nachempfundener Tiere geschmückt wurden." Götzloff dreht den Kopf zur Seite und bedenkt seine in Ehrfurcht erstarrte Sitznachbarin mit einem Nicken, das zu besagen scheint: Sehen Sie, Frau Doktor Schauper, wir haben doch den richtigen Mann zum Kongress geschickt! „Halt!", rufst du (weiser Zauberer, Fluch) und hebst mahnend den Zeigefinger. „Oder ist nicht schon der signaturverwandte farbige Handabdruck des Künstlers an der Höhlenwand ein Indiz dafür, dass der Körper bereits schon damals weit weniger bedeutend war als das Abbild des Körpers oder das vom Körper abbildhaft oder symbolisch Produzierte? Vielleicht liegt –" Nein, das darfst und willst du nicht laut sagen! Oder doch? „Vielleicht", zaghafte Schritte auf gefährlich glattem, da frisch gebohnertem Linoleum einen schier endlosen Krankenhauskorridor entlang, „liegt Bourdieu gar nicht so falsch damit, wenn er im Rahmen seiner terminologischen eher bescheidenen Möglichkeiten versucht, die … äh … Praxis wieder in einen Gleichklang mit der … Theorie zu bringen."

Bourdieu hat recht? Du benagst die Unterlippe. Ein Pierre Bourdieu, der recht hat? Spätestens mit diesem Gedanken sind alle Gewissheiten geschwunden und dein Verstand wird zur leeren Tafel, die neu beschrieben werden muss. Von den nahe stehenden Biertischen aus beobachtet man mit amphibisch emporglotzenden Augenpaaren, wie du inmitten des Trubels stehst, ein Fremder, ein Irrer, ein Eindringling, der zum Glück nicht mehr laut mit sich selbst redet. Du wischst mit dem Handrücken Schweiß von der Stirn, Blut von der Lippe und die Blicke wenden sich, als atmete das Fest vor Erleichterung aus, allmählich wieder von dir ab und weiter geht es mit Gejauchze in Viererreihen am Eiffelturm vorbei. Vieles an der feiernden Meute erinnert dich an Micha, den Fernfahrer. Manche Leute haben sich im Sitzen eingehakt und schunkeln zur Musik, die aus zwei hüfthohen Boxen kommt, die an den Vorderecken der Bühne stehen, wo noch immer auf- oder abgebaut wird. Eine alte Frau, die blind zu sein scheint, tanzt – wie ferngesteuert von einem sadistischen Kind – um einen Rundballen aus hellgelbem Stroh. Vielleicht kommt Micha aus Garkirch, denkst du, und hier amüsiert sich seine gesamte Inzestsippschaft.

„Sehr geehrte Damen und Herren, es ist mir eine *große* Ehre, Ihnen heute in Hunsum … dann woll'n wir mal … entschuldigen Sie bitte …"
„Ja?"
„Ich nehme einmal die Erbsensuppe mit Würstchen."
„Mit einem oder zwei?"
„Mit einem oder zwei was?"
„Würstchen."
„Mit zwei Würstchen bitte."
„Sind nicht von hier, was? Mit einem oder zwei – Brötchen?"
„Mit einem bitte. Und ich bin in der Tat nicht von hier."
„Was Sie nicht sagen! Senf rein?"
„Wie bitte?"
„Senf in die Suppe?"
„Macht man das hier so?"
„Senf oder kein Senf?"
„Was würden Sie mir denn empfehlen?"
„Senf oder kein Senf?"
„Senf."
„Na, also." Der Mann mit der weißen Schürze, der dich an Metzgermeister Onsker erinnert, mit dem Vater immer Skat gespielt hat, klatscht einen Esslöffel Senf in deine Suppe, du zahlst und setzt dich mit dem Plastiknapf an den freien Tisch neben dem Toilettenwagen. Die Erbsensuppe ist salzig, riecht nach Räucherspeck, schmeckt aber fast nur nach Senf. Die Seiten des Plastiklöffels fühlen sich im Mund störend scharfkantig an, die Pelle der Würstchen dagegen schmeckt laugig glatt. Ohne Erwartung beißt du in das schaumgummizähe, mutantenhaft aufgeblähte Brötchen: Es erweist sich als geschmacksarm wie alles aus der Bäckerei von Claes Oldenburg.

Plötzlich rauscht-knistert-knackt hinter deinem Kopf ein Walkie-Talkie und simultan schiebt sich ein Polizeibeamter in dein Blickfeld, bleibt stehen und übt sich im Vorspiegeln entspannter Langeweile, ein eiförmiger Mann in den Fünfzigern mit glatt rasiertem Mondgesicht und flinken Augen, die eine mühsam gezügelte Intelligenz verraten.

Du kaust Wurst, schluckst, siehst zu dem Polizisten auf.

„Warten Sie auf jemanden?", fragt der.

„Nein. Ich bin auf der Durchreise."

„Mal eine kleine Pause machen?"

„Genau."

„Und mal eine Suppe essen?"

„Genau."

„Mal eine kleine Pause machen und eine Suppe aus der Gulaschkanone essen, oder? Sie haben sich ja ganz schön viel Senf reinmachen lassen!"

„Ganz genau", sagst du, eine Antwort, die sich mehr auf die Frage als auf die Feststellung bezieht, und fühlst dich deplatziert in einem Anzug, der zu allem Überfluss auch noch mit Wampensauce verkleckert ist!

„Erbsensuppe mit Würstchen und Senf. Kann man sich mal gönnen, oder?"

Du wirst in die Mangel genommen, merkst du. Aber weshalb? Du hast dir doch nichts zu Schulden kommen lassen. Oder doch? Auf einmal fühlst du dich schuldig, aber anstatt dich zu rechtfertigen oder Fragen zu stellen, die, wie jeder weiß, der einmal mit der Polizei zu tun hatte, alles nur schlimmer machen würden, sagst du mit einem eilfertigen, mechanischen Nicken: „Ja, ich mache bloß Rast und fahre gleich weiter."

„Dann guten Appetit und eine gute Weiterfahrt, der Herr!"

Den Löffel nach wie vor erstarrt auf halber Höhe zwischen Plastiknapf und Mund, siehst du dem Polizisten nach, der, die Arme hinter dem rundlichen Rücken verschränkt, selbstgefällig über

die Wiese davonschreitet wie eine Filmfigur aus den 1950er Jahren, die allzeit „heitere Gelassenheit" (Fontane) ausstrahlt, aber, wenn es „hart auf hart" (Spillane) kommt, mit Leichtigkeit und ohne Pardon jeden Trickbetrüger überführt.
Der Löffel hebt sich zu den sich öffnenden Lippen; der dicke Hintern des Eiermanns wackelt aufreizend; der Löffel sinkt zum Napf zurück.

Wenig später stützt du, als würdest du dazugehören, die Ellenbogen auf den Tresen eines Bierstands und fragst: „Was trinkt man denn hier?" Die versenfte Suppe hat dich durstiger gemacht, als du ohnehin schon warst.
„Was?", fragt die Frau hinter dem Tresen – eine ehemalige Studentin?
„Ich nehme dasselbe wie der Herr neben mir", sagst du schnell.
„Was?", fragt auch der und wendet sich dir zu. Anstelle einer Nase hat er einen kartoffelgroßen Mullverband im Gesicht, aus dem zwei durchsichtige Schläuche zu einem schuhkartongroßen Kasten führen, der neben ihm auf dem Tresen liegt. Der Kasten ist schwarz und hat lediglich einen Ein- und Ausschaltknopf. „Was?", fragt der Mann wieder und die Frage klingt keineswegs unfreundlich. Er klopft mit dem Knöchel zwei Mal an den Kasten.
„Ich nehme ein Bier", sagst du mit einer beschwichtigenden Gebärde.

Klebrig schwappt es über deinen Handrücken. Klebrig und lauwarm. Den Becher balancierend, kehrst du zu deinem Platz am Toilettenwagen zurück. Obwohl du erst einmal zur Ruhe kommen willst, um dir später – in kühler Geistesverfassung – nächste Schritte zu überlegen, ertappst du dich dabei, schon wieder nachzudenken; diesmal geht es um deine Ehe.

Man wird, überlegst du, durch das Verhalten anderer, das man nicht versteht, und durch Äußerungen anderer, die man inhaltlich zwar erfasst, aber gedanklich oder emotional nicht nachvollziehen kann, in jemanden verwandelt, der irgendwo gestrandet ist, wo er sich nicht mehr verständlich machen kann und sich im vergeblichen Bemühen, zu begreifen, was er falsch macht oder ob er überhaupt etwas falsch macht, von Tag zu Tag fremder und lächerlicher fühlt. Natürlich ist man nie gerne derjenige, der man ist (außer in der Badewanne zum Beispiel oder in der Sauna beim Aufguss oder im Schlaf), aber in diesem Klima des ins Gigantische geblähten Missverstehens vermag man jenes Unbehagen kaum noch zu überspielen und sieht in einer Hilflosigkeit, als läse man darüber in einem Buch, wie alles zum Zerrbild wird, einem niedlichen Plüschhund nicht unähnlich, der plötzlich scharfe Reißzähne offenbart.

Oft, nachdem ihr euch bis aufs Messer gestritten habt, hast du in deinem Arbeitszimmer gesessen und wärst am liebsten gestorben und verachtetest dich dafür, es nicht zu tun, verachtetest dich dafür, kein Skorpion zu sein, der sich in einer ausweglosen Lage selbst den giftigen Stachel in den Leib rammt. Felke hat permanent wissen wollen, wie du dir das Leben vorstellst, das du „in Wahrheit" führen willst. Jetzt fällt dir auf einmal eine Antwort ein: So wie ein Kellner, dem das Tablett im vollbesetzten Restaurant zu Boden gefallen ist (Schinken, Erbsen), so wie dieser Kellner möchtest du dein Leben zu Ende führen, der am liebsten unsichtbar wäre, es aber nicht ist, und so unsichtbar wie möglich und mit angehaltenem Atem zur Flügeltür der Küche zurückweicht – tapfer und verzweifelt in diesem sich ins Endlose dehnenden süßen Augenblick des demütigen Verschwindens, ehe die Konsequenzen mit Tentakelfingern aus nie geahnten Tiefen schießen.

Aber ist das eine Lösung?

Du hättest nicht fahren dürfen! Und zwar nicht, weil du dich derart blamiert hast, dass man dich nie wieder zu einem Kongress einladen würde und du dir vermutlich eine neue Stelle suchen müsstest, sondern weil du … aber wärst du nicht gefahren, hättest du niemals … trotzig nimmst du die beiden Visitenkarten aus dem Geldbeutel und legst sie nebeneinander vor dir auf den Biertisch: Links ihre Visitenkarte, rechts seine Visitenkarte.

Was ist nun Beute?, fragst du dich. Und was Beifang?

Kaum hast du die Karten wieder im Geldbeutel verstaut, gesellen sich die Zwillinge zu dir. Die beiden (du bist nicht gut im Schätzen und tippst auf knapp unter oder knapp über dreißig) sehen auf vulgäre Weise attraktiv aus wie, mmh … sagen wir mal, für den Ballermann aufgebrezelte Friseusen: zu blond, zu geschminkt, zu große Oberweite, zu dicke Oberschenkel für die schwarzen Leggins. Das erinnert dich an jemanden, aber du weißt nicht, an wen. „Was ist das?", fragt diejenige, die links neben dir Platz genommen hat, und stellt drei volle Becher vor sich auf den Tisch …
„Bier", sagst du.
„Wie viel Biere?", will nun diejenige wissen, die dir gegenübersitzt.
„Drei Biere", sagst du und siehst dich vorsichtig um.
„Und wie viele sind wir beide?", fragt die neben dir.
Du spürst ihren Schenkel an deinem, ein sanfter wie zufälliger Druck.
„Zwei", sagst du. „Dann ist eins für mich?"
„Bist ja ein richtiger Schnellmerker!", lacht die andere. Sie legt beim Lachen den Kopf in den Nacken und zeigt viel Zahn und roten Rachen.
„Danke schön. Was verschafft mir die Ehre?"

„Die Ehre!“
„Lass uns erst mal anstoßen. Prost!“
„Prost!“
„Wohlsein!“
„Man verwechselt uns immer. Ich bin Karin.“
„Und ich bin Kerstin.“
„Sie sind Zwillinge, oder?“
„Wir machen alles zusammen.“
„Alles?“
„Alles.“
„Alles.“
„Und sind Sie jetzt Zwillinge?“
„Er ist echt ne Marke!“
„Find ich auch. Hast du auch nen Namen, Marke?“
„Oluf“, sagst du und wiederholst, um das ungläubige und leicht hysterische Gelächter von Karin und Kerstin zu übertönen: „Ich heiße Oluf.“
Einige Runden später, die allesamt du bezahlt hast (die Frau am Bierstand sieht dich bei jeder Bestellung mit einem ungläubiger werdenden Vorwurf an, als wäre sie tatsächlich eine ehemalige Studentin), ist das Gespräch beim Klimawandel angekommen. „Mein Chef meint immer“, führt Karin oder Kerstin gerade aus, „das wär gar kein Problem, denn bald käme eine Eiszeit und das würde den Klimawandel k. o. schlagen. Verstehst du?“
Du nickst eifrig und fragst dich, was die beiden von dir wollen, und wieso die Karin oder Kerstin, die neben dir auf der Bank sitzt, immer heftiger und unbestritten mit voller Absicht ihren Schenkel fest an deinen drückt.
Vom Klimawandel wird zum Haus Targaryen gesprungen. „Tyrion ist eigentlich kein echter Lannister – du kuckst das nicht, oder?“

Als die Becher wieder leer sind, wollen die Zwillinge tanzen. Erst weigerst du dich, „das geht echt nicht“, dann denkst du über deine Weigerung nach, als würde jemand anderes darüber nachdenken, und aus Sorge wird Ärger, wird Zorn. Wie kann es Miriam wagen, sich so tot zu stellen wie der blöde Frosch auf der Ofenbank? „Ich tanze später mit euch“, sagst du. Ob sie nackt auf der Sonnenbank liegen oder die Unterwäsche dabei anlassen? „Doch“, versuchst du witzig zu sein, „da gibt es ein kleines Problem. Ich weiß ja gar nicht, mit wem von euch beiden ich zuerst tanzen soll.“
„Wieso?“, fragt diejenige, die dir gegenübersitzt.
„Das liegt doch auf der Hand.“
„Was?“, fragt die neben dir und zupft einen Fussel von deinem Anzug.
„Sag mal was Lustiges!“, sagt die andere.
Beide sehen dich erwartungsvoll an.
„Ich habe einen toten Frosch im Kofferraum“, sagst du.
„Warum?“
„Ich sollte was Lustiges sagen.“
Eine Karin oder Kerstin denkt angestrengt nach, die andere Karin oder Kerstin erkundigt sich mit einem Gesichtsausdruck, den sie wahrscheinlich aus der Berufsschule kennt, wenn jemand in der Klasse was Kluges gesagt hat: „Hast du wirklich einen toten Frosch im Kofferraum?“
Du nickst und bist dir mit einem Mal absolut sicher: Sie liegen völlig nackt auf der Sonnenbank. Und rasiert sind sie beide. „Um genau zu sein, handelt es sich um einen plattgefahrenen toten Frosch. Ich habe ihn …“
„Darauf trinken wir einen!“
„Genau! Darauf müssen wir einfach einen trinken!“
„Warum?“
„Darum!“

„Frag doch nicht immer so viel!“
Du wirst die beiden nie auseinanderhalten können!
„Ist euch nicht kalt?“
„Dir?“
„Nein, aber ich habe ja auch eine Jacke an, und ihr beide …“
Zähne, roter Rachen: „Wir beide was?“
Mehr Beindruck: „Und wann gehen wir jetzt endlich tanzen?“

Wie einfach alles sein kann!, denkst du. Erst fürchtet man, nie wieder nach Hause zu kommen, und urplötzlich steckt man bis zum Hals mitten im Klassenfahrt-ABC zwischen S wie *Saufen, als gäb's kein Morgen*, und T wie *Tanzen, bis der Arzt kommt.* In deinem Kopf singt es (ein irrwitziges Echo aus zeitfernem Liedgut): *Ich darf nicht tanzen, nicht tanzen ich mag …* und laut hörst du dich gleichzeitig sagen: „Sehr gerne später tanzen. Aber bitte erst drei Bier! Ich geh sie jetzt holen.“ Du erhebst dich, lachst, setzt dich wieder hin. „Ich glaube, die Frau am Bierstand ist eine ehemalige Studentin von mir. Jedenfalls kuckt sie immer ganz komisch, wenn ich –“
„Mensch, hol uns endlich was zu trinken!“, sagt Karin oder Kerstin.

„Wir könnten deine Töchter sein.“
„Wie das?“
„Vom Alter her.“
„Vom Aussehen her wohl kaum.“
„Ach so.“ Dein Blick streift Karins oder Kerstins geschminkte Wange, ihre Jeff-Koons-roten, geöffneten Lippen, irrlichtert über die Festwiese und kommt auf einem Kleinkind zu ruhen, das im Schneidersitz vor der Bühne hockt und in aller Seelenruhe Seifenblasen pustet. Homo bulla, denkst du; der Knabe sitzt da, wie einem Gemälde von Chardin oder van Loo entsprungen.

Überhaupt kommt dir vieles auf diesem Fest unangenehm bekannt vor. Ist „bekannt“ das treffende Wort? Müsste der Knirps nicht längst im Bett sein? Ist „unangenehm“ das treffende Wort? Was heißt es denn, wenn einem etwas „unangenehm bekannt“ vorkommt? Hat das denn überhaupt eine greifbare Bedeutung? Und befreit aus modrigen Gewölben, kriecht gleißend wie aus schwarzem Lack die Schnecke *Déjà-vécu* hinein in die hell erleuchteten, bildervollen Hallen deines bewussten Denkens. Vermutlich bewirkt die Vertrautheit des Abgeschmackten diese verstörende Sinnestäuschung. Von Ähnlichem hast du in Büchern gelesen oder erzählt bekommen – und dennoch ist das alles plötzlich deine Wirklichkeit. Dich befremdet außerordentlich, dass sie zudem so scharf konturiert wirkt, als hättest du nie zuvor mit echten Dingen zu tun gehabt. Wer eine Putzfrau beschäftigt, ahnt nicht, dass die Nadeln des Weihnachtsbaums noch im Sommer an den unmöglichsten Stellen der Wohnung auftauchen, denkst du unvermittelt sowie erfreulich druckreif und verspürst zum ersten Mal seit Monaten das Bedürfnis, einen Gedanken (nämlich diesen) schriftlich festzuhalten, und das, obwohl er in keinem Zusammenhang mit irgendetwas steht, das dich momentan umtreibt. Oder womöglich doch?

„Gib mir mal ne Fluppe!“
„Willst du auch eine?“
„Danke, ich rauche nicht.“
„Warum nicht?“
„Kuckt mal! Jetzt geht’s los!“
Auf der Bühne tut sich wahrhaftig etwas: Die Knastbrüder haben zu Ende ab- oder aufgebaut und drei ältere Typen mit weißen Schlaghosen und rosafarbenen Hemden nehmen unter dem anfeuernden Applaus der Menge ihre Plätze an Mikrofon, Keyboard und Schlagzeug ein. Alle drei haben Klo-

brillenbärte wie Oberstudienräte. Der Typ am Mikro schnallt sich eine Gitarre vor den Wanst, beugt sich vor, sagt: „Test, Test", zählt langsam bis drei und brüllt danach ohne Vorwarnung eine mundartliche Derbheit über die Wiese. Die Menge johlt. „Geh hemm und lehdisch schloofe!", ruft jemand aus dem Gebüsch neben eurem Tisch. Die Zwillinge sind jedoch abgelenkt und tippen Textnachrichten. Im Gebüsch hustet jemand. Als du wieder zur Bühne schaust, sind die drei Typen nicht mehr da, sondern die Knastbrüder werkeln wieder gelangweilt am Equipment herum.

Geht es um dich? Die Zwillinge tuscheln, kichern … bestimmt geht es um dich … es ist dir ohnehin ein Rätsel, weshalb sie sich zu dir gesetzt haben. Wieder kichern sie und du fühlst dich in einer Art ausgeschlossen, die du seit deiner Jugend nicht mehr erlebt hast. Jetzt zeigen sie sich Zeugs auf ihren Handys und kichern wieder. Was sie wohl beruflich machen?

Etwas zu langsam für deinen Geschmack schlendert der Polizist von der eiförmigen Gestalt vorbei, mustert ernst die eine Karin oder Kerstin, dann etwas ernster die andere Karin oder Kerstin, dann sieht er dich fragend an. Du lächelst entschuldigend, zuckst die Achseln. Er hebt eine Augenbraue. Du zuckst wieder mit den Achseln, und da du ihm nicht noch einmal auf den wackelnden Popo glotzen willst, orderst du bei deiner Studentin eine neue Runde. Es ist gar nicht mal so kompliziert, drei bis zum Rand mit Bier vollgezapfte Plastikbecher zu tragen, wenn man den dritten zwischen die beiden anderen klemmt, die man fest in den Händen hält.

„Was arbeitest du?"
„Kunst."

„Du siehst aber nicht wie ein Künstler aus."
„Wie sehen denn Künstler aus?"
„Anders."
„Wie anders?"
„Anders als du."
„Ich bin auch gar kein Künstler."
„Ja, was denn jetzt?"
„Ich arbeite *über* Kunst."
„Muss ich das jetzt verstehen oder was?"
„Wie kann man über *Kunst* arbeiten?"
„Ich arbeite als Professor über Kunst," sagst du und nestelst verlegen am Uhrenarmband: Du ziehst das Oberleder aus der Schlaufe, öffnest die Schließe, kippst den Dorn einige Mal hin und her, steckst ihn zurück durch die vorletzte Öse der Stichprägung, schiebst das Oberleder zurück in die Schlaufe, und – eins, zwei, drei und ohne hinzukucken – ziehst du das Oberleder erneut aus der Schlaufe, öffnest die Schließe, wackelst wie ein Irrer mit dem Dorn. Unauffällig riechst du am Lederarmband.
„Du bist Professor?"
„Sehe ich nicht wie ein Professor aus?"
„Weiß nicht. Was machst du denn so – als Professor?"
„Doch, ich finde, er sieht schon wie ein Professor aus!"
„Was soll ich groß machen?"
„Da mit der Kunst ... Wie machst du was über Kunst?"
„Ich mache keine Kunst, sondern arbeite über Kunst."
„Klingt öde."
„Wie arbeitet man denn über Kunst?"
„Das ist überhaupt nicht öde. Ich erzähle euch mal eine kleine Anekdote. Soll ich? – Okay. Besagte Anekdote handelt davon, wie W. K. Lubartz von einem Tag auf den anderen weltberühmt wurde. Ende der 1980er Jahre hat er eine Ausstellung in einer angesagten Galerie in Zürich. Ein wichtiger Sammler kommt zu

früh zur Vernissage. Viel zu früh! Es ist noch nicht fertig aufgebaut, Leitern stehen herum, Kisten, Kram. Auf einem Sockel liegen beispielsweise zwei Plastikbehälter und daneben steht ein halbvolles Glas Orangensaft. Kurze Zeit später stellt sich der Galerist zu Lubartz, der am Fenster einen Zigarillo raucht, und sagt: ‚Herr Oberwichtig will den Müll kaufen, der da drüben auf dem Sockel liegt.' – ‚Wie viel?', fragt Lubartz lachend. – ‚Achtzig', antwortet der Galerist. – ‚Kann er sich einpacken', sagt Lubartz, ‚davon gehen wir heute Abend was Leckeres essen.' – Der Agent sieht Lubartz eindringlich an und sagt heiser: ‚Halt dich fest, mein Freund! Ich meinte achtzigtausend.' Und das, das war der Beginn von W. K. Lubartz' Weltruhm. Im Rahmen meiner –"
„War das frisch gepresster O-Saft?"
„Und was hat das jetzt mit deiner Arbeit zu tun?"
„Nun, ich mache mir im Rahmen meiner universitären –"

Applaus steigt, eine Rotte Tauben in panischer Flucht, von den Biertischen auf und lässt dich verstummen. Die Typen mit den rosafarbenen Hemden sind wieder da. Und dieses Mal legen sie tatsächlich los. Das, was sie spielen, kommt dir entfernt bekannt vor, dann beginnt der Klobrillenbart zu singen und du weißt plötzlich, welcher Song hier verhunzt wird.

„Erzähl noch so ne Schote."
„Picasso leiht sich von seinem Galeristen fünf Originale von Vermeer, um sich inspirieren zu lassen. Es sind neu aufgetauchte, bisher noch nicht ausgestellte, geschweige denn katalogisierte Gemälde. Er stellt sie in sein Atelier und leidet nach einigen Tagen so unter der Vollkommenheit der Bilder, dass er sie übermalt. Nun kann er wieder arbeiten. Die übermalten Vermeers, die nun echte Picassos sind, schenkt er dem Galeristen, der sie Jahre später zu Unsummen verkauft."

Die Zwillinge sehen sich an, sehen dich an, sehen sich an. Du kannst die Blicke nicht deuten und hebst entschuldigend die Hände.

Nach *Sweet Home Alabama* ruiniert die Band *Six Blade Knife* und du lässt dich noch vor Einsetzen des Refrains zum Tanzen überreden, einem, was dich betrifft, gebremsten Gehampel im Gedränge vor der Bühne.
Als ihr zu eurem Tisch zurückkehrt, stimmt die Band ein volkstümliches Lied an, das mit dem Ausruf *Oh, leck die Katz am Arsch!* beginnt. Du versuchst dich auf den mundartlichen Text zu konzentrieren und glaubst zu hören (nicht ohne die Übersetzerfähigkeiten deines Geistes anzuzweifeln): *Was? Der alt Has! Wer? Der alt Bär!* Dann nach einigen unverständlichen Zeilen, die alle außer dir zum Brüllen komisch finden, kommt der Refrain (du kannst kaum glauben, dass das, was du gedanklich verhochdeutschst, tatsächlich gesungen wird): *Ob Hund, ob Aff, ob Muttersohn – beim Husten geht das Arschloch auf.* „Ich sollte eigentlich den Betrieb meines Vaters übernehmen. Er war Schlosser. Aber ich hatte andere Pläne. Bin gleich wieder da." Zum Amüsement der Zwillinge kehrst du mit einem Becher Leitungswasser zurück. Aber selten, weißt du, gibt es Lob für vernünftiges Handeln. Beispiele? Früh ins Bett gehen, wenn man am nächsten Tag etwas Wichtiges vorhat. Wasser trinken, damit man nicht zu schnell betrunken ist. Oder auf die Tafel Schokolade im Nachttisch verzichten.
Konditormeister Juchthals, ein Skatfreund deines Vaters, beide fast gleich dick, hatte immer eine Tafel Schokolade in der Nachttischschublade. Darüber regten sich deine Eltern gerne auf, aber du nahmst dir insgeheim vor, auch eine Tafel Schokolade oder einen Schokoriegel (am liebsten *Milky Way* oder *Snickers*) im Nachttisch zu verwahren, wenn du endlich erwachsen

wärst, doch dann hat sich das Erwachsensein als noch größere Falle als die Kindheit herausgestellt.

Falle. Kindheit. Alltag. Lob.

Niemand lobt einen dafür, was man tagtäglich tut, für diejenigen Handlungen, die einen als Person eigentlich erst ausmachen, da das Selbst aus dem gelebten Alltag entsteht. Der Umstand, dass einen niemand (überlegst du oder, besser gesagt, überlegt etwas in dir, das im Moment des Überlegens zu dir wird) für diese (manchmal muss man Sätze zwei Mal lesen) alltäglichen Handlungen (oder, wenn er schlimm kommt, sogar drei Mal) lobt, lässt die Person, die aus eben diesen Handlungen besteht, verblassen, und vielleicht ist genau dies der Geburtsmoment aller Religion (alle noch an Bord?); du beschließt, dich zu betrinken.

Jedes Hühnchen, jeder Bock dreht sich um den Bienenstock.
„Frag ihn!"
„Jetzt?"
„Nun, mach schon! Nachher ist es zu spät!"
„Was sollst du mich fragen?"
„Ob du aufgepasst hast. Bin ich die Karin oder die Kerstin?"
Um den Bienenstock? „Woher soll ich das denn wissen?" Der Geruch nach erregter Frau hängt in der Luft. Der Rest des Refrains ist unverständlich. Die Zwillinge legen gleichzeitig die Handys auf den Biertisch.
„So", sagt die eine und sieht auf einmal lehrerinnenhaft ernst aus. Auch die andere bemüht sich, streng dreinzuschauen.
„Du bist doch mit dem Auto da?"
„Ja, wieso?"
„Wir würden gerne eine kleine Runde drehen."
„Ihr wollt mein Auto leihen?"

„Du bist natürlich mit von der Partie."
„Mit dem Auto? Das verstehe ich nicht? Warum?"
„Nur mal kurz was erledigen."
„Es ist ein Mietwagen. Wohin soll es überhaupt gehen?"
„Sag's nicht weiter! Es ist ein Streich."
„Ja, genau, wir wollen jemandem einen Streich spielen."
Wem sollst du es denn weitersagen? Du kennst hier doch niemanden?
„Was für ein Streich?"
„Lass dich überraschen!"
„Meinetwegen", sagst du laut in die plötzliche Stille hinein.
„Super! Ich hab's dir doch gesagt, dass er mitmacht!"
Applaus brandet auf und findet einen drängenden Rhythmus.
„Wo steht denn dein Auto?"
„Zugabe!", ruft es von den Nachbartischen. „Zu-ga-be! Zu-ga-be!"
Der Klobrillenbart auf der Bühne lässt sich zu einer pantomimischen Unfassbarkeit hinreißen. Dein Mund klappt auf und bleibt offen.
Die Zwillinge bestehen darauf, hinten zu sitzen. Eine der beiden telefoniert lange mit jemandem namens Markus, der ein schlechtes Gewissen zu haben scheint, während dich die andere mit einer Autorität, die du keiner der beiden zugetraut hättest, durch das menschenleere Garkirch lotst und dir einmal zwischen „Jetzt rechts!" und „Da vorne links!" lippenkitzelnd in die Ohrmuschel zischelt: „Markus ist der Ex-Freund von der Karin."
Wer auch immer von den beiden die Karin ist!
Nachdem die eine mit Markus zu Ende geredet hat, führt die andere ein Telefongespräch mit jemandem namens Martin, das an Knappheit kaum zu unterbieten ist: „Martin? Ja, klar. Hallo, Martin! Ich bin's. Es klappt. Wir sind gleich da. Komm doch schon mal raus!"

Inzwischen habt ihr ein bescheidenes Industriegebiet erreicht – Baumarkt, Autowerkstatt, Küchenstudio – und du fühlst dich zunehmend wie eine in der Dünung schwojende Boje, ein zu eigenem Handeln unfähiges Objekt, das von fremden Kräften belebt wird oder, eindeutiger formuliert, das in eine Art Scheinleben von mächtigen, unbegreiflichen Kräften versetzt wird, deren Wesen oder Beweggründen nachzuspüren, keinen Belang oder Sinn hat, da es angenehmer und verführerisch leichter ist, gelebt zu werden, als selbst Verantwortung für Entscheidungen zu übernehmen, die man trifft oder nicht trifft oder erst dann trifft, wenn die Ebbe längst gekommen ist.
„Langsam. Da vorne rechts auf den Parkplatz. Wir holen den Martin ab."
„Wer ist das? Ich dachte, es geht um einen Markus."
„Geht es auch. Aber erst müssen wir den Martin abholen."
„Und wer ist das bitteschön?"
„Der Freund von der Kerstin."
Wer auch immer von den beiden die Kerstin ist!
Gehorsam biegst du auf den geschotterten Parkplatz einer gut frequentierten Fernfahrerkneipe mit dem unpassenden Namen *Waldblickschenke* und wirst hinter das Gebäude zu zwei wie in die Ecke geschmissenen Müllcontainern dirigiert, von wo aus ihr Zeuge werdet, wie ein bulliger, kleiner Mann mit affenartiger Eleganz aus einem fast quadratischen Fenster an der ansonsten fensterlosen Rückwand der Kneipe geklettert kommt. Er hat kurze Beine und den Gang eines Jockeys.
„Martin?", vermutest du.
„Wer sonst!", tönt es links hinter dir von der Rückbank. Und zeitgleich kräht jemand zum rechten Hinterfenster hinaus: „Hier sind wir! Hier!"
Du kannst diesen Martin auf Anhieb nicht ausstehen, einen ärgerlich virilen Mittfünfziger mit trommelförmigem Orang-

Utan-Brustkorb, blassrötlichem Lockenkopf und eisgrauem, kurz getrimmtem Stoppelbart. So, denkst du, sehen die Jungs als Erwachsene aus, die dich in deiner Grundschulzeit immer auf dem Heimweg verprügelt haben. Martin öffnet die Wagentür, schwingt sich auf den Beifahrersitz, zeigt, ohne sich anzuschnallen, mit ausgestreckten Zeigefingerpistolen nach vorne und sagt: „Abflug!"
Sein Atem riecht nach Bier und Zigaretten.
„Wenden?", fragst du.
„Nö. Wir fahren hintenrum über den Bauernhof vom Lobbes."
„Also erst mal geradeaus?"
„Fahr endlich los!", sagt Martin, ohne dich eines Blickes zu würdigen.

Kaum hast du den Hinterhof der *Waldblickschenke* verlassen, spürst und hörst du, wie der Schotter unter den Reifen mit einem geschmeidigen Sirren von glattem Asphalt abgelöst wird. Linker Hand taucht eine Scheune auf, ein querstehender Kasten vor der sternklaren Nacht, rechts das Grab eines Riesen, mit Plane bedeckt und Autoreifen beschwert: gärende Silage.
„Jetzt auf die Dorfstraße! Nein, nach rechts, Richtung Wald."

Erst hinter dem Ortsschild von Garkirch erkundigt sich Martin, der kein Hochdeutsch kann oder es aus Prinzip nicht spricht: „Und wer bist du?"
„Sattler", sagst du. „Oluf Sattler."
„Er ist Professor über Kunst", kommt es von der Rückbank.
„Was es nicht alles gibt! Menschenskinder!" Und nach einem ruckartigen Kopfschütteln murmelt Martin etwas, das du noch nie zuvor jemanden realiter hast sagen hören: „Da wird der Hund in der Pfanne verrückt!"

Die zweispurige Straße windet sich über Land wie eine Blindschleiche in den Klauen eines Habichts, quert Wiesen, frisch geeggte Felder und hinter einer alten Brücke führt sie in ein düsteres Waldstück, über dem ein leicht deformierter Mond hängt, der die Farbe ausgeblichener Knochen hat.
„Fahr langsamer!“, sagt Karin oder Kerstin.
„Hier geht’s gleich rechts rein“, sagt die andere Karin oder Kerstin.
„Wo? Der Weg da vorne?“, fragst du und setzt den Blinker.
„Wo denn sonst?“, stöhnt Martin und schon steuerst du zwischen Pappeln, die überrascht ihre Arme in die Höhe reißen, und undefinierbarem, sich verängstigt zu Klumpen duckendem Buschwerk hinein ins Dunkel.
Der Weg ist mehr ein geahnter oder geträumter als ein wirklicher Weg, und doch scheuert es am Unterboden und doch kratzten Äste am Blech des Wagens, der nur geliehen ist. Mücken wirbeln in den Tjostlanzen der Scheinwerfer, es ist ein betäubender, hypnotischer Tanz …
Eine der Frauen: „Langsamer!“
Die andere: „He, mach langsam, Oluf!
Die erste wieder: „Und halt!“
„Hier?“, fragst du.
„Menschenskinder, halt doch einfach an!“, sagt Martin. „Ich steige hier nämlich aus.“
Mit einem feucht-satten Geräusch schlägt die Wagentür hinter ihm zu, als schlösse man nach einem verstörenden Kapitelende schwungvoll das Buch, um es sofort wieder zu öffnen. Wie Witterung aufnehmend, verharrt Martin neben der Wagenflanke, dann zieht er etwas unter dem burgunderroten Strick-Pullunder hervor und entfernt sich zügig auf seinen krummen Beinen. Nach wenigen Schritten ist er nicht mehr zu sehen.
„Und jetzt?“, fragst du die zappelnden Silhouetten auf der Rückbank.

„Weiterfahren! Langsam weiterfahren bis zum Hochsitz!“
„Fahr im Schritttempo! Wir müssen uns Zeit lassen.“
Dich wundert es durchaus, dass Wörter wie „Hochsitz“ und „Schritttempo“ zum aktiven Wortschatz der Zwillinge gehören. Sowieso wunderst du dich über einiges, aber irgendwie ist es besser, findest du, sich zu wundern, als an Dingen zu verzweifeln, die ohnehin nicht zu ändern sind. Hadert die Boje mit dem Wechsel der Gezeiten? Nein, sie lässt sich einfach treiben: Mal steigt sie empor, mal sinkt sie hinab, *spinnin' wheel got to go 'round.* Und dass der Weg nicht mehr asphaltiert ist, hat dich auch nicht sonderlich zu stören. Ob sie bei der Rückgabe des Wagens den Verschleiß der Federn oder der Achse prüfen? Kann man sowas überhaupt prüfen?
„Da sitzt der Scheißkerl! Halt an!“

Kaum ist das Auto zum Stehen gekommen, springen die Zwillinge zu den Seiten hinaus wie Kastenteufel und stürmen der Gestalt entgegen, die mit übereinandergeschlagenen Beinen auf einem Baumstumpf sitzt. Dahinter ragt primitiv und windschief ein Hochsitz auf, den ein Kleinkind entworfen zu haben scheint. Die Gestalt, ein langhaariger junger Mann, der ein wenig aus dem Leim gegangen ist, hat sich erhoben, streicht nun im Scheinwerferlicht die Haare zurück, klopft den Hosenboden ab und beginnt sich zu rechtfertigen. Die Jeansjacke hat früher wahrscheinlich mal gepasst. Und das Haar ist sicherlich auch mal dichter gewesen. Die Zwillinge reden fuchtelnd auf ihn ein. Du ziehst die Handbremse und steigst aus, um besser hören zu können, was sie ihm vorwerfen: Zum einen geht es um eine Einbauküche, zum anderen um einen Urlaub, der storniert wurde. Markus rechtfertigt sich gar nicht schlecht. Wieso, fragst du dich, ist er dir sympathischer als Martin? Weil er gerade von zwei Frauen abgekanzelt wird und sich zu wehren versucht?

Oder weil er fett wird? Oder nicht klein beigibt, wie du es immer zu tun pflegst, damit dir vorm Schlafengehen noch einige friedliche Stunden im Arbeitszimmer bleiben?
Verlegen nestelst du am Armband der Uhr, ziehst das Oberleder aus der Schlaufe, öffnest die Schließe, kippst den Dorn nach vorn, willst ihn nach hinten kippen, doch da prescht etwas rechts von dir aus dem Gebüsch, kein tollwütiger Keiler mit weißem Schaum vor der Schnauze, wie du im ersten Schreckmoment denkst, sondern ein angreifender Neanderthaler, und zwar genau derjenige, den du mit dem Wagen hierher kutschiert hast, und der nun viehisch brüllend etwas Schweres über den rötlichen Locken schwingt, damit weit ausholt, deine Uhr fällt zu Boden, und Martin erreicht Markus, der nun ebenfalls laut schreit, jedoch, was dich irritiert, keinerlei Anstalten macht, die Metallstange abzuwehren, die ihm mit voller Wucht an den Kopf donnert. Das Geräusch, mit dem die Stange die Schläfe trifft, lässt nur einen möglichen Schluss zu. Seitlich umkippend, sackt Markus bereits in sich zusammen wie Sülze. Eine der Frauen schreit. Oder beide?
Wo ist bloß die gottverdammte Uhr?

„Sattler? He, Sattler! Mensch, steig ein! Wir machen die Düse!"
„Meine Uhr."
„Was ist damit?", fragt Martin.
„Sie ist weg."
„Ja und?"
„Ich habe meine Uhr verloren. Sie ist auf den Boden gefallen."
„Wir müssen uns jetzt sofort vom Acker machen."
„Ich kann doch nicht ohne meine Uhr –"
„Du steigst sofort ein oder du kriegst auch einen an die Omme!"
Martin zieht einen Lumpen aus der Hosentasche, um die Metallstange erst damit abzuwischen und dann darin einzuwickeln,

bei der es sich, wie du nun erkennst, um ein am Ende zum U gebogenes Rohrstück handelt. Gas, Wasser, Scheiße … Martin ist Klempner! Diese Erkenntnis lässt dich mit einer Plötzlichkeit ruhig werden, die du nur von Vollnarkosen kennst.
Du setzt dich hinters Steuer, schließt die Tür, legst den Gurt an, löst die Handbremse und wartest auf weitere Befehle. Das alles erinnert dich an etwas, aber du kommst nicht drauf, woran … an etwas aus deiner Schulzeit … Studienzeit? … oder ist es das übliche Gefühl, dir selber beim Leben zuzusehen wie einer Figur in einem Film?

Wenig später setzt ebendiese Figur Martin hinter der *Waldblickschenke* ab und hört ihn zum Abschied zufrieden grunzen wie einen Frischling, der im Gewusel seiner Geschwister eine freie Zitze findet. Beim Wenden beobachtet die Figur müde im Rückspiegel, wie Martin – Poes Affe lässt grüßen, könnte die Figur denken (tut es aber nicht) – durch das Klofenster zurück ins Gebäude klettert. Dann lotsen die Zwillinge denjenigen, dem du in schläfrigem Staunen beim Fahren zusiehst, wieder zur Festwiese. „Leg das mal auf!“ Du streckst die umgeklappte Handfläche nach hinten und spürst, wie man eine CD hineindrückt. *Ich bin seit klein auf schon savage (brr) / Sie ist seit klein auf schon ratchet (häh) / Ich bin auf ei'm neuen Level (Level)* … Jasper kommt betrunken nach Hause und findet zwei Leichen (Leichen) … der Parkplatz an der Kirche ist fast leer (leer) … und die Stände werden bereits abgebaut (urgh!).

Echtes Verstehen stellt sich oft mit zeitlicher Verzögerung ein. Als Jasper drei Jahre alt war, hast du ihn bei einer Gartenausstellung, die du besuchen musstest, vor den Dornen eines Rosenstrauchs gewarnt, und während du in einfachen Worten zu dem Kind sprachst, begriffst du auf einmal Rilkes dir seit Jahren vertraute, aber nie durchdrungene Formulierung *Rose, oh reiner Widerspruch*: Etwas ist wunderschön und schmerzt dennoch, wenn man es zu berühren versucht – und als hättest du magische Kräfte, entfaltete sich im jähen Begreifen dieses Paradoxons das komplette Geheimnis der *Ersten Duineser Elegie* wie ein sich vor deinen Füßen demütig aufrollender Zauberteppich. Worauf will ich hinaus? Vorhin im Wald, als Martin sich neben dir mit einem leisen Schnaufen auf den Beifahrersitz fallen ließ, tat er etwas mit einer absichtlich beiläufigen Bewegung, die du zwar auf- oder wahrnahmst, aber erst viel später solltest du diese als das, was sie wirklich war, deuten können: Er schob nämlich, indem er neben dir leise schnaufend Platz nahm, im Selbstverständnis des geborenen Trickbetrügers das von seinen Fingerabdrücken bereinigte Rohrstück mitsamt dem Lumpen unter den Beifahrersitz des Mietwagens. Doch zu dem Zeitpunkt, wenn du dies begreifen würdest, Jahre später, viele Jahre später, in einem anderen Leben, wäre Martins Tat im Unterschied zu Rilkes zeitlosem Bild längst ohne jede Bedeutung und nicht einmal mehr brauchbar als Puzzleteilchen eines saudummen, total vergeigten Komplotts. Oh, leck die Katz am Arsch!, könntest du dann denken (mit einem heliumleichten Amüsement, das dich über die dingliche Welt erhebt), denn wie einige zeitlos tiefe Zeilen von Rilke oder Ehrenstein oder meinethalben auch Yeats oder einem Frauenantlitz Vermeers oder Leonardos hätte sich (…) alle sterben.

„Du gehst!“, so die eine.
„Wieso schon wieder ich?“, fragst du.
„Weil du Kontakte hast“, so die andere.
„Was für Kontakte denn?“, fragst du.
„Na, zu der Tuse“, so die erste augenrollend, „die bei dir über Kunst studiert.“

„Auf geht's!", so die zweite und klatscht in die Hände. „Letzte Runde!"
Innerlich achselzuckend machst du dich auf den Weg zu dem altbewährten Bierstand, wo engagiert geputzt und geräumt wird, und fragst so leutselig, wie es dir als volltrunkener Zeuge eines Gewaltverbrechens möglich ist: „Wäre es realistisch, dass wir noch eine Kleinigkeit zu trinken bekämen?"
Die junge Frau sieht spöttisch auf. „Wieder drei Bier?"
„Ja, bitte", versuchst du ihr höflich zu antworten, indem du bewusst den unverschämten Tonfall ignorierst. Die Spritztour zum Hochsitz ist ein Fehler gewesen, denkst du. Den Abend mit den Zwillingen zu verbringen, ist ebenfalls ein Fehler gewesen, weißt du, oder ist es noch, aber der- oder dasjenige, der oder das die Spielfigur, die du seit deiner Abreise von zu Hause geworden bist, mit einer Folge immer rascher erfolgender Würfelwürfe über das Brett treibt, kennt kein Erbarmen.
Die Zwillinge jubeln, als du mit drei christlich eingeschenkten Bechern zum Tisch am dunklen Toilettenwagen zurückkommst. Kaum habt ihr euch zugeprostet, sind sie jedoch nicht mehr bei der Sache: Du hast noch nie jemanden so schnell Textnachrichten ins Handy tippen gesehen. Wäre die Nacht ein trunkener Schornsteinfeger, der die Arme vorgereckt wie ein Schlafwandler in einer *Screwball comedy* über den Dachfirst schreitet, so knickte er nun in der Hüfte seitlich ab, als hätte man ihm mit einem Rohrstück … nein, nein! nicht mit einem Rohrstück! … sondern als hätte man … nein, besser: als besäße er ein neues Gelenk, von dessen Existenz er bisher nichts wusste, und aus seinem Mund fiele die qualmende Tonpfeife und zerschellte zu mehlig weißem Staub auf den mondbeschienenen Ziegeln. Ja, liebes Tagebuch, es war zu spät und ich war zu müde, um weiterzufahren. Und zu betrunken war ich auch. Ja, liebes Tagebuch, ich hatte mich an diesem Abend

(…) und liebes Tagebuch, denke nur, sie boten mir eine Bleibe für die Nacht an! Hätte ich dieses freundliche Angebot ablehnen sollen, liebes Tagebuch? – Hättest du, Oluf? Ich bin zwar nicht dein liebes Tagebuch, zum Glück nicht, aber ich fürchte, dass das, was du tust, ganz allein deine Sache ist. Aber nun klapp mich bitte zu!

Die Zwillinge sitzen wieder auf der Rückbank und lotsen dich durch das nächtliche Garkirch. Euer Ziel erweist sich als schmale Reihenhaushälfte mit ungepflegtem Vorgarten. Du darfst in der Auffahrt parken, wirst aber mehrmals ermahnt, beim Betreten des Hauses leise sein.
Im Flur riecht es nach Inkontinenz und Siechtum.
Die beiden wohnen noch bei ihren Eltern, denkst du, fragst es.
„Genau, die Alten haben unten gewohnt“, erklärt Karin oder Kerstin, den Zeigefinger auf den Lippen. „Aber da wohnt nur noch die Mutti. Vati ist im Heim. Wir haben oben unser Reich. Mutti schläft schlecht.“
„Und deshalb müssen wir leise sein“, sekundiert die andere und legt auch den Zeigefinger auf die Lippen, als wärst du total verblödet.
„Ich bin leise“, sagst du und sofort zischen beide auf dich ein.

Vom Untergeschoss, wo es nach halbtoter Oma müffelt, führt eine leicht gewendelte Harfentreppe mit wandseitigem Handlauf (dein Vater hat für solche Treppen die Stahlkonstruktionen angefertigt) hinauf in die Wohnung der Zwillinge. Die Einrichtung scheint komplett aus dem vorletzten IKEA-Katalog zu stammen. Auch bei den Bildern an den Wänden handelt es sich um Dutzendware, die man fertig gerahmt im Möbelhaus kauft. Bleiben wir, da nun erneut ein großes Stück deiner Erinnerungen fehlt, bei den Bildern. Du schläfst auf der Couch – mit

kratzendem Stoffkissen und nach nassem Fell riechender Wolldecke – unter einem gegenständlichen Bild. Es ist sehr gegenständlich, gruselig gegenständlich, es ist so ekelhaft gegenständlich, dass das darauf Dargestellte fast greifbar zu sein scheint. Aber nichts ist jemals greifbar, weißt du. Ceci n'est pas greifbar: Das ist der Schlüssel zu allem. Nichts in der von euch naiv so benannten „Wirklichkeit" ist jemals so greifbar wie, mmh, sagen wir mal, die Heerscharen von Piepmätzen in Vivaldis *Vier Jahreszeiten*.
Für so genannte „realistische Kunst", die „in Wahrheit" die „Wirklichkeit" dümmlich zu „imitieren" versucht, hast du nur „Verachtung" übrig: rot-weiß geringelte Leuchttürme in Hunsumer Hotelzimmern oder Möwen über heimkehrenden Kuttern: dicke Punkte, die eine in der Mitte geknickte Linie durchbohrt, oder ein knallroter Hummer, der eine korkenlos schlummernde Flasche aus dunkelgrünem Glas liebkost. Die „Wirklichkeit" (was auch immer das sein mag, liebes Tagebuch) ist eine chaotische ungeordnete Scheiße, eine Zumutung sondergleichen, ein unimitierbares ärgerliches Chaos. Musik, die Vogelstimmen nachahmt – das ist doch billigstes Anbiedern an die Dümmsten der Dummen! Oder Bücher über das Leid der vergewaltigten Fabrikarbeiterin oder den Clown, der heute Abend nicht lustig sein kann, weil seine Frau in der Onkologie zu Tode therapiert wird, oder die Reduktion des Tidenhubs auf … auf den Mond?

„Schläft er noch?"
„Wie ein Baby."
„Oluf?"
„Mmh? Was ist denn nun schon wieder?"
„Sprudel."
„Warum?"
„Wenn du Durst hast, ist was zum Trinken da."

„Ich hab Durst.“
„Dann trink in Gottes Namen! Hier ist Sprudel. Wir haben dir noch mal den Eimer hingestellt. Hörst du? Ja, wir wissen, dass dir das Bild nicht gefällt. Ist egal. Mach dir deshalb keinen Kopf. Schau mal! Hier steht der Eimer.“

„Oluf? Bist du wach?“
„Geht so.“
„Willst du aufstehen?“
„Wie spät ist es?“
„Vier. Der Martin hat dir deine Tasche aus dem Auto geholt.“
„Vier? Das kann nicht sein. Es ist schon hell.“
„Vier Uhr nachmittags.“
„Sechzehn Uhr? Ist es sechzehn Uhr?“
„Ja. Ist dir noch schlecht? Brauchst du wieder den Eimer?“
„Ich mach nur noch mal kurz die Augen zu.“
„Sag mal, ist es okay für dich, dass der Martin dein Auto leiht?“
„Ich mach nur noch mal kurz die Augen zu.“

Als du schweißgebadet erwachst, ist es wieder dunkel. Du ertastest neben dir auf dem Fußboden die Flasche, trinkst gierig, planst, aufzustehen, stellst dir vor, aufzustehen, nimmst dir vor, gleich aufzustehen. Der Schlaf gleitet über dich hinweg wie ein trockenes, grobmaschiges Netz. Als du wieder wach wirst, hörst du aus einem nahen Zimmer das vergnügte Flatschen traditionellen Geschlechtsverkehrs. Bestimmt sind das Martin und die Zwillinge, denkst du, die, wie dir wieder einfällt, alles zusammen machen.

„Hallo Charles.“
„Hallo Oluf“, antwortet er fast so leise wie du.
„Sprichst du immer noch so gut Deutsch wie früher?“

„Ja. Was wollen Sie?“
„Früher haben wir uns geduzt.“
„Das ist ohne Bedeutung, Oluf. Duz mich, siez mich, das ist alles Banane. Wieso stellst du mir nach? Was willst du von mir?“
„Aus einer ausweglosen Lage“, sagst du und verhinderst mit einer wedelnden Handbewegung, dass sich die Aufzugstür schließt, „kommt man nur durch einen Sprung ins Freie. Aber bedenke: Wenn ich springe, musst du mitspringen, denn wir sind für alle Zeiten aneinander gekettet.“
„Was willst du?“
„Erst einmal“, du kannst das Grinsen kaum unterdrücken (aber es zu tun, wäre nun wirklich zu viel verlangt!), „deine Visitenkarte.“
Du bekommst sie ohne Proteste ausgehändigt und doch hat die Art, wie er sie dir überreicht, etwas vorsichtig Lauerndes.
Du wedelst wieder mit der Hand; die Tür bleibt offen.
„Was willst du von mir?“
„Nun, sagen wir mal so, eine Art kleine Hilfestellung.“
„Hilfestellung? Was meinst du damit?“
„Gib mir erst einmal deine andere Visitenkarte! Die richtige, die, comment dit-on, inoffizielle. Mit Handynummer und allem Pipapo.“
„Ich kenne das letzte Wort nicht.“
„Und ich habe es eben zum ersten Mal in meinem Leben verwendet.“

Die Sprudelflasche ist leergetrunken. Du wischst mit der Wolldecke über die gequollene Molchhaut deines Gesichts, nimmst dir vor, aufzustehen und in der Küche kaltes Wasser aus dem Hahn zu trinken, stehst in Gedanken mehrmals auf und schlenderst rüber in die Küche und irgendwann stehst du tatsächlich an der Küchenspüle und trinkst in der verdrehten Körperhaltung eines

Bonsaibaums kaltes Wasser aus dem Hahn, öffnest danach, die Lebensgeister kehren wieder, die Kühlschranktür: Magarinegelbes Licht lässt deine Haut wasserleichenhaft aussehen.
„Na, wieder unter den Lebendigen?“
Du fährst herum. Dicht hinter dir steht Karin oder Kerstin im knappen Nachthemd. Ihre bloßen Beine sind tief gebräunt. Klar ist sie zu dick, aber dennoch schnürt dir die Garotte ihres schlichten Jungseins die Kehle zu.
„Ich wollte nur …“
„Greif zu! Du musst ordentlich Kohldampf schieben. Teller sind da, Messer liegen in der Schublade. Brot ist in der Dose. Leider nur Graubrot. Kannst du mit der Maschine schneiden. Wir sind eh alle wach. Auch die Mutti. Sag mal, haben wir dich aufgeweckt?“ Ihr Kichern ist keine Spur schamhaft. „Martin ist ein ganz Wilder. Er hat mir eben in den Arsch gebissen.“
„Tja …“
„Willste mal sehen?“
„Ich … äh … warum nicht. – Zeig mal!“
Sie wendet sich ab, hebt mit Bedacht das Nachthemd, ihr rundes Gesicht nach hinten gedreht, dich frech oder lüstern oder frech und lüstern zugleich beobachtend oder dich nicht beobachtend und weder frech noch lüstern, sondern nur freundlich und dumm nach hinten kuckend. Dabei hat sich Karin oder Kerstin nach vorne gebeugt, beziehungsweise beugt sich immer weiter nach vorne. Der Geruch von Kastanienblüten steigt dir in die Nase und du sinkst auf die Knie, als würdest du eine Hostie empfangen.

Unbestimmte Zeit später erwachst du auf der Couch mit beeindruckend luziden Gedanken über Natur und Kultur. (…) Die Natur wurde in dem Augenblick durch das Künstliche auf- oder abgewertet, als ein gewitzter Vormensch (du stellst ihn dir als einen in schmutzstarrende Felle gehüllten brillenlosen Götzloff vor) beim Anblick eines Sonnenuntergangs zu singen begann. Dieser Gedanke kommt nicht von ungefähr, denn bei einem bestimmten, für einen Frühsommerabend nicht untypischen Lichterspiel musst du immer an Schuberts *Opus 100* denken. Und jedes Mal, wenn du im Auto an einer roten Ampel stehst, und eine gehbehinderte Person die Straße überquert, kommt dir automatisch *Yakety Sax*, das unsägliche *Benny-Hill-Theme*, in den Sinn. Denkst du beim ehelichen Sex an Musik? Du erinnerst dich nicht. Mit leichtem Amüsement stellst du dir vor, wie du ihr in öliger Beiläufigkeit sagen würdest: „Schatz, wenn wir es tun, denke ich immer an *Bohemian Rhapsody*." Ihr? Wie du es … *ihr* sagst … es *ihr* sagst … *ihr*? Dir will der Name deiner Frau nicht mehr einfallen. Katrin? Karin? Nein, Miriam. Natürlich Miriam! *Galileo, Galileo! Galileo, Figaro …*

Morgens ist die Polizei im Haus! Du kommst aus dem Badezimmer, nach fremder Seife riechend, frisch geduscht, jedoch immer noch in den alten Klamotten, folgst dem Geruch frisch gebrühten Kaffees in die Küche und dort hat niemand anderes als dein alter Freund Wachtmeister Ei seinen Kissenhintern an die Kante der Arbeitsplatte gepresst. Die Zwillinge sitzen brav nebeneinander am Küchentisch wie Streberinnen aus der ersten Bank und Martin steht wie unbeteiligt am gekippten Fenster und raucht.

POLIZIST *konsterniert:* Was machen Sie denn hier?

DU Ich habe hier übernachtet. *Zu den Zwillingen:* Kopfschmerztabletten?

POLIZIST *nach kurzem Nachdenken:* Zwei Nächte hintereinander?

DU Ist das verboten? *Du pulst aus dem Blisterstreifen, den dir eine der Frauen prompt gereicht hat, zwei Tabletten und schluckst sie trocken.*

POLIZIST Nein, natürlich nicht. Wieso sollte das verboten sein?

DU Ich nehme mir mal einen Kaffee.

KARIN ODER KERSTIN Nur zu! Wir haben auch Tee gekocht.

DU Kaffee bitte. *Auf gut Glück greifst du eine der beiden Thermoskannen.*

KARIN ODER KERSTIN Nein, das ist der Tee. Da ist der Kaffee.

DU Danke. *Du schenkst dir einen Becher ein und sagst zu niemand Speziellem, aber in tiefem Ernst:* Danke schön!

POLIZIST Wie spät ist es?

DU *beiseit:* Das ist eine Falle. Sie haben die Armbanduhr gefunden. Aber so leicht kriegt ihr mich nicht! *Laut:* Ich trage keine Uhr.

POLIZIST Keine Uhr?

DU Ich benutze mein Handy, wenn ich wissen will, wie spät es ist.

MARTIN *tonlos:* Da oben hängt ne Uhr, Sepp.

POLIZIST Ach … ja … danke.

DU *in den Becher pustend:* Was ist denn los?

KARIN ODER KERSTIN Er will wissen, was wir vorgestern Abend gemacht haben. Wir haben es ihm gesagt. Nicht nur ein Mal haben wir es ihm gesagt. Und nicht nur zwei Mal haben wir es ihm gesagt. Aber er will es immer wieder und immer wieder und immer wieder von uns hören.

POLIZIST Wiederholt es bitte für unseren Neuankömmling!

KARIN ODER KERSTIN *leiernd:* Wir waren vorgestern Abend auf dem Park- und Lichterfest. Die ganze Zeit über. Frag doch den Oluf!

DU *beiseit:* Natürlich duzen sie den Dorfpolizisten!

POLIZIST Und der Oluf, das sind Sie?

DU Oluf Sattler. Ja.

POLIZIST Stimmt das?

DU Ich kann Ihnen meinen Ausweis –

POLIZIST *entnervt:* Nein, dass Sie mit den beiden –

DU Ja, das stimmt. Wir haben den ganzen Abend zusammen verbracht. Warum wollen Sie das überhaupt wissen? Sie haben uns doch dort gesehen! Darf man nicht mit netten Leuten feiern und weil man zu viel getrunken hat, auch das ist kein Verbrechen hierzulande, die Nacht … zwei Nächte …

POLIZIST *zu den Zwillingen:* Der Markus ist tot.

DU *beiseit:* Ein Satz wie aus einer Vorabendserie. Sehr geehrte Damen und Herren, es ist mir eine *große* Ehre, Ihnen heute in Hunsum einen *kleinen* Überblick darüber zu geben, was wir am Institut machen, wenn sich die Bürotüren hinter uns geschlossen haben. Walter Benjamin hat einmal behauptet, in der modernen Welt sei, um es vereinfachend auszudrücken, das Abbild auratischer als das Wirkliche. Kann man daraus folgern, dass Leute, die viel fernsehen, nach einer Weile selbst so reden wie die Leute aus den rund um die Uhr konsumierten Sendungen? Und kann man des Weiteren daraus folgern, dass Drehbuchautoren, die Schauspieler wie wirkliche Leute klingen lassen wollen, ihre, wie sie es selber nennen würden, wenn sie gebildet wären, was sie vermutlich nicht sind, mimetischen Dialoge so schreiben müssen, wie man inzwischen in Vorabendserien redet, weil die Leute in der Wirklichkeit längst so reden, wie man dort redet, also in den Serien, ohne zu merken (und das sind jetzt besagte Drehbuchautoren, die etwas nicht merken, sehr geehrte Damen und Herren), dass dies eine weitere Drehung des Kreises ist, des – *die Stimme hebend* – Teufelskreises?

POLIZIST *schon eine ganze Weile etwas seinem aufgeklappten Notizbuch erzählend:* … zerschmettert. Garkel Fanz war joggen und hat ihn gefunden und mit dem Handy sofort den Krankenwagen gerufen. Aber da war schon längst nichts mehr zu

machen. Ich komme zu euch, aber das habe ich euch ja schon gesagt, ich sage es nur noch einmal, damit er es mitbekommt, *er sieht dich direkt an,* da jeder im Ort weiß, dass es, *ein schlecht gespieltes Zögern,* Querelen zwischen euch und dem Markus gab.
MARTIN Du willst doch damit nicht andeuten, die Mädels hätten mit der Sache was zu tun? *Er bietet den Zwillingen Zigaretten an.*
DU *beiseit:* Natürlich duzt auch Martin den Dorfpolizisten!
POLIZIST Habe ich das gesagt?
MARTIN *Rauch aus der Nase stoßend:* Nein, hast du nicht.
POLIZIST *betrübt:* Na, fein. Und du hast also den ganzen Abend in der *Waldblickschenke* gesessen und mit deinen Kumpels gesoffen?
MARTIN Glaubst du mir nicht?
POLIZIST Glauben? Wissen? Meinen?
MARTIN Ich bin hier nicht in der Schule, Sepp!
POLIZIST Mensch Martin, glaubst du ernsthaft, dass ich ein zweites Mal hier aufkreuze, ohne dein Alibi nicht zuvor gründlich durchleuchtet zu haben? *Er federt auf den Zehenspitzen auf und ab.* Vorhin, als ich zum ersten Mal hier war, lag er, *er nickt in deine Richtung,* vermutlich noch im Bett. Aber wo, frage ich mich, war dann der geliehene Wagen, *sein* geliehener Wagen, der nun vorm Haus steht?
DU *beiseit:* Wie sie alle auf einmal reden! Plötzlich wird ein Hebel umgelegt und das Sprachspiel „Kommissar und Verdächtiger" beginnt …
WITTGENSTEIN F. P. Ramsey hat einmal im Gespräch mit mir betont, die Logik sei eine ‚normative Wissenschaft'. Genau welche Idee ihm dabei vorschwebte, weiß ich nicht; sie war aber zweifellos eng verwandt …
POLIZIST *zu dir:* Zeigen Sie mir bitte mal Ihren Personalausweis und, wenn wir gerade dabei sind, Ihren Führerschein!

Vorhang. Als er sich wieder öffnet, ist der Polizist nicht mehr da. Martin ist auch nicht mehr da. Du sitzt am Tisch und isst Spiegelei mit Bohnen.

DU *der Pfeffermühle den Hals umdrehend:* Habt ihr Festnetz?

KARIN ODER KERSTIN Ob wir was haben?

KARIN ODER KERSTIN Festes Telefon, meint er. *Und zu dir:* Steht im Flur. Auf dem Tischchen mit der Häkeldecke. Willst du noch Toast?

KARIN ODER KERSTIN Festnetz! Sowas hätte der Vati sagen können. Haben die dich die letzten Jahre weggesperrt gehabt oder was?

Dein Versuch, zu Hause anzurufen, ist lediglich ein atavistischer Reflex. In einem seiner selbstgefällig onkelhaften Bücher hat Gänsevater Konrad Lorenz mal etwas über abergläubische Hühner geschrieben, die, weil sich ein Weg zum Futter als der scheinbar einzig richtige erwiesen hat, diesen von nun an immer gehen müssen. Hätte Miriam sich gemeldet, wärst du zu Tode erschrocken. Während du mit zunehmender Erleichterung dem Tuten aus dem Hörer lauschst, schleppt sich eine alte Frau die Treppe hoch, setzt sich vorwurfsvoll ächzend auf einen Lehnstuhl in der Ecke und steckt sich, dich dabei nicht aus den Augen lassend, ein Fieberthermometer in den Mund. Du unterbrichst die Verbindung, pfropfst den Hörer ins Dock der Ladestation, nickst der Alten in der Kittelschürze freundlich zu und gehst zurück in die Küche, wo Martin an der Kante der Arbeitsplatte lehnt wie vorhin der Polizist.

„Na, niemand zu Hause?“, fragt er.

„Oder niemand will drangehen.“

„Gib mir den Autoschlüssel!“, sagt Martin und streckt die Hand aus.

„Warum?“

„Wer viel fragt, kriegt viele Antworten."
„Warum brauchst du das Auto?"
„Gib mir einfach den Schlüssel!"
„Wo sind die Zwillinge?"
„Den Schlüssel!"
Vielleicht sind es gerade die vielen Antworten, die einem alles vergällen, die alles, auch das Gutgedachte oder Gutgemeinte, in die Jauche drücken.

Kaum ist Martin im Mietwagen davongefahren, nimmst du dir noch einen Kaffee aus der Thermoskanne, setzt dich an den Küchentisch, den allen Ernstes ein Wachstuch mit floralem Muster bedeckt, pustest in den Becher und blätterst in dem Suhrkamp-Band von Charmineaux:

> 17.3. Das Geschehnis wird durch Stil zu einem Mehralswar.
> 17.3.1 Der Stil ist ein Instrument, das ein Mehralsist erzeugt, wo vorher nur ein Ich-Seiendes im Erleben war, ein dumpfes Ich-lebe.
> 17.3.2 Mit Hilfe des Stils entsteht ein Über-Geschehnis, das Ich-lebe zu Wir-leben macht und Ich-Geschehnisse in Wahr-Leben transformiert.
> 17.3.3 Als badete man im Meer und das, was heraustritt, den *courants* entronnen, ist weniger und zugleich mehr als das, was zögernd oder jauchzend in die Sprache der Wellen einging.

„Nennt mich Ori, alle nennen mich so, es gibt keinen, der mich Orianne nennt, nur die Lehrer in der Schule nennen mich so und *papa* und *maman* nennen mich natürlich so, für die Familie bin ich Orianne, aber wenn sie mich so nennen, dann denke ich immer, diese Orianne, von der sie reden und die sie immerzu ausschimpfen, die gibt es gar nicht, denn diese blöde Orianne ist das, was sie in mir sehen wollen, wie eine Form ist dieser Name, in die sie mich pressen wollen mit ihrem Geld und ihren guten Kontakten, wie eine Backform ist der Name ‚Orianne', versteht ihr, eine Backform ist ‚Orianne', eine Form, die zu eng und zu klein ist, aber in Wahrheit gibt es nur Ori und das bin ich, so wie ich wirklich bin, also nennt mich einfach Ori, denn dann weiß ich, dass ihr meine Freunde seid."

Die Alte schnarcht im Lehnstuhl. Das Fieberthermometer hängt ihr aus dem Mund wie Lucky Lukes Selbstgedrehte. Du rufst die Auskunft an, erfragst eine Nummer und lässt dich gleich weiterverbinden. Dass Mark keine Sekretärin hat, überrascht dich. Er meldet sich höchstpersönlich.
„Ich bin's", sagst du.
„Was willst du?"
„Freust du dich nicht, mich zu hören?"
„Was willst von mir? Lass mich mein Leben leben!"
Du betrachtest die beiden Visitenkarten auf deinem Oberschenkel.
„Das würde ich gerne tun, aber ich glaube, ich will dich dein Leben ein wenig anders weiterleben lassen, als du es dir vorgestellt hast. Was wäre der Weg von der Wiege zur Bahre ohne die kleinen Überraschungen?"
„Du warst nie originell. Lass es bitte bleiben! Was willst du von mir?"
„Denkst du noch oft an Ori?"
„Was willst du?"
„Die arme ertrunkene Ori. Sie ist doch ertrunken, oder?"
„Wenn du nicht sagst, was du von mir willst, lege ich sofort auf."
„Es geht um eine Ausstellung."
„Was meinst du damit?"

„Du schuldest es mir. Um der alten Zeiten willen."
„Das ist Erpressung."
„Die einen sagen so, die anderen so."
„Also ist es eine Erpressung. Wer?"
„Merle Clauß. Mit ‚c' vorne und ‚sz' hinten."
„Kenn ich nicht. Wer soll das sein?"
„Charles wird die Eröffnungsrede halten."
Nach einem verräterischen Zögern: „Charles?"
„Du weißt genau, von wem ich rede!"
„Was heckst du aus? Und wieso mischt Charmineaux dabei mit?"
„Du weißt also, wer er ist. Das vereinfacht einiges."
„Wieso macht er mit?"
„Das ist erst der Anfang."
„Erpresst du ihn auch?"
„Und wenn? Ich verspreche dir eins: Nachdem du sie hast ausstellen lassen, bist du raus. Versprochen. Charles hingegen noch lange nicht …"

Zu viel Kaffee? Ein Infarkt? Oder bloß die Aufregung? *Du stolzes Herz!*, jammert Heines unglücksseliger Atlas, *du hast es ja gewollt!* Du sitzt am Küchentisch wie ein Pennäler, der nicht gelernt hat, beim Austeilen der Arbeitshefte und dein Herz tanzt den Adolf Hitler. Seit wie viel Jahren hast du nicht mehr an DAF gedacht? *Geh in die Knie! / Und dreh dich nach rechts! / Und dreh dich nach links! / Klatsch in die Hände! / Und tanz den Adolf Hitler! / Und tanz den Mussolini! / Und jetzt den Jesus Christus!* Im Flur fällt etwas klirrend zu Boden, wahrscheinlich das Fieberthermometer.
Du nimmst einen Block und einen Kugelschreiber aus der Tischschublade (von der allwissenden Vorsehung freundlich bereitgelegte Requisiten) und beginnst rauschhaft, ja nahezu

beglückt zu schreiben. Dein Text ist durchnummeriert wie der *Tractatus*, aber dafür viel weniger nervtötend:

1. Die Wirklichkeit ist das Alltägliche.

2. Alles, was alltäglich ist, ist wirklich.

3.1 Ich gehe zur Bank, stecke die Kreditkarte in den Schlitz des Automaten und hebe Geld ab.
3.2 Danach gehe ich auf den Markt und kaufe ein Kilo Tafelspitz (Rindfleisch) sowie Gemüse (Zwiebeln, Kartoffeln, Möhren, Sellerie, Fenchel), mit dem zusammen ich das Fleisch zu kochen beabsichtige.

4. Aufgrund dieser Sätze, die Alltägliches beschreiben, lassen sich wirkliche Dinge ableiten.
4.1 Wirklich sind Banken, Kreditkarten, Automaten sowie ihre Schlitze und Geld.
4.2 Wirklich sind Märkte, Rindfleisch, Maßeinheiten und Gemüse.
4.2.1 Auch Unerwähntes wie Hände, kochendes Wasser oder Töpfe zählen zum Wirklichen.

5. Die wirklichen Dinge sind mal mehr (Automaten, Automatenschlitze, Rindfleisch, Gemüse), mal weniger greifbar (Banken, Märkte, Maßeinheiten).
5.1 Greifbarkeit ist also kein Kriterium für die Wirklichkeit.

6. Geld ist zwar in Form von Scheinen und Münzen greifbar, doch Geld ist viel mehr als seine äußere Erscheinungsform.

6.1 Geld ist ein System, das aber, da es zu meinem Alltag gehört, wirklich ist.
6.1.1 Fleisch schmackhaft zubereiten ist ebenfalls ein System.

7. Die Wirklichkeit besteht also aus alltäglichen Dingen und Systemen.

8. Außerdem besteht die Wirklichkeit aus Handlungen, und zwar aus all denjenigen Handlungen, die ich selbst in meinem Alltag vollziehe: Gehen, stecken, Geld abheben, kaufen, beabsichtigen, Gemüse schälen, kochen.

9. Und da ich diese Handlungen handelnd vollziehe, ist auch mein Ich, da es handelt, ein Bestandteil der Wirklichkeit, wie auch die anderen handelnden Iche, mit denen ich interagiere (Metzger, Gemüsefrau, Du, für die ich heute Abend zu kochen beabsichtige, und die hoffentlich kommt).

10. Die Wirklichkeit besteht also aus alltäglichen Dingen, Systemen, Handlungen und Personen.
10.1 Anwesenheit oder Sichtbarkeit sind keine Kriterien für Wirklichkeit.
10.2 Im Flur erwacht jemand und kratzt sich laut am Kopf.

11. Handlungen müssen nicht unbedingt greifbare Folgen haben (erinnern), aber sie können auch durchaus absichtsvoll sein (einkaufen, um für Dich zu kochen) und sind dennoch alle Bestandteile der Wirklichkeit.

12. Die Wirklichkeit besteht somit auch aus dem, woran wir in unserem Alltag denken (was wir erinnern) sowie aus dem,

was wir wollen (mit dir schlafen), wohin wir streben (Ruhm) und ist kausal und zeitlich, weil Kausalität und Zeitlichkeit (alte Hüte von Hume und Kant) zu unserem Alltag gehören.

13. Die Wirklichkeit besteht demnach aus alltäglichen Dingen, Systemen, Handlungen und Personen und ist kausal und zeitlich.

14. Auch das Anzweifeln der Wirklichkeit kann als Handlung ein Bestandteil des Alltags sein und ist somit genauso wirklich wie das Angezweifelte selbst.

15. Das einzige Problem der Philosophie ist demnach unser Alltag.

16. Das einzige Problem der Ästhetik dagegen ist das Verhältnis unseres Alltags zu dem, was Künstler geschaffen haben, wenn sie etwas schufen, wobei sie während des Schaffensaktes beabsichtigten, Kunst zu machen.

17. *Die Dame mit dem Hermelin* von Vermeer …

„Abflug!"
Die Spitze des Kugelschreibers hebt sich wenige Millimeter vom Papier. Martin stützt die rot behaarten Pranken auf die Tischplatte und versucht zu lesen, was du schreibst. Du spreizt die Finger der kugelschreiberlosen Hand, legst sie auf den Block.
„Ich bringe noch diesen Satz zu Ende."
Martin stößt dir mit der Kuppe des Zeigefingers vor die Brust: „Mach mal halblang, Freundchen! Es ist jetzt allerhöchste Zeit, die Biege zu machen!"

„Ich weiß nicht, wer dir deine Dialoge schreibt, aber demjenigen, der das macht, hat man gehörig ins Hirn geschissen und vergessen, umzurühren."

Martin sieht dich an wie ein Bauer ein neugeborenes Kalb mit zwei Köpfen.

„Ich", sagst du bestimmt, als würdest du einem Affen sprechen beibringen, „schreibe jetzt diesen Satz zu Ende, dann breche ich auf, oder, wie du sagen würdest, dann breche ich meine Zelte ab oder mache mich vom Acker oder nehme die Beine in die Hand oder sehe zu, dass ich Land gewinne. Wenigstens die Sprache bleibt unser!" Du hebst die linke Hand vom Papier, um Martin zu hindern, etwas zu erwidern, während du den Satz erfolgreich mit der rechten zu Ende bringst. Danach steckst du Block und Stift in die Brusttasche deiner Jacke, barmherzige Zufriedenheit läutet die Glocken in der Herzgegend, und sagst: „Ich habe längst verstanden, was hier gespielt wird." Plötzlich sind alle wieder da.

DIE ALTE Was wird hier gespielt? Verraten Sie es mir bitte?

MARTIN Dir muss wohl jemand mal ordentlich Bescheid stoßen!

KARIN ODER KERSTIN *um die Situation zu entschärfen:* Oluf?

DU Was ist denn? *Zu Martin:* Bistn Klempner, oder?

MARTIN Und wenn schon! Wer hat ihm ...? Und wenn schon!

KARIN ODER KERSTIN Wo musst du eigentlich hin?

DU *nennst den Namen deiner Heimatstadt, ein Zauberspruch, der dir die Tränen in die Augen treibt, eine Beschwörung aus alten Zeiten wie aus einem Gedicht Eichendorffs, von Schumann vertont, von Fischer-Dieskau gesungen.*

KARIN ODER KERSTIN *fassungslos:* Das ist doch gleich um die Ecke.

DU Gleich um die Ecke? Was meinst du damit?

DIE ALTE FRAU Da kommt der Vati her.

DU Kann mir mal jemand sagen, was hier gespielt wird?
MARTIN Das ist kaum drei Kilometer von hier entfernt.
DU *als ungläubiges Echo:* Kaum drei Kilometer von hier entfernt? *In dir als du selbst erwachend:* Ich wohne kaum drei Kilometer von hier entfernt?
MARTIN *zu den Zwillingen:* Wusstet ihr das?
Wo sind deine alten Wellen, o Fluss?

Ihr steht zu fünft am Mietwagen.
Obwohl du nicht sagen kannst, wie es dazu gekommen ist, hat sich seit einigen Minuten einvernehmliche Vertrautheit eingestellt.
„Zeigst du uns noch den Frosch?", fragt Karin oder Kerstin.
Andächtig staunen die Zwillinge in den Kofferraum.
Selbst Martin muss anerkennend zugeben: „Das ist ja ein Ding! Oluf, du machst mir Sachen! Das ist ja in echt ein echter Frosch!"
Du verabschiedest dich mit Umarmungen (Zwillinge), Schulterklopfen (Martin), Händeschütteln (die Alte) und fährst los.
Kurz hinter dem Ortsschild schaltest du das Radio an. „… der NASA erwarten in Kürze eine so genannte Mini-Eiszeit. Sollte es dazu kommen, würde sich diese mit dem vom Menschen gemachten Klimawandel verbinden, und das wäre die Rettung der Menschheit, wie das Max-Planck-Institut in einer …" Du schaltest das Radio aus.
Rettung der Menschheit! So eine Scheiße!
„Gutes Händchen für Titel", hat Merle gesagt. *Kunst ohne Rahmen, Kunst ohne Sockel* ist bis dato dein bester. Die Gedanken aus diesem Aufsatz ließen sich mit Leichtigkeit zweitverwerten. Das Denken, die *ratio*, führt zu Entmythifizierung von Kunst und Welt. Die Folge ist, dass sich Kunst in die Welt hinein und dass sich Welt in die Kunst hinein verliert. Die Grenzen müss-

ten jedoch undurchlässig sein. Hier ist die Welt. Dort ist die Kunst. *Die Grenzen sind fließend geworden* – eine Binsenweisheit! „Es hat keine festen Grenzen mehr gegeben, seit sie die Aufklärung vom Reißbrett radiert hat", hättest du Frau Professor Bast entgegnen sollen, als sie dir in Hunsum ihren Busen an den Oberarm drückte, „es müsste sie aber wieder geben, diese festen Grenzen!" Vermeer, sehr geehrte Damen und Herren, überlistet den Rationalismus. Mit Hilfe von perfekter Technik bildet er überrealistisch etwas ab, das es so in der Realität nicht gibt. Komposition! Arrangement! Klarheit! Wahrheit! Und durch das Schaffen einer Welt, die wirklicher als die Wirklichkeit ist, gewinnt die Kunst ihre mythische Kraft zurück. *Das Mädchen mit dem Perlenohrring* gehört als Bild zu unserem Alltag, aber das, was es abbildet, steht unserem Alltag so brutal entgegen wie die geschäftigen Engel, die Jakob auf der Himmelsleiter auf- und absteigen sah. Und in dem Moment, wenn Kunst wirklicher ist als die Wirklichkeit (vergessen wir nun, da es endlich ans Eingemachte geht, ausnahmsweise den spitzfindigen Quatsch mit den Gänsefüßchen!), sind die Künstler, die solches tun, eine einzige Person: ein muskulöser Halbgott, der den Hammer schwingt. Daher ist *Das Mädchen mit dem Perlenohrring* genau genommen ein Gemälde von Leonardo und die *Dame mit dem Hermelin* ein Gemälde von Vermeer – voilà!
Das Ganze muss jetzt nur noch schlüssig ausformuliert werden …

Ein forderndes Piepsen lässt deine Gedanken abstürzen. Du musst tanken. Das Benzin ist alle. Martin, der Wichser, hat den Tank leergefahren.

Doch nach Garkirch kommst du keineswegs auf die Schnellstraße, wie man es dir erklärt hat, sondern nach Obsicht, einer

Ortschaft, die aussieht, als sei sie bombardiert und nur behelfsmäßig wieder aufgebaut worden.

Danach fährst du durch Laugliebhoch, wo irgendwelche Flegel den Wagen mit Eiern und Obst bewerfen.

Zehn bange Minuten später stößt du an der Ortsausfahrt von Ruselfurt auf eine Tankstelle.

Du hältst an einer der beiden Zapfsäulen, aber die vermeintliche Tankstelle erweist sich als eine Art Schlachthaus.

Der Rest ist schnell erzählt.

Mit Ketten zieht man dich unter die Decke einer kühlen, nach Blut und Fäkalien riechenden Halle. Es sind keine richtigen Ketten, aber dennoch sind es Ketten. Und die Decke, von der du kopfüber über einem Kachelboden mit Ablaufrinnen baumelst, ist nur eine Art Decke. Auch die Ablaufrinnen sind nicht wirklich Ablaufrinnen, obwohl sie wirkliche Ablaufrinnen sind. Eine Weile pendelst du frei hin und her, dann wirst du von kräftigen Armen gepackt und festgehalten und jemand rammt dir seitlich eine Messerklinge in den Hals. Natürlich tut er das nicht wirklich, aber dennoch spürst du das Eindringen der Klinge und auch die Schmerzen sind nicht eingebildet. Es ist indes nur eine Art Kehlstich und du blutest auch nicht wirklich leer, obwohl dein Blut dampfend zu Boden tropft, und danach wirst du auch nicht wirklich aufgebrochen, obwohl all dies wirklich geschieht. Das alles, weiß ich leider, geschieht auf eine Art und Weise, die mit der eigentlichen Handlung fast identisch, aber dennoch etwas ganz anderes ist. Und das, was schließlich geräuschlos und unbarmherzig auf dich zukommt wie eine schwarze Woge aus grobporigem Vergessen, ist auch kein Sterben. Sondern eine Art Sterben. Bloß viel schlimmer.

Wenige Tage nach der Scheidung beginnst du im Studentenwohnheim am Elendsredder, wo in zehnminütigen Intervallen zischend die Busse halten, beginnst du dort, Oluf Sattler (denn du trägst noch immer diesen Namen), mehrere Geschosse über dem beinahe animalischen Zischen der haltenden Omnibusse in einem L-förmigen Einzimmerappartement, das dir Götzloff organisiert hat, beginnst du dort, Professor Oluf Sattler (denn du trägst noch immer diesen Titel), dein bahnbrechendes Werk *Wirklichkeit und Alltag – Vom Perlenohrring zum Hermelin und umgekehrt und immer wieder zurück zu uns*, das dich weit über die Landesgrenzen hinaus berühmt machen sollte. Du schreibst es mit beschwingter Mühelosigkeit binnen weniger Wochen nieder, ohne bei der späteren Durchsicht oder der Fahnenkorrektur etwas tilgen, ergänzen oder grundsätzlich überarbeiten zu müssen. Doch darüber sprichst du nie, denn das hätte dir niemand geglaubt. – Sie wollen zaubern, kennen die Tricks aber nicht. Der Missgunst der Versager muss mit Bescheidenheit oder gespielter Demut begegnet werden.

DU Ich habe viele Jahre an dem Buch gearbeitet.
ARTMAGAZIN Wie konnten Sie Charles Olivier Charmineaux dazu gewinnen, ein Vorwort für Sie zu schreiben? Und nicht nur das, sondern ihn außerdem dazu bewegen, eine Lanze für das Buch zu brechen, es überdies ins Französische zu übersetzen und es somit weltweit bekannt zu machen?
DU *lachend:* Wenn jemand Qualität erkennen kann, dann er.
ARTMAGAZIN Wie hat der Ruhm Ihr Leben verändert?
DU Unwesentlich.
ARTMAGAZIN Und doch sind Sie frisch verheiratet?

DU Ja, Sie haben recht. Mir geht es, ehrlich gesagt, viel besser, als damals, als ich das Buch noch nicht geschrieben und veröffentlicht hatte. Und es ist weniger der Ruhm, der einem – oder besser gesagt: der mir – das Leben erleichtert, sondern das Gefühl, einmal zumindest alles auf die richtige Karte gesetzt zu haben, eine Karte, die man umdreht und die leuchtet.
ARTMAGAZIN Was sagen eigentlich Ihre Kinder dazu, dass Ihr Vater von einem auf den anderen Tag vom nur in Fachkreisen bekannten Professor aus der Provinz zum philosophischen Shootingstar wurde?
DU *schnell:* Kind. Ich habe nur ein Kind. Aus erster Ehe. Und ich hoffe, er ist stolz auf seinen Vater. *Innerlich seufzend:* Aber manches bleibt, wie es bei Eichendorff heißt, in Nacht verloren. *Wieder hörbar:* Sind wir durch?
ARTMAGAZIN Vielleicht sollten wir noch kurz auf diesen Kongress in Husum zu sprechen kommen, bei dem Sie alle raffiniert täuschten, um nicht preisgeben zu müssen, an welch bahnbrechendem Werk Sie gerade arbeiteten.
DU Gerne. Was wollen Sie wissen? *Mit einer Heiterkeit, in der die richtige Portion Herablassung mitschwingt:* Ich werde Ihnen fast alles verraten.

Nachdem du Charles das Manuskript des fertigen Buchs geschickt hast, rufst du Merle an. Sie wirkt nicht überrascht oder lässt es sich, sofern sie es ist, nicht anmerken. Zwei oder drei Tage später trefft ihr euch mit Mark in seinem Büro in der Kunsthalle von Bad Naubruch, Eifel.
Das Museum ist ganz Glas und Stahl. Das Büro des Direktors indes erweist sich als finsteres Rattenloch im Keller.
„Das ist Merle Claußˮ, sagst du. „Mit ‚c' vorne und ‚sz' hinten."
„Sie werden bei mir ausstellen?ˮ, fragt Mark die junge Frau und sieht dich dabei an, als ständest du auf seinem Fuß und würdest

allmählich dein Gewicht verlagern, um immer stärkeren Druck aufzubauen.

„Das ist mein zweitgrößter Wunsch!“, sagt Merle mit fester Stimme.

ENDE

Christopher Ecker, geboren 1967 in Saarbrücken, studierte Germanistik und Philosophie in Saarbrücken und Kiel. Für sein literarisches Schaffen erhielt er mehrere Preise, zuletzt den *Friedrich-Hebbel-Preis* (2015) und den *Kunstpreis des Saarlandes* (2018). Seit 2007 ist er Autor des Mitteldeutschen Verlags; inzwischen liegen hier vor: die vier Romane *Madonna* (2007), *Fahlmann* (2012), *Die letzte Kränkung* (2014) und *Der Bahnhof von Plön* (2016), der Erzählungsband *Andere Häfen* (2017) sowie die beiden Gedichtbände *die montage der dienstage* (2010) und *„schach" dem vollmond* (2018). Außerdem erschien 2018 von Ecker herausgegeben und übersetzt ein posthumer Band des amerikanischen Lyrikers Tom Disch als *Endzone – Letzte Gedichte*. Ecker lebt und arbeitet in Kiel.